中卷

稀见民国词学史著二十种

民国词学史著集成补编

孙克强　和希林◎主编

南開大學出版社

图书在版编目(CIP)数据

民国词学史著集成补编. 中卷 / 孙克强，和希林主编. —天津:南开大学出版社，2018.8
ISBN 978-7-310-05627-9

Ⅰ. ①民… Ⅱ. ①孙… ②和… Ⅲ. ①词学—诗歌史—中国—民国 Ⅳ. ①I207.23

中国版本图书馆 CIP 数据核字(2018)第 154087 号

南开大学出版社出版发行
出版人:刘运峰
地址:天津市南开区卫津路 94 号 邮政编码:300071
营销部电话:(022)23508339 23500755
营销部传真:(022)23508542 邮购部电话:(022)23502200
*
天津泰宇印务有限公司印刷
全国各地新华书店经销
*
2018 年 8 月第 1 版 2018 年 8 月第 1 次印刷
210×148 毫米 32 开本 10 印张 4 插页 225 千字
定价:99.00 元

如遇图书印装质量问题，请与本社营销部联系调换，电话:(022)23507125

總序

清末民初詞學界出現了新的局面。在以晚清四大家王鵬運、朱祖謀、鄭文焯、況周頤為代表的傳統詞學（亦稱體制內詞學、舊派詞學）之外出現了新派詞學（亦稱體制外詞學）。新派詞學以王國維、胡適、胡雲翼為代表，與傳統詞學強調『尊體』和『意格音律』不同，新派在觀念上借鑒了西方的文藝學思想，以情感表現和藝術審美為標準，對詞學的諸多問題展開了全新的闡述。同時引進了西方的著述方式：專題學術論文和章節結構的著作。傳統的詞學批評理論以詞話為主要形式，感悟式、點評式、片段式以及文言為其特點；民國時期的詞學論著則以內容的系統性、結構的章節佈局和語言的白話表述為其主要特徵。當然也有一些論著遺存有傳統詞話的某些語言習慣。民國詞學論著的作者，既有新派大師王國維、胡適的追隨者，也有舊派領袖晚清四大家的弟子、再傳弟子。他們雖然觀點不盡相同，但同樣運用這種新興的著述形式，他們共同推動了民國詞學的發展。民國詞學論著的蓬勃興起是民國詞學興盛的重要原因。

民國的詞學論著主要有三種類型：概論類、史著類和文獻類。這種分類僅是舉其主要內容而言，實際情況則是各類著作亦不免有內容交錯的現象。

概論類詞學著作主要內容是介紹詞學基礎知識，通常冠以『指南』『常識』『概論』『講義』之名。這類著作無論是淺顯的入門知識，還是精深的系統理論，皆表明著者已經從傳統詞學中片段的詩詞之辨、詞曲之辨，提升到系統的詞體特徵認識和研究，是文體學意識的體現。史著類是詞學論著的的大宗，既有詞通史，也有斷代詞史，還有性別詞史。唐宋詞成為後世的典範，對唐宋詞史的梳理和認識成為詞學研究者關注的焦點，如詞史的分期，各期的主要特徵，詞派的流變等。值得注意的是詞學史上的南北宋之爭，在民國時期又一次達到了高潮，有尊南者，有尚北者，亦有不分軒輊者，精義紛呈。南北宋之爭的論題又與新派、舊派基本立場的分歧對立相聯繫，一般來說，新派多持尚北貶南的觀點。史著類中清代詞史亦值得關注，詞學研究者開始總結清詞的流變和得失，清詞中興之說已經發佈，進而加以討論，影響深遠直至今日。文獻類著作主要指一些詞人小傳、評傳之類，著者廣泛搜集歷代詞人的文獻資料，加以剪裁編排，清晰眉目，為進一步的研究打下基礎。

本『民國詞學史著集成』有兩點應予說明：其一，收錄了一些中國文學史類著作中的詞學史部分。民國時期的中國文學史著作主要有兩種結構方式：一種是以時代為經，文體為緯，此種寫法的文學史，詞史內容分散於各個時代和時期；另一種則是以文體為綱，注重文體的發展演變，如鄭賓於的《中國文學流變史》的下冊單獨成冊，題名《詞（新體詩）的歷史》，篇幅近五百頁，可以說是一部獨立的詞史。又如鄭振鐸的《中國文學史》（中世卷第三篇上），單獨刊行，從名稱上看是唐五代兩宋斷代文學史，其實是一部獨立的唐宋詞史。『民国词学史著集成』視這樣的文學史著作中的詞史部分，為特殊的詞史予以收錄。其二，本『集成』收入五部詞曲合論的史著，著者將詞曲同源作為立論的基礎，合而論之，本套丛书亦整體收錄。至於詩詞合論的史著，援例亦應收入，如劉麟生的《中國詩詞概論》等，因該著已收入南開大學出版社的『民國詩歌史著集成』，故『民国词学史著集成』不再收錄。

『民国词学史著集成』收錄的詞學史著，大體依照以下方式編排：參照發表時間、內容分類、著者以及著述方式等各種因素，分別編輯成冊。每種著作之前均有簡明的提要，介紹著者、論著內容及版本情況。

在『民国词学史著集成』中，許多著作在詞學史上影響甚大，如吳梅的《詞學通論》等，多次重印、再版，已經成為詞學研究的經典；也有一些塵封多年，本套丛书加以發掘披露，如孫人和的《詞學通論》等。這些文獻的影印出版，對詞學研究具有重要的參考價值。近些年，民國詞學研究趨熱，期待本『民国词学史著集成』能夠為學界提供使用文獻資料的方便，從而進一步推動民國詞學的研究。

孫克強　和希林

2018. 3

总目錄

（上卷）

（下卷）

詞林卮言 831

中卷目录

宋詞概論

吳國璋

吳國璋，字家駿，江蘇宜興人。刻志於學，好吟詠，於擬古閨情深得風逸之致。尤極傾心於耆卿《八聲甘州》之什等。上海持志大學畢業。畢業論文為《宋詞概論》。《宋詞概論》分為詞之起源、詞在文學上之價值、宋詞總論、兩宋詞人、宋詞之派別及其分類五部分論述。此為吳國璋在上海持志大學時之畢業論文，稿本，現藏於上海圖書館古籍部，本書即依據此版本點校整理。

目錄

第一章　詞之起源

溯詞之起源，為說不一。有入之而未詳，有失之而莫正，斷章取義，底蘊難窺，徒使後起之士終年寢饋於廊廡之間，不復知有堂奧，殊為研究詞學一大問題。欲解決此問題，不得不先薈萃各家之說而比較之，惟先人主見頗多，茲擇其顯而要者錄之於下：

（一）徐釚《詞苑叢談》引《藥園閒話》曰：『詞者詩之餘也，然則，詞果合於詩乎？曰：按其調而知也。《殷雷》之詩曰：「殷其雷，在南山之陽。」此三五言調也。《魚麗》之詩曰：「魚麗，於罶鱨鯊。」此二四言調也。《還》之詩曰：「遭我乎峱之間兮，並趨從兩肩兮。」此六七言調也。《江汜》之詩曰：「不我以，不我以。」此疊句調也。《東山》之詩曰：「我來自東，零雨濛濛。鸛鳴於垤，婦嘆於室。」此換韻調也。《行露》之詩曰：「厭浥行露。」其二章曰：「誰謂雀無角。」此換頭調也。凡此煩促相宣，短長互用，以啟後人協律之原，豈非《三百篇》實祖禰哉！』

（二）宋翔鳳《樂府餘論》云：『謂之詩餘者，以詞起於唐人絕句，如太白之《清平調》，即以被之樂府。太白《憶秦娥》《菩薩蠻》皆詞之變格，為小令之權輿。旗亭畫壁賭唱皆七言絕句，後至十國時，遂競為長短句，自一字、兩字至七字，以抑揚高下其聲，而樂府之體一變，則詞實詩之餘，遂名詩餘。』

（三）朱彝尊《詞綜序》云：『自有詩而長短句即寓焉，《南風》之操，《五子之歌》是已。

周之《頌》三十一篇，長短句居其十八。《漢郊祀歌》十九篇，長短句居其五。至《鐃歌》十八篇，皆長短句，謂非詞之源乎？』

（四）楊慎云：『填詞必溯六朝者，亦昔人探河窮源之意。如梁武帝《江南弄》、梁臣徐勉《迎客曲》《送客曲》、隋煬帝《夜飲早眠曲》、王叡《迎神歌》，此六朝風華靡麗之語，後來之所本也。』

（五）汪森《詞綜敘》曰：『自古詩變而為近體，而五七言絕句傳於伶官樂部，長短句無所依附，不得不變為詞。』

（六）俞彥曰：『六朝至唐樂府，不勝詰屈，而近體出，五代至宋詩又不勝方板，而詩餘出，唐之詩，宋之詞，甫脫穎而傳遍歌者之口。』

（七）紀昀云：『古樂府在聲不在詞，唐人不得其聲……其時採詩入樂者僅五七言絕句，或律詩割去其四句，依聲製詞者，初體《竹枝》《柳枝》之類，猶為絕句，繼而《望江南》《菩薩蠻》作焉，至宋而傳其歌詞之法，不傳其歌詩之法。』

（八）黃叔暘《花庵詞選》云：『太白《菩薩蠻》《憶秦娥》二闋[3]為百代之祖。』

按各家之說，可總括之為五：（一）詩餘起源說；（二）長短句起源說；（三）樂府起源說；（四）音樂起源說；（五）李白起源說。五說之中，李白起源說最為新穎，然亦最無根據。胡適之云：『詞之發軔始於中唐，至早不過西曆八世紀之晚年。今以《杜陽雜編》及《唐音癸籤》，《菩薩蠻》曲

3『闋』，原作『闕』。

調作於大中初年（約八五〇），相衡李白斷非有填此調之可能。又《樂府詩集》載李白之樂府歌辭，並收中唐《調笑》《憶江南》諸詞，而獨不收《憶秦娥》諸詞，顯係後人偽託。』其言明快，無容置辯。謂詞原於詩餘與古樂府，則時代相去太遠，實難附麗。汪森序曾駁之云：『古詩之於樂府，近體之於詞，分鑣並馳，非有先後，謂詩降為詞，以詞為之詩餘，殆非通論矣。』至詞源於長短句亦非允當。蓋詞固為長短句，然長短句不必盡皆詞也。若強執長短句為詞，則誠如俞彥所謂『溯其源流，咸自鴻濛上古而來，如億兆黔首，固皆神聖裔矣』，寧有是理耶？其中惟音樂起源一說最為近理，惜前人置論率直，未能充量闡發，故亦不足取也。

大凡文學之產生遭變，必順乎時代。假乎音樂，斷非其自身所能獨立轉運也。明乎此，始可言詞之所自出。茲為易於說明起見，特先徵引數例以資互證。

（甲）詞之外因

（一）王國維云：『四言敝而有楚辭，楚辭敝而有五言，五言敝而有七言，七言古詩敝而有律絕，律絕敝而有詞。蓋文體通行既久，染指遂多，自成習套。豪傑之士亦難於其中自取新意，故遁逃而作他體以自解脫。一切文體所以始盛終衰者皆由於此……』

（二）顧亭林云：『《三百篇》不能不降而楚辭，楚辭不能不降而漢魏，漢魏不能不降六朝，六朝不能不降而唐也，勢也。詩文之所以代變，有不得不變者……』

（三）王元美《藝苑卮言》曰：『《三百篇》亡而後有騷賦，騷賦難入樂，而後有古樂府。古樂府不入俗，而後以唐絕句為樂府。絕句少宛轉，而後有詞……』

（乙）詞之內因

（一）《朱子語類·論詩篇》曰：『古樂府只是詩中泛聲，後人怕失卻那泛聲，逐一添個實字，遂成長短句，今曲子便是。』

（二）《夢溪筆談》曰：『詩之外又有賀聲，則所謂曲也。古樂府皆有聲有詞，連屬書之如曰「賀賀賀」「何何何」之類，皆和聲也。今管絃之中纏聲亦其遺法也。唐人乃以詞填入曲中，不復用賀聲。』

（三）《全唐詩·附錄》曰：『唐人樂府原用律絕等詩，雜和聲歌之，其並和聲歌作實字，長短其句以就曲拍者為填詞。』

上舉內因、外因數例，明詞為時勢與音樂所湊泊而成，殊非由他種文體應運而生也。惟前者偏於理論，後者屬於實際，故捨理論而討其事實。

古時詩樂並重，經秦火後，《樂經》遂亡，於是古詩與樂府始分。東漢以降，樂府之音節漸歸澌滅，至曹子建已患其難識，東晉江左惟存清商曲辭之一耳。及四聲八病之說起，乍見之，似欲主以音律之關係，被歌管絃。實則止於整飭語格，叶諧韻調，與音律上之音譜全為別物。所謂詩律即樂律，徒耳食之見耳。詩之唐律益遠於歌矣，蓋漢代以來之樂府既亡於齊梁之間。所謂樂府皆為擬作，並已失卻其音樂之效能，不過用以借題抒意而已。以故隋唐以後，盛傳外國之樂，唐十部樂中為中國本土之音者，僅清商曲辭中之清樂耳，其餘則採自涼州、伊州、甘州、天竺、高麗、龜茲、安西、疏勒、高昌、康國等音。天寶之末，明皇詔道調法曲與樂部新聲合作，蓋可知矣。夫音樂以聲為主，樂既採自外國，自有不能備協，而繫於清商樂之絕句，又過於單調。不得已而於向來絕句之歌法，雜以外國之音律。雖未能八音克諧，而絕句一體已有詩樂一致之勢，以是新音樂出矣，唐梨園所傳之大曲、小曲是也。然樂曲概長以絕句，而欲求節奏之和叶，不得不於字間加散聲，於句裏插和聲，以期變化歌法。惟如是，文字與曲節又不免背離，遂旁求救濟之方，乃以曲譜為基礎，散聲、和聲皆填字以遷就之。自是五七言絕句句法遂有長短，故晚唐長短句歌辭之盛行，即可證明音樂發達之結果。前人謂詞出自李白或他種文體，謬矣。觀此可得一結論如下：

在唐玄宗時，中國古代殘樂與胡部新聲合作，所組成之新音樂，以此音樂配合歌辭，而樂詞難協，致倚聲填詞為協樂有韻律之長短句者，是為詞之起源。

第二章　詞在文學上之價值

詞之起源既如上述，而其流綿延至今，歷七百餘年，而餘響猶未斷絕，原其所以，蓋必有其價值在焉。

張皋文《詞選序》云：『詞者，其緣情造端，興於微言，以相感動。極命風謠里巷男女哀樂，以道幽約怨悱不能自言之情，低徊要眇，以喻其致。蓋詩之比興變風之義，騷人之歌，則近之矣。』又云：『……惻隱盱愉，感物而發，觸類條暢，各有所歸，非苟為雕琢曼辭而已。』詞之價值可以概見。惟古人為習俗所拘，識見淺狹，因之或出或入，甚至有非為下品者。俞彥曰：『詩詞末技也。』又云：『詞於不朽之業，最為下乘。』賀裳曰：『詞誠薄技。』《詞品》云：『詞於文為末。』揆其所以，不外二因：

（一）**載道** 古人之於文學，咸以『載道』為極則，不論其所表之對象如何，要在不越其範圍為是，否則即判然與文學無關。如《三百篇》本為平民歌謠，《離騷》乃屈原自悼之作，而古人則曲意以『美君』『美后』『刺時』『刺君』『忠君』『愛國』諸名詞冠之，冀達其『載道』之規律，藉資器重。若詞大抵為抒情之工具，與道大相徑庭，致為古人目為下乘，實不為過也。

（二）**復古** 重古輕今，古人已沿為習尚。如晉有陸士衡之擬古，唐有韓愈之為古文，宋有永叔之復古，其他明之前後七子，清之桐城學派，復古之尤烈者也。彼輩以為古之餘吐雖敝屣，猶為麟角。後之新製，即獨創亦等弁髦。故凡屬於新穎文學，均在擯棄之例。若詞尤為晚出，則更無論。

古人以載道、復古之觀念準則文學實屬荒謬。至謂《三百篇》與《離騷》為合乎道，而齒為文學。則《三百篇》之『有女懷春，吉士誘之』『匪汝之美，美人之貽』，及《離騷》之『及帝之未嫁，留有虞之二姚』等名句，亦何嘗與道相吻合？且何嘗非抒情之辭？《三百篇》與《離騷》，既可列於文學，則詞非文學而何？又何必膠柱鼓瑟耶？至新體不得謂文學，則誠如王阮亭所謂：『廢宋詞而宗唐詩，廢唐詩而宗漢魏，廢唐宋大家之文而宗漢魏。則古今文章一畫足矣，不必三墳九邱至六經三史，不幾贅疣乎？』

詞者抒情詩之一種也，其辭句長短互用，稍近於言語之自然。比之絕句，則更宛轉而能八音克諧；比之於曲，則無曲之嘈雜淒緊緩急之徒以快耳。此就其形體音節而言。至道其內容，則各家之作品雖豪放、婉約不同，而其所表之對象概為閨情、離別、傷懷、悵憶則一也。所以以抒情獨勝，而非詩之所可及也。

總之，屏卻古人之謬見，則詞在各種文學體裁中實有其特殊之地位，可無疑義。茲進而言宋詞之特徵。

文學有內質與外形二方。所謂文字者，即其內質也。至於文體，是為其外形。內質雖不變渝，而其外形則隨時代而更易，任何文學未有歷久不變者。夫歷久不變之文體，必至千篇一律，其法亦必抵於窮，惟窮而能通，由是則新體文學於伊倡矣。此新體之文學，標特於一時代，是為時代文學。且其變也，以音樂為歸。若隨音樂之變而變，是又兼為音樂文學。如古詩歌謠為漢之時代文學，而皆被之樂府者，於唐樂府亡而詩歌代興，至宋則以詞名於世。詞雖起於晚唐，而延至於清，幾及千年。然在唐僅為詞之先導，在元清衹為詞之尾聲，其全盛之發達，惟形成於有宋。觀其應用之闡發，體裁之充實，材料之多，描寫之精，可謂一代文藝特色。此所以當時倚聲製詞之風大盛也。厥後遂病為模擬，所作多不協律，已失卻文學之意義，於是此道漸成陳跡矣。至其與音樂嬗變若何，業於上章述及。茲歸納而論，詞在文學上之特徵，可得兩結語於下：

（一）時代文學

詞

（二）音樂文學

第三章　宋詞總論（上）

宋膺天命，學術大興，纘五代之緒而蔚為鴻詞，扢晚唐之波而變為崑體，佛道闡為理學，古文嬗為語錄，詩話因以云始，筆記於茲肇端，元曲依次啟其源，戲曲亦以興其運，文物之盛，固有足稱者。道學、史學、文章學、詩學，非本篇之所應述，姑不贅，茲獨以詞學論之。

詞之於宋，可為全盛時代。宋初沿五代之遺，猶以小令為宗。至柳耆卿出，精研聲律，製作日繁，而體始一變。及徽宗創立大晟樂府，命周邦彥為大晟樂正，由是除小令中調之外，更增長調，詞學遂益形發達。而清真一集，乃掩有眾長，獨擅厥勝，確乎為一代之宗。先是東坡自立一派，文情縱放，不受羈勒，時下頗崇尚之。然其詞多不協律，漱玉所謂『長短句不葺之詩句』而已，未可以語於斯道也。蓋才人筆乃詞家別派，並非正宗。惟辛稼軒獨冠當時，斂雄心，抗高調，變溫婉成悲涼，沈著痛快，有轍可循，屹然為北派之宗。後來南宋諸公靡不傳其衣鉢，洵傑出也。南渡以還，姜、張為一派，夢窗、草窗為一派，碧山又自為一派，旗鼓相當，不相上下。然玉田雙絕，為填詞妙手，而尤緣情善感，不勝黍離麥秀之悲。總括而論，沿《花間》之遺，婉約蘊藉者南派是也。創自蘇、辛，脫音律之拘束，為豪放激越之聲調者，北派是也。北宋詞學以晏氏父子為開山，宋子京、張子野等輔之，猶初唐詩人之有王楊盧駱，承六朝綺靡而未能有以建樹也。歐、蘇、秦、柳諸公繼之，其情辭善變，不為五季繩尺所拘，猶盛唐詩人之有高、岑、王、孟矣。至清真居然李杜再世，前無古人，後無來者，為詞林泰斗。雖極南宋諸公之長，亦終不能損其毫毛，而掩其光焰，則學者亦當知所宗尚矣。若稼軒、李易安、姜石帚已不啻中唐之有韓、柳、元、白，雖並能獨樹一幟，不同凡響，然要其所至，亦不過北宋之有歐、蘇、秦、柳，無一能出清真之右者。蓋才力有所不逮，非盡為時勢環境限之也。吳、周嗣興，儼若晚唐溫、李。夢窗殆義山之後身，其文瑋，其旨深。其寄思也穠摯，而不失其為遠；其託興也靡麗，不沒其為芳，是殆能以其微詞追逐風雅者。碧山佼佼，卓爾不羣，殆所以結兩宋之局。樂笑翁本故國王孫，江湖流蕩，身世堪憐，昔人所謂『皮之不成，毛將焉附』，是亦詞之末運是已。

詞之師承、派別、體製、宗尚，四者約畧已如上述，而詞之氣節與時代背景之連鎖亦當注意及之。

人多謂宋以詞而致敗，此言誠然。然其收詞學之功者，固亦有焉。五季之亂，篡奪相仍，四維盡亡。宋興，濟以文德，重以言詞；明君臣之分，嚴義禮之防；優選賢逸，以勵名節；登用良俊，以厚廉恥。慶曆之際，此風尤盛。時承太宗、真宗之後，國事已定，向之戰馬蕭條。百數年間，漠然第見山高水清。於是天下士民惟義方是從，天子恭儉、優人、恤物、退姦、進賢，發於至聰，動於至誠，務以道義之心，忠正之氣，磨襲天下。而大臣寇準、韓琦、范仲淹等，益復重以詞令，借美人香草之思，陶寫其忠君愛國之忱，肝膽義烈，氣填山河，頓掃五季之卑陋，有雍和博大之氣象。其後國家多事，竟底偏安。當時雖風雨如晦，而江南春色猶不減往昔。若岳飛之倫，各以其文華之筆，時鳴天下，感慨奮勵，一若不可當者。及今觀諸遺筆，其有不感慨油然而自興者乎？蓋其言詞，入人之深，感人之至，實非其他文學可比。是則三百年間，訓學養士之風，奬詞勵韻之功豈徒然哉！南宋而後，國勢日頽，詞學亦由積極趨為消極，大有『故國不堪回首月明中』之風味，是亦為環境所牽，不得不然者也。

宋詞總論（下）

於首章《詞之起源》中曾一度論及文學之嬗遞，必與其時代之背景相表裏，惜此節殊甚簡畧，而於背景尤鮮述及，故在此篇補敘之。

文學為人類情緒之表徵，人類情緒依時代環境而不同，則其所表現之文學自亦因之而各別。考詞發軔，至五代已登峯造極，說者謂宋之詩才若天絀之，宋之詞才若天縱之，是蓋有味其背景之關係也。夫宋承晚唐詩格，愈趨愈卑，因循抄襲，千人一律，不有新作，無以表情緒而現特徵，於是宋詞應運而生焉。《人間詞話》云：『文體通行既久，染指遂多，自成習套，豪傑之士亦難於中自出新意，故遁而他作以自解脫。文體所以始盛終衰者，皆由於此。』宋詞之由來，其在斯乎，此其一。況晚唐五代溫庭筠、李後主輩多殫精竭慮從事新作，為宋詞之先驅。陸放翁謂：『唐季五代詩格愈卑，而倚聲輒簡古可愛，能此而不能彼，未易以理推也。』由此可見，唐季五代之浸淫風靡已不在詩而在詞矣，此其二。洎乎宋代，更得君主之提倡，使詞之滋長欣榮，一日千里。如仁宗鑒賞晏叔原《鷓鴣天》之『碧藕花開水殿涼』；徽宗倡大晟樂府，令詞人按月進詞；南渡以後，高宗提倡益力，上好下甚，以底大成，此其三。抑更有進者，宋詞之成，要在得音樂為之媒介，傳播發揚，其功亦未可泯。蓋詞原為歌辭，多可歌唱，故當代時人每出新聲，頃刻之間，遍播秦樓。原始[4]文學之傳播，固不如音樂之迅速而自然。今詞與音樂既不可分割，則其附驥千里，相得益彰，亦勢之所驅也，此其四。復以北宋一代，中原息兵，汴京繁庶，歌臺舞席，競賭新聲。詞為艷科，故遭時尚，迨乎南渡人民習於偏安，祇圖個性之樂，不顧國家之難，因此艷詞風靡益熾，即有大力，亦莫之能挽，此其五。總上數端，詞之形成發達乃挽晚唐之詩蔽，承五代之先蹤。君主之提倡，人民之樂從，尤得音樂為之媒介，而成一代之特徵。是皆由其背景促成，烏得謂天縱之耶？

第四章　兩宋詞人

第一節　北宋詞家

小引

胡雲翼曾言：『欲評傳兩宋詞人有六難焉：選詞人之難一也，考詞人之難二也，評論詞人之難三也，選作品之難四也，考作品真偽之難五也，評論作品之難六也。』積如是之難而拉雜鑽研，斷無佳果，故在未從事之前當須有下列之規條：

（一）選詞人以其在歷史上之地位而刪敘之。

（二）詞人身世瑣屑難考，除收集歷史上之紀載與叢談外，餘則付之闕如。

（三）評論詞人以各個詞人之個性、思潮及其背景為根據。

4『始』，原誤作『失』。

（四）選作品取其能代表作者之藝術思想及個性之表現而定。

（五）考作品以最精刊本或歷史上已考證者為標的。

（六）評論作品取其有影響及貢獻者而推論之。

以下分述兩宋詞人，即以此六種解答為根據。北宋以詞名者頗不乏人，茲僅舉七人為之代表，餘則從畧。至論述之先後，亦依其生年遲早而定。

一、晏氏父子

（a）身世

晏殊字同叔，江西撫州臨川人（公元九九一年—公元一〇五五年）。七歲能文，預神童試，獲進士出身，年少才華，幼即顯達，累官至集殿學士同中書門下平章事，兼樞密使。仁宗三年署樞密使，受文華殿大學士，畢身仕宧得意。卒於汴都，謚元獻。

（b）個性

殊性好靜，雖政務旁午，猶不脫書生本色。每於朝罷飯後，輒教其子弟歌詠。所為詞亦俱能表現其個性之趨歸，舉例於下：

一曲新詞酒一杯，去年天氣舊亭臺。夕陽西下幾時回。　無可奈何花落去，似曾相識燕歸來。小園香徑獨徘徊。（《浣紗溪》）

殊一身仕宧得意，未嘗遭貶謫，故其個性頗近樂觀，且偏重自然，其詞云：

紅蓼花香夾岸稠，綠波春水向東流。小船輕舫好追游。　漁父酒醒重撥棹，鴛鴦飛去卻回

頭。一杯消盡兩眉愁。（《浣紗溪》）

觀此可知殊之為人，優游終日，無所煩悶，持重老成，不染時下習氣。尤喜延巳歌詞，所作亦婉麗瀟灑，絕無一點傲人色澤。是則其詞開一代之端者，豈無因哉。

（c）思想

殊之行樂主義與晉之破壞觀念大相徑庭，而與漢人『人生寄一世，奄忽若飆塵。何不策高[5]足，先據要路津。無為守窮賤，轗軻長苦辛』之現實享樂主義相類似。

春花秋草。止是催人老。總把千山眉黛掃。未抵別愁多少。　勸君綠酒金杯。莫嫌絲管聲催。兔走烏飛不住，人生幾度三臺。（《清平樂[6]》）

（d）影響

受殊之直接影[7]響，決為其子幾道。幾道生性磊[8]落，不為爵祿所羈，能文章，善持論，工樂府，為調更倜儻不羣，孤潔耿介，開一代儒人之風。黃山谷評之云：

仕宦連蹇，而不一傍貴人之門，是一癡也；論文自有體，不肯一作新進士語，此又一癡也；費資千百萬，家人饑寒而面有孺子之色，此又一癡也；人百負之，絕不疑其欺己，此又一癡也。

5「高」，原闕。
6「清平樂」，原闕。
7「影」，原作「應」。
8「磊」，原作「累」。

六朝風韻，五代詩格，惟幾道獨稱雙絕，其詞云：

西樓月下當時見，淚粉偷勻。歌罷還顰。恨隔爐煙看未真。　別來楊柳垂千縷，幾換青春。倦客紅塵，長記樓中粉淚人。（《採桑子》）

幾道之詞浪漫之處亦頗多，如《點絳唇》中『淡煙微雨裏，好個雙棲處』及《鷓鴣天》中之『夢魂慣得無拘檢，又踏楊花過謝橋』。總之，二晏各以個性不同，故其作品亦各有別趣。幾道雖受乃父之影響，而思想實超佚遠甚，是皆可由其作品中得其大概。限於篇幅，不復多贅。

二、柳永

（a）身世

永字三變，後改耆卿，生卒年無考。以嘉祐元年進士及第，時方歐遭貶，天子厭棄詞人，故僅官至屯田員外郎。曾以詞三章求見，三上三退，卒至冷落不振。每為詞輒器愛於名妓，後終老襄江。一時名妓哀之，每屆禁煙令節，咸相集墓上為之弔魂。王漁洋《詩話》云『殘月曉風仙掌路，何人為弔柳屯田』，即指此也。

（b）個性

永雖不得志於當時，然未嘗因此而稍減其樂天主義之本色。隨俗浮沉，與世馳驅，自樂其樂。惟以生性富於情感，故於社會人生多抱悲觀，舉詞於下：

洞房記得初相遇。便只合長相聚。何期小會幽歡，變作離情別緒。況值闌珊春色暮。對滿目亂花狂絮。直恁好風光，盡隨伊歸去。　一場寂寞憑誰訴。算前言總輕負。早知恁地難拚，悔

不當初留住。其奈風流端正外，更別有繫人心處。一日不思量，也攢眉千度。（《晝永樂》）

（c）貢獻與評論

柳永首作慢詞，兼用俚語，能獨新體，不襲前人窠臼，茲分數端述之於下：

（一）宋初晏氏父子師法南唐，頗有獨到之處。毛晉以晏氏父子追配李氏父子，殊非過譽，然無所謂慢詞也。及柳永出，詞格一變，而慢詞創矣。《樂府餘論》云：『慢詞起於仁宗，中原息兵，汴京繁庶，歌臺舞席，競賭新聲。耆卿失意無俚，流連坊曲，遂盡收俚俗語言編入詞中，以便妓人傳習，一時動聽，散播四方。』推此永詞之普及，不喻可知，所謂『有井水處皆能歌柳』也。由是助宋詞發達之功，捨永而誰屬？

（二）永詞旖旎明媚，入情入理，最動人心。且曲處能直，密處能疏，奡處能平。狀難狀之景，達難達之情，尤出之於自然。故樂工每得新腔，必求永作詞以配之，始行於世。然則永非北宋之巨手耶？

（三）永詞之特質在能於藝術上立足，以鄙俚俗語，鋪張其對象，而尤能鎔化景物於感情之中。雖調格不高，但形容曲致，音律諧婉，尤工於羈旅行役，永詞之成功蓋在此，舉詞以窺一班：

對蕭蕭暮雨灑江天，一番洗清秋。漸霜風凄緊，關河冷落，殘照當樓。是處紅衰綠減，苒苒物華休。惟有長江水，無語東流。　不忍登高臨遠，望故鄉渺邈，歸思難收。嘆年來蹤跡，何事苦淹留。想佳人，妝樓長望，誤幾回天際識歸舟。爭知我，倚闌干處，正恁凝愁。（《八聲甘州》）

凍雲黯淡天氣，扁舟一葉，乘興離江渚。渡萬壑千巖，越溪深處。怒濤漸息，樵風乍起，更聞商旅相呼，片帆高舉。泛畫鷁翩翩過南浦。　望中酒旗閃閃，一簇煙村，數行霜樹。殘日下，漁人鳴榔歸去。敗荷冷落，衰楊映岸，岸邊兩兩三三，浣紗游女。避行客含羞相笑語。　到此因念，繡閣輕拋，浪平難駐。嘆後約丁寧竟何據。慘離懷，空恨歲晚歸期阻。凝淚眼，杳杳神京路。斷鴻聲遠長天暮。（《夜半樂》）

永詞人多以『骫骳從俗』而鄙視之，斯為大謬。殊不知永之佳處，即在人所不齒。周濟曾評之云：『柳詞以平淡見長，或發端，或換頭，以一二語勾勒提掇，有千鈞之力。』又云：『耆卿鋪敘委婉，言近意遠，森秀幽淡之處在骨。』洵為允論。至浮艷過甚，有偏淫冶，則其短處。

（三）歐陽修

（a）身世

歐陽修字永叔，江西廬陵人（生於公元一〇〇七年，卒於公元一〇七二年）。三歲喪父，母頗賢，常劃荻教子，千古傳為美談。及長，以進士入第，累官兵部員外郎吏部郎中，後拜樞密同平章事，封上柱國。一身卓犖不羣。酷嗜詩詞，特長於古文，為主張復古一巨子。享年六十有六，謚文忠。

（b）個性與思想

歐公性近晏殊，故不愧為晏之門人。飲酒賦詩，亦與晏彷彿。其詞云：

十載相逢酒一卮，故人纔見便開眉。老來舊游更同誰。　浮生歌歡正易失，宦途離合信難期。樽前莫惜醉如泥。（《浣紗溪》）

隄上遊人逐畫船，拍隄春水四垂天。綠楊樓外出鞦韆。　白髮戴花君莫笑，六么催拍盞頻傳。人生何處似樽前。（《浣紗溪》）

歐公之思想亦有傾向實現行樂主義，亦可從其最著詞中得之。

春風本是開花信。及至花時風更緊。吹開吹謝苦匆匆，春意到頭無處問。　把酒臨風千萬恨。欲掃殘紅猶未忍。夜來風雨轉離披，滿眼淒涼悲不盡。（《玉樓春》）

誰道閒情拋棄久。每到春來惆悵還依舊。日日花前常病酒。不辭鏡裏朱顏瘦。　河畔青蕪隄上柳。為問新愁何事年年有。獨立小橋風滿袖。平林新月人歸後。（《蝶戀花》）

（c）評論

修詞常寓情於景，往往不說情而景中自有情，其詞云：

候館梅殘，溪橋柳細。草薰風暖搖征轡。離愁漸遠漸無窮，迢迢不斷如春水。　寸寸柔腸，盈盈粉淚9。樓高莫近危闌倚。平蕪盡處是春山，行人更在春山外。（《踏莎行》）

庭院深深深幾許，楊柳堆煙簾幕無重數。玉勒雕鞍遊冶處，樓高不見章臺路。　雨橫風狂三月暮。門掩黃昏，無計留春住。淚眼問花花不語，亂紅飛過秋千10去。（《蝶戀花》）

9「淚」，原闕。

10「秋千」，原作「千秋」。

由上可知修詞以小令為特長，而於風韻中有婉約之意，豪放中有沉著之致。如《南歌子》等，間涉穠麗。然謂之過於顯露則可，而謂之纖巧則不可也。

四、張先

（a）身世

張先字子野，吳興人，生卒年無考。以天聖八年進士入第，官至都官郎中。居錢塘，嘗創花月亭，人恒稱之為『張三中』，即『心中事，眼中淚，意中人』也。又稱『張三影』，即『雲破月來花弄影』『嬌柔懶起簾押捲花影』『柳徑無人墜絮輕無影』也。有《子野集》一卷。

（b）貢獻

先之為詞，重詞藻，好纖巧，復古者恒以『雅』目之，比之柳永，今舉詞於下：

繚墻重院，間有流鶯到。繡被掩餘寒，畫閣明新曉。朱檻連空闊，飛絮無多少。徑莎平，池水渺。日長風靜，花影閑相照。　香塵拂馬，逢謝女，城南道。香艷過施粉，多媚生輕笑。鬭色鮮衣薄，碾玉雙蟬小。歡難偶，春過了。琵琶流怨，都入相思調。（《謝池春》）

（c）評論

前人謂子野詩過其詞，姑按而不論。就詞言詞，子野實有其特殊之情調與韻格，惟疵處亦多。李端叔云：『子野才不足而情有餘。』由此可知子野所病，蓋缺乏表現能力，試觀其詞：

水調數聲持酒聽，午醉醒來愁未醒。送春春去幾時回，臨晚景。傷流景。往事後期空記省。　沙

上並禽池上暝。雲破月來花弄影。重重簾幕密[11]遮燈，風不定。人初靜。明日落紅應滿徑。（《天仙子》）

步障搖紅綺。曉月墮，沉煙砌。緩板香檀，唱徹伊家新製。怨入眉頭，斂黛峯横翠。芭蕉寒，雨聲碎。鏡華翳。閑照孤鸞戲。思量去時容易。鈿合瑤釵，至今冷落輕棄。望極藍橋，但暮雲千里。幾重山，幾重水。（《碧牡丹》）

按此先詞之妙，亦不過著力於警句而已，何得以『協之以雅目之』。是以在北宋詞人中論豪宕則不如東坡，論溫婉則不如易安，論鋪敘則又不如美成、耆卿。

五、蘇軾

（a）身世

軾字子瞻，為洵之長子（生於公元一〇三六年，卒於公元一一〇一年）。幼而穎悟，博通經史。嘉祐中應禮部試，獲登第二。後英宗召入真史館，及仁宗時因與王安石不睦，出知密州。坐烏臺詩案，下臺獄。尋赦，貶黃州，築室東坡，因自號東坡居士。哲宗立，遷翰林學士，後貶斥無常。高宗時，追謚文宗。

（b）個性

軾性軒昂，平日好游山水，政治生涯雖多不滿，然磊[12]落不羈，不以物喜，不以己悲，樂其

11『密』，原闕。

12『磊』，原作『累』。

自樂。所為詞尤銅琶鐵板，氣宇恢宏，絕少情語，間或有之，亦不多覯。今錄其尤者於下。

大江東去，浪淘盡，千古風流人物。故壘西邊，人道是三國周郎赤壁。亂石穿空，驚濤拍岸，捲起千堆雪。江山如畫，一時多少豪傑。遙想公瑾當年，小喬初嫁了，雄姿英發。羽扇綸巾，談笑處，檣櫓灰飛煙滅。故國神遊，多情應笑我，早生華髮。人生如夢，一尊還酹江月。（《念奴嬌》）

（c）特色

《四庫全書提要》云：『詞自晚唐五代以來，以清切婉麗為宗……至軾而一變，如詩家之有韓愈，遂開南宋辛棄疾等一派。尋源溯流，不能不謂詞之別調，然謂之不工則不可。』蓋詞至軾一變而為寫實主義之作品，絕少香澤之態。又不為音律所拘，如長江大河，一瀉千里，毫無凝滯。寫景寓情，均別有風姿，實為詞界闢一新大陸。

（d）評論

軾作詞往往脫口而出，有無窮清新，不獨一洗綺羅香澤之態為已也。其詞云：

花褪殘紅青杏小。燕子飛時，綠水人家繞。枝上柳綿吹又少。天涯何處無芳草。　架上鞦韆墻外道。墻外行人，墻裏佳人笑。笑漸不聞聲漸杳。多情卻被無情惱。（《蝶戀花》）

水是眼波橫，山是眉峯聚。欲問行人在那邊，眉眼盈盈處。　纔是送春歸，又送春歸去。若到江南趕上春，千萬和春住。（《卜算子》）

按上東坡為詞不獨偏於豪放，即溫婉亦能兼優。兔躍龍驤，活潑靈現，不惟句有盡而意無窮為奇也。然易安每以『詞不協律，不葺之詩句』譏之，余意此實不足為蘇病。蓋才人之筆就大去小，安可以偏見難之耶。

六、秦觀

（a）身世

秦觀字少游，初字太虛，揚州高郵人（生於公元一〇四九年，因蘇軾薦除秘書省正字，兼國史院編修官，後坐黨藉屢遭徙放，以公元一一〇一年卒於古藤觀）。少時豪俊慷慨，溢於文詞，長於議論，文麗而思深。蘇軾以為有屈宋才，王安石亦謂『清新似鮑謝』。著有文集四十卷，《淮海詞》一卷。

（b）個性

少游之個性可由其詞中得其大概：

山抹微雲，天連衰草，畫角聲斷譙門。暫停征棹，聊共引離樽。多少蓬萊舊事，空回首，煙靄紛紛。斜陽外，寒鴉萬點，流水繞孤村。　消魂。當此際，香囊暗解，羅帶輕分。漫贏得青樓薄倖名存。此去何時見也，襟袖上空染啼痕。傷情處，高城望斷，燈火已黃昏。（《滿庭芳》）

按上可知少游天生情癡，不願逐鹿於富貴之途。惟以情感活潑，觸處生悲，加以親歷流放孤苦之生涯，則更無論矣。試觀其詞：

西城楊柳弄春愁。動離憂。淚難收。猶記多情，曾為繫歸舟。碧野朱橋當日事，人不見，水空流。　韶華不為少年留。恨悠悠。幾日休。飛絮落花時候一登樓。便做春江都是淚，流不盡，

許多愁。（《江城子》）

（c）評論

觀詞溫柔婉約，可與耆卿頡頏，惜制於氣格，子瞻與易安於此點，均曾有批評。子瞻戲云：『山抹微雲秦學士，露華倒影柳屯田。』是為其情韻所長，氣格所短也。易安云：『少游專主情致，少故實，譬諸貧家美女，非不研麗，終乏富貴之態耳。』可謂老吏決獄。

七、周邦彥

（a）身世

周邦彥字美成，號清真，生卒年無考。錢塘人。元豐初以太學生進《汴都賦》，神宗召為太學正。平日好音樂，能自度曲。熙寧中曾立大晟樂府，為雅樂寮，選用調人及音律家，日製新曲，謂之大晟詞。至徽宗時，觸怒幾貶。後復召，還為大晟樂正。不久，遂徙，卒處州。有《清真長短句》《清真詞》《片玉詞》三集。

（b）個性

美成背西湖而居，幼年飽受山水薰染，已養成其文學之個性。加以疏雋少檢，不為州里所重，遂致寄形於浪漫生活。

章臺路。還見褪粉梅梢，試華桃樹。愔愔坊陌人家，定朝燕子，歸來舊處。黯凝佇。因念個人癡小，乍窺門戶。侵晨淺約宮黃，障風映袖，盈盈笑語。前度劉郎曾到，訪鄰里，同時歌舞。唯有舊家秋娘，聲價如故。吟箋賦筆，猶記燕臺句。知誰伴名園露飲，東城閑步。事與

孤鴻去。探春盡是，傷離意緒。宮柳低金縷。歸騎晚，纖纖池塘飛雨。斷腸院落，一簾風絮。（《瑞龍吟》）

(c) 特色

邦彥為詞一時備受文人學士之鑒賞，即名花妓女亦皆爭迎取歌焉。原其所以，是必有其過人之處，茲分述於下：

(一) 善於鋪敘 周介存言：『鉤勒之妙，無如清真。他人一鉤勒便薄，清真愈鉤愈渾厚。』觀其《瑞龍吟》及《拜星月慢》二曲，模寫物態，曲盡其妙，就其綴合之功而言之，足徵其善於鋪敘。

(二) 善融化詩句 偷古句、集成語，此種習慣即文人亦所難免。惟要在能融洽陶冶，渾若天成，始為得體。此種手腕在詞中獨美成一人有之。張叔夏云：『美成詞渾厚，善於融化詩句。』又陳質齋云：『美成多唐人詩檃栝入律，渾然天成。』可稱詞界老手。

(三) 音律嚴整 邦彥作詞不獨平仄宜協，即上去入亦須推敲，故其音律之諧，實有佚於者卿之上。《四庫提要》云：『邦彥本通音律，下字用韻，悉有法度，故方千里和詞，一一案譜填腔，不敢稍失尺寸。』其於音律之嚴，於茲可見。

邦彥之手腕[13]，除此三點外，猶有可道者。厥惟能冶雅俗於一爐，雅則深遠鄭重，俗則毫無市井習氣。觀其詞：

13『腕』，原作『婉』。

眉共春山爭秀。可憐長皺。莫將清淚濕花枝，恐花也如人瘦。　清潤玉簫閑久。知音稀有。欲知日日倚闌愁，但問取亭前柳。（《一落索》）

按此可知貴人、學士、市儈、伎人，所以皆愛美成詞者，蓋不在彼而在此也。

（d）影響

周介存《論詞雜著》之言曰：『美成思力獨絕千古，如顏平原書，雖未臻兩晉，而唐初之法至此大備。後有作者，莫能出其範圍矣。』即此數語，已足概見周詞之影[14]響，茲分兩端述之：

（一）模擬　沈偶曾云：『作詞當以清真為主，下字運意，皆有法度。』是以後世皆宗之，如姜白石、吳夢窗、史梅卿、王沂孫諸作品，多簡霑其色彩。

（二）唱和　沈偶曾云：『邦彥提舉大晟樂府，每製一詞，名流輒為賡和。東楚方千里、樂安楊澤民全和之。』可見後人擬和，莫不奉周詞為圭臬。

（e）評論

清真既為北宋詞中重要人物，遂引起名人之議論。但各人以主觀不同，以致所是有謂清真詞有『柳欹花嚲[15]之致，沁人肌骨，視淮海不徒娣姒而已』，有謂『美成深遠之致，不及秦歐』，有謂『美成如十三女子，玉艷鮮珠，未可以其軟媚而少之』。雖各有所到，惜均未允執其中。歸納其作品而言，『言情體物，窮極工巧，不失為一流作者』，此數或可當之。

14「影」，原作「應」。
15「嚲」，原作「彈」。

北宋詞家除上述外，如賀鑄以舊譜填新詞，雅俗咸工，為當時所風尚。如黃庭堅狂放健峭，以覈刻見長。又有李清照者，女流傑出，為詞力格秀，音調清新，推為詞學正宗。此數人者，皆挺拔一時，蔚然而互相爭長者也。

第二節　南宋詞家

小引

宋徵璧[16]云：『詞至南宋而極繁，亦至南宋而敝。』是誠何言耶。蓋以詞自五代迄至南宋，已歷長期之發達。即以詞調言，小令、中調莫不應有盡有。以調體言豪放、婉約，亦均有專門之作品。加以調之對象尤極狹窄，所有路徑已為北宋所操縱，而南宋實無由破其藩籬，是故南宋為詞祇能徘徊精研於作法方面，雖時有名辭警句，往往支離破碎，不足名家。所謂作法亦不過補北宋所未備，烏能獨標一幟，而佚乎北宋之上耶。雖然淘沙拾金，佼佼者亦未嘗無有。茲舉五人為之代表，列敘於下：

一、辛棄疾

（a）身世

棄疾字幼安，號稼軒，生於公元一一四〇年，卒於公元一二〇七年。山東歷城人，與易安同邑，詞頗受其影響。陷於金高宗朝，率數千騎南歸，授承務郎。寧宗時累官龍圖閣待制樞密都承旨，有《稼軒詞》十二卷。

16『璧』，原作『壁』。

（b）個性

辛之個性可在其作品中得之：

春水。千里。孤舟浪起。夢擕西子。覺來村巷夕陽斜。幾家。短墻紅杏花。　晚雲做造些兒雨。折花去。岸上誰家女。太顛狂。那邊。柳綫，被風吹上天。（《唐河傳》）

按稼軒酷嗜山水，屏遠聲色，嘗自云：『平日不負溪山債，百藥難醫書史淫。』『而今何事最相宜，宜睡宜游宜醉。』又云：『陶令是吾師。』故其個性有傾向陶潛之趨勢。

（c）特色

稼軒為詞不受外界覊勒，頗富有創造之能力。不獨思想奔放，即描寫亦多自然。而於自敘懷古抒情尤為特長。又北宋詞多就景抒情，至稼軒一變而為即事敘景，舉詞以例一班：

渡江天馬南來，幾人真是經綸手。長安父老，新亭風景，可憐依舊。夷甫諸人，神州陸沉，幾曾回首。算平戎萬里，功名本是真儒事，公知否。　況有文章山斗。對桐蔭滿庭清晝。當年墮地，而今試看，風雲奔走。綠野風煙，平泉草木，東山歌酒。待他年整頓乾坤事了，為先生壽。（《水龍吟》）

千古江山，英雄無覓，孫仲謀處。舞榭歌臺，風流總被，雨打風吹去。斜陽草樹，尋常巷陌，人道寄奴曾住。想當年，金戈鐵馬，氣吞萬里如虎。　元嘉草草，封狼居胥，贏得倉皇北顧。四十三年，望中猶記，燈火揚州路。可堪回首，佛狸祠下，一片神鴉社鼓。憑誰問，廉頗老矣，尚能飯否。（《永遇樂》）

少年不識愁滋味，愛上層樓。愛上層樓。為賦新詩強說愁。　而今識盡愁滋味，欲說還休。欲說還休。卻道天涼好個秋。（《醜奴兒》）

觀此軒詞之入手與北宋不同之點，當可概見。且不論自敘懷古抒情，均能得體，自敘則玲瓏婉轉，懷古則悲壯淒涼，抒情則溫柔綿密，可謂南宋巨手。

（d）評論

稼軒詞不論小令長調，均能放恣自由，淋漓痛快。既長豪放，又好婉約，不愧為英雄大才之筆，故劉後村云：『公所作大聲鏜鞳，小聲鏗鍧，橫絕六合，掃空萬古。其穠麗綿密者亦不在小晏、秦郎之下。』周介存亦云：『稼軒斂雄心，抗高調，變溫婉，成悲涼。』二公可謂深知辛者矣。

二、姜夔

（a）身世

姜夔字堯章，鄱陽人。生於紹興初年，死約在慶元末年。幼時隨父官於古沔，居甚久。學詩於蕭千巖，因寓吳興，與白石洞為鄰，自號白石道人，又號石帚。曾上書乞正太常雅樂，後因秦檜當國，即隱居箬坑山，不仕。精通音律，常時製曲，時人頗重之。後以疾沒於蘇州。

（b）特色

白石之所以能在詞壇佔一席地位，厥惟以其能精通樂理與音律。故其為詞也，初率意為長短句，然後協之以律，不必填譜倚聲以製詞。是以所作莫不控揔自如，即如其自度腔之《暗香》《疏影》已稱為前無古人後無來者之絕唱。今除此二詞外，更舉例於下：

漸吹盡枝頭香絮，是處人家，綠深門外。遠浦縈迴，幕帆零亂向何許。閱人多矣，誰得似長亭樹。樹若有情時，不會得青青如此。 日暮，望高城不見，只見亂山無數。韋郎去也，怎忘得玉環分付。第一是早早歸來，怕紅萼無人為主。算空有并刀，難剪離愁千縷。（《長亭怨慢》）

燕雁無心，太湖西畔隨雲去。數峯清苦。商畧黃昏雨。 第四橋邊，擬共天隨住。今何許。憑欄懷古。殘柳參差舞。（《點绛唇[17]》）

前人有稱其詞，如『野云孤飛，去留無跡』，觀此信然。

（c）影[18]響

夔既通音律，復以典雅詞相號召，故其詞最易博得文人之同情。朱竹垞云：『詞莫善於姜夔，宗之者張輯、盧祖皐、史達祖、吳文英、蔣捷、王沂孫、張炎、周密、陳允平、張翥、楊基，皆具夔之一體。楊基之後得其門者寡矣。』據此，白石可謂詞中妙手，不然安能博得人之信仰耶。

（d）評論

王國維云：『古今詞人調格之高，莫如白石。』此言誠然。惟白石詞主清空，清空則多不實，不實即無具體。即以《暗香》《疏影》而論，雖無一句道著梅花，然多以代名砌成就，其調格固高，

17『點绛唇』，原闕。

18『影』，原作『應』。

亦不過霧裡看花，不能捉摸，其真實之形態是其大疵也。

三、吳文英

（a）身世

文英字君特，號夢窗，四明人。生於孝宗隆興年間，卒於淳祐十一年。有《夢窗稿甲乙丙丁》四卷，詞料最為豐富。

（b）評論

夢窗為古典派中一巨子，為詞專尚色澤，尤好堆砌。於詞之全部脈絡，殊少著意。故雖時有美麗辭句，亦不過破碎支離，而終鮮有整個情緒之作品。此所以有玉田『夢窗如七寶樓臺，炫人耳目，拆下來不成片段』之譏也。今舉詞於下：

殘寒正欺病酒，掩沉香繡户。燕來晚飛入西城，似說春事遲暮。畫船載清明過卻，晴煙冉冉吳宮樹。念羈情遊蕩隨風，化為輕絮。　十載西湖，傍柳繫馬，趁嬌塵輭霧。遡紅漸招入仙溪，錦兒偷寄幽素。倚銀屏春寬夢窄，斷紅濕歌紈金縷。暝隄空輕把斜陽，總還鷗鷺。　幽蘭旋老，杜若還生，水鄉尚寄旅。別後訪六橋無信，事往花萎，瘞玉埋香，幾番風雨。長波妒盼，遙山羞黛，漁燈分影春江宿。記當時短楫桃根度，青樓彷彿，臨分敗壁葉題詩，淚墨慘淡塵土。危亭望極，草色天涯，嘆鬢侵半苧。暗點檢離痕歡唾，尚染鮫綃，嚲[19]鳳迷歸，破鸞慵舞。殷勤待寫，書中長恨，藍霞遼海沉過雁。漫相思彈入哀箏柱。傷心千里江南，怨曲重招，斷魂在否。（《鶯啼

19『嚲』，原作『彈』。

序》）

觀此但覺粉白黛綠爭列於前，而天然之美無以見，又何遑論其雅耶。至其描寫活潑之作品，時亦有之，舉詞於下：

何處合成愁。離人心上秋。縱芭蕉不雨也颼颼。都道晚涼天氣好，有明月倦登樓。　年事夢中休。花空煙水流。燕辭歸客尚淹留。垂柳不縈裙帶住，漫長是繫行舟。（《唐多令》）

迷蝶無蹤曉夢沉。寒香深閉小庭心。欲知湖上春多少，但看樓前柳淺深。　愁自遣，酒孤樽。一簾芳景燕月吟。杏花宜立斜陽看，幾陣東風晚又陰。（《思嘉客》）

總之，夢窗此類作品殊不多睹，且調格之高亦弗如白石遠甚，更無特色可言。雖周濟謂之『夢窗奇思壯采，騰潛淵，返南宋之清泚，為北宋之濃摯』，此亦耳食之論耳。

四、王沂孫與張炎

（a）身世

王沂孫字聖與，號碧山，又號中仙，會稽人，生年無考。宋亡後，落拓以終。有《碧山樂府》二卷。張炎字叔夏，號玉田，又號樂笑翁，西秦人，家臨安。生於宋淳祐戊申，宋亡後，潛跡不仕，縱游西浙名勝以終，卒年約在元大德間，有《山中白雲詞》八卷。

（b）評論

詞至宋末，以國勢日頹，遂由雍和氣象一變而為靡麗之音。不特北宋風流渡江已絕，即南渡詞人風韻亦已蕩然。碧山故國遺老，玉田身為王孫，其所受刺激是非其他可比，故發為文辭，大有寒蛩幽咽之概，此所謂『亡國之音』也，今舉詞於下：

一襟餘恨宮魂斷，年年翠陰庭樹。乍咽涼柯，還移暗葉，重把離愁深訴。西窗過雨。怪瑤珮流空，玉箏調柱。鏡暗裝殘，為誰嬌鬢尚如許。銅仙鉛淚似洗，嘆移盤去遠，難貯零露。病翼經秋，枯形閱世，消得斜陽幾度。餘音更苦。甚獨抱清商，頓成淒楚。謾想薰風，柳絲千萬縷。（《齊天樂》碧山）

楚江空晚。悵離羣萬里，怳然驚散。自顧影欲下寒塘，正沙淨草枯，水平天遠。寫不成書，只寄得相思一點。嘆因循誤了，殘氊擁雪，故人心眼。憐旅愁荏苒。謾長門夜悄，錦箏彈怨。想伴侶猶宿蘆花，也曾念春前，去程應轉。暮雨相呼，怕驀地玉關重見。未差他雙燕歸來，畫簾半捲。（《解連環》玉田）

按此二人所作，往往蒼涼激楚，即景抒情，備寫其身世盛衰之感，非徒以剪紅刻翠為工也。惟碧山以恬淡見長，惜乏雄渾氣象；玉田專宗白石，而調格則不及遠甚。

南宋之詞學可與北宋相頡頏者，豪壯當推稼軒，高匹當推白石，而史達祖、高觀國輩，與白石齊名。復有張輯、吳文英諸人師之於前，周密、蔣捷、王沂孫諸人效之於後，故當時詞學可謂極盛。然一至金元之時，正聲微茫，院本戲曲起而奪詞家之席，蓋斯道從此衰微矣。

第五章　宋詞之派別及其分類

詞之區別最先以宗派為歸，其能卓立於羣者，則立為一派，用為模範。繼續承遺，無稍越軌，是為正統。其有異於此列者，則以別派視之。此種區分既不合於科學之方法，而於文學進化之原理亦多所違誤，未能盡區別之道也。其後文學思想漸臻完備，遂有分為豪放與婉約二派者，則以詞之體裁而決也。如蘇子瞻『大江東去』之調，激昂慷慨，為豪放之派。而婉約之派，則以易安為宗，其詞旎旎溫柔，大有兒女情長之概。然蘇詞之中雖多奮昂之作，間亦有婉柔之腔。《浣溪紗》春閨之什，即其明例也。而婉約之派，亦未必盡為溫旎之作，其當離井背鄉或遠戍沙場，悲壯之氣，發諸歌詞，亦為事理之常。故以此而別派，未足以言盡善。又有以作者之分，而別為平民派與貴族派者，貴族之作品屬貴族，平民之作品屬平民。其以作品精神為主者，則以平民化之作品，不論其作者為平民或為貴族，概以平民派論之。反之，其作品為貴族化者，無論其作者為貴族或為平民，概以貴族派論之。然均失諸輕重不均。如從前者之說，則宋詞中平民之作品，幾如麟毛。從後者之說，則宋詞中平民化之詞家亦無一二。苟以此別之，其歷數之詞家盡為貴族派矣。故無分派之可言，亦無所取法。至於以作品之性質言，又有創為白話派與古典派之說者，則尤屬謬誤。夫古之人，其好學之心，迥非今人所能望及，則於經史典實必熟誦無遺，其發之於言亦維念之於心者。故自宋詞以次，其無古典之作品，殆不可見。而白話之體，亦不過散見各詞中耳。其不可以此分派也，明矣。前此之說，均以宗統而定，旨多極端之失。維以分類別之，庶幾免斯弊歟。分類之法，厥維二端。一以形式之長短言者，其法以字之長短分為小令、中調、長調，以五十八字以下為小令，九十字以下為中調，九十一字以上為長調。然如《七娘子》一調，有為五十八字者，有為六十字者，置之小令乎？抑置之中調乎？亦無以圓其說也。其一以歸納描寫之性質而言者，始為完美。今分別述之：

（一）艷情詞——描寫兩性愛之情緒與動作，如黃魯直之《千秋歲》《歸田樂引》《好事近》。

（二）閨情詞——描寫閨人情緒想思，如歐陽修之《歸國謠》、李易安之《一剪梅》。

（三）鄉思詞——描寫思鄉之情緒與感懷，如柳永之《八聲甘州》《安公子》。

（四）愁別詞——描寫離別前後之情緒，如柳永之《雨鈴霖》、周邦彥之《蘭陵王》。

（五）悼亡詞——描寫喪亡之哀感，如蘇軾之《西江月》。

（六）嘆逝詞——描寫時光之流駛，良辰美景之飛逝，嘆芳年之不可淹留，如秦少游之《江城子》及《滿庭芳》。

（七）寫景詞——因詞過片時須到自敘，往往於寫景含有抒情，如歐陽修之《採桑子》、晏同叔之《踏莎行》。

（八）詠物詞——詠物詞亦含有抒情，如蘇東坡之《水龍吟》詠楊花、姜白石之《暗香》《疏影》詠梅花。

（九）祝頌詞——如晏叔原之《鷓鴣天》、柳永之《傾杯樂》《醉蓬萊》。

（十）詠懷詞——如辛稼軒之《水調歌頭》《賀新涼》。

（十一）懷古詞——如蘇軾之《念奴嬌》、辛棄疾的《永遇樂》《水龍吟》。

此皆因詞之性質而分，非以個人為準也。

綜上所述，可得表如下：

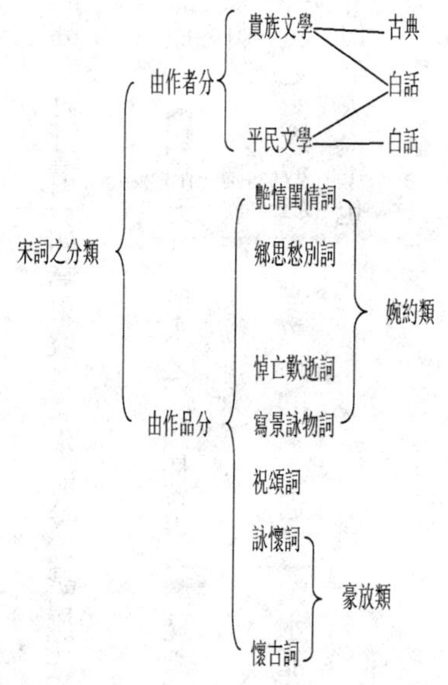

結論

詞至北宋，體製日盛，至南宋流變益繁。北宋詞人世際清明，故雍容揄揚，詞旨和婉。南宋時逢擾攘，故語多寄託，感慨遙深。蓋以境有不同，兼之才性異區，學有偏勝，致粗細精渾疏密隱顯，各有風格，誠難強為軒輊，未可妄加出入也。余茲所作，亦不過平日管見所及，乖誤殊多。惟於詞之內包外延，宋詞之發展與變遷，及作家與其平生或可稍得其匯要。至詳密之底蘊，尚有待於深討精研也。茲引周濟論宋詞一節以結吾論：

兩宋詞各有盛衰，北宋盛於文士而衰於樂工，南宋盛於樂工而衰於文士。

又曰：

北宋主樂章，故情景但取當前，無窮高深極之趣。南宋則文人弄筆，彼此爭名，故變化益多，取材益富。然南宋有門徑，有門徑，故似深而轉淺。北宋無門徑，無門徑，故似易而實難。

吴歌與詞

——唐宋音樂文學史第三章

劉堯民

劉堯民（1898—1968），名治雍，又字伯厚，雲南會澤金鐘人。1937 年應雲南大學文史系主任徐嘉瑞的邀請，到雲南大學講授詞曲和溫李詩詞。曾任雲南大學中文系教授、系主任等職。著有《詞與音樂》《吳歌與詞》《晚晴樓詞話》等。

《吳歌與詞》，原為劉氏計劃撰寫《唐宋音樂文學史》之第三章，其它章節未見。主要分為導言、詞之淵源、長江流域之詩人與詞之關係、白居易與詞的關係、劉禹錫與詞的關係、韋應物與詞的關係、詞之成長與音樂之關係、吳歌與詞的關係、結論等九部分。《吳歌與詞》原載於 1930 年第 2 卷第 5 期《國立中央大學半月刊》，本書據此整理。

目錄

劉堯民　吳歌與詞

一、導言

當六七世紀的時候，長江流域一帶民間文學，如花一般的開得芬香燦爛。特別以長江下流的詩歌，尤為發達，就是遺留到現在的『吳聲歌曲』。這種詩歌的形式，是很自由的；如：《華山畿》《嬌女詩》《道君曲》《青溪小姑曲》等類；有好多詩都是些長短句不拘格律的詩歌。如《華山畿》的幾首：

啼著曙！淚落枕將浮，身沈被流去。啼相憶！淚如刻漏水，晝夜流不息。一坐復一起，黃昏人定後，許時不來已。懊惱不堪止。上牀解腰繩，自經屏風裏。奈何許？天下人何限，慊慊只為汝。

又如《道君曲》：

中庭有樹自語，梧桐推枝布葉。

《嬌女詩》：

蹀躞越橋上，河水東西流。上有神仙，下有西流魚。行不獨立，三三兩兩俱。

《青溪小姑曲》：

開門白水側，近橋樑。小姑所居，獨處無郎。

這種自由體詩，就影響及於當時的文人，也摹倣做起新體詩來，如梁代的吳聲歌曲裏面，有梁武帝的《江南弄》：

眾花雜色滿上林。舒芳耀緑垂輕陰。連手躞蹀舞春心。舞春心。臨歲腴。中人望，獨踟蹰。

梁武帝的《採蓮曲》：

遊戲五湖採蓮歸，發花田葉芳襲衣。為君豔歌世所希。世所希。有如玉。江南弄，採蓮曲。

又如徐陵的《長相思》：

長相思，好春節，夢裡恒啼悲不洩。帳中起。牎前咽。柳絮飛還聚，遊絲斷復結。欲見洛陽花，如君隴頭雪。

他如王筠的《楚妃吟》，沈約的《六憶詩》，徐勉的《迎客送客曲》，僧法雲的《三洲歌》，梁武帝的《龍笛曲》《鳳笙曲》《採菱曲》《游女曲》《朝雲曲》，梁簡文帝的《春情曲》，都是些長短自由的詩歌。到後來隋煬帝還有一首《夜飲朝眠曲》，又摹倣沈約的《六憶詩》而作。這種情形，不能不說是受了民間文學的影響，直然是民間化的新詩。就形式上來說，和後來的長短句的詞是一樣；就性質上來說，這種委婉柔膩的情緒，也很和詞相近。所以楊慎的《升庵詞品》、毛奇齡的《西河詞話》，都以為這些詩歌是後來詞調的鼻祖。

二、詞之淵源

這些長短句的詩歌，既是早就起源于梁隋時代，就應當繼續發達，成為一大系統的詩歌。怎麼到初唐、盛唐時就消滅了，沒有人繼續創作？直到中唐以後，才有正式的詞調產生呢？《四庫提要》說：

考累代吳聲歌曲，句有短長，音多柔曼，已漸近小詞。唐初作者雲興，詩道復振，故將變而不能變；迨其中葉，雜體日增，於是《竹枝》《柳葉》之類，先變其聲。《望江南》《調笑令》《宮中三臺》之類，遂變其調……（《詞曲類》）

是因為「作者雲興，詩道復振」的原故，其實這說還不澈底，因為有幾種原因：（一）是因為這些吳歌是隸屬在「清樂」裡面，音樂存詩歌亦存，音樂亡詩歌亦亡。到隋唐時候，外國的音樂輸入的多了，這種中國南方的音樂，漸漸失傳。杜佑《通典》說：

自長安以後，朝廷不重古曲，工伎轉缺；能合於管絃者，唯《明君》《楊叛》《驍壺》《春歌》《秋歌》《白雪》《堂堂》《春江花月夜》等共八曲。舊樂章多或數百言，時《明君》尚能四十言，今所傳二十六言，一就中訛失，與吳音轉遠，以為宜取吳人，使之傳習。開元中有歌工李郎子，郎子北人，聲調以失，之學於俞才生都人也。自郎子亡後，清樂之歌闕焉，又闕清樂。

樂歌既失傳，這種詩詞，當然也隨之而亡，學者也無從創作了。但是《通典》上說的，不過就朝廷上所用的樂歌而言，所謂失傳，只是失傳於朝廷裏邊，沒有失傳於民間；只是失傳於北方，沒有失傳於南方的本地。我以為從前的這種民間的自由詩歌，還是繼續存在於民間，不過不有人去採取罷了，也如同周代的採詩之官既亡，然不能說是《三百篇》以後，就沒詩了。這種民間的吳歌，當然還是存在的，而在當時的一般文人，又很少同民眾接近，所以就越發隔絕了。且看當時文學界的情形：

（二）當時文學界有兩種傾向：

一種是詩歌的復古運動。詩壇上的領袖，如張九齡、陳子昂，以至李太白等，都主張洗去六朝的綺麗鉛華，而恢復魏晉以前的古意。張九齡作了擬古的《感遇詩》十幾首；陳子昂有擬古的《感遇詩》三十八首，都倣效曹子建、阮嗣宗的而作。至李白更是目高於頂的，他完全不作近體詩，多作古詩，七言的都是摹倣《楚辭》，五言的都是摹倣《古詩十九首》，所以他說：

大雅久不作，吾衰竟誰陳？王風委蔓草，戰國多荊榛。……自從建安來，綺麗不足珍。

文學界裏既有了復古的運動，對於這種通俗的民間的文學，那簡直風馬牛不相及了。

一種是隋以來機械的文學，漸漸形成。因為從沈約、陸法言們提倡『四聲八病』的齊梁體的詩歌以後，一般文人都講究詩歌的格律。漸漸到了唐時，沈佺期、宋之問才成了一種具體的格式的詩歌，於是乎詩歌就成了機械的文學。跟著朝廷又以律詩律賦取士，一般文人，為功名之所趨。所以，這機械的文學，就風靡一時。而民間的詩歌體裁，是極其自由的，和這種機械詩體恰立於反對地位，所以當時的文人，也就不注意自由的民間的文學了。

南方民間的詩歌，所以在梁隋時代，還有人摹倣，到了唐時就消滅了，不即成為長短句的詞，不出上列三種原因。

三、長江流域之詩人與詞之關係

我相信中國民族，在長江流域一帶的文藝思想，是特別發達的，而且最富於創作性。他的表情又非常之婉委纖麗。中國的文學史，差不多全受南方民族文學的支配。試看上古的《周南》《召南》即是長江流域的文學，比其他十三國風要來得溫柔和平些。其後戰國時有『巫歌』『楚聲』、屈宋諸大文學家的作品，即由此而淵源，遂支配漢代幾百年的詞賦史。而中古的清商曲辭，又是由古代南方的房中樂歌淵源而來，清樂裡邊的這種吳聲歌曲，即是純粹的南方民間文學，他既有這幾千年的歷史，萬不能到了唐時就會消滅了的。而且到時唐又受著西域音樂的影響，這種新音樂，和南方溫柔的民族性同化，於文學上必定更有異樣的色彩。只是當時的文人，太守舊，太機械，不同民眾接近。不得享受民間自然的芳香，採取了來救他們的死文學，而另創造新生命。

果然！到了中唐，出了三四個受了南方民間化的文人，就產生出一種新詩歌來，即是長短句的詞。這幾個文學家即由白居易、劉禹錫、韋應物，詞就是由他們手裏面成功的，因由他們之所以得和民間接近，都是貶官來到南方，《歷代詞人姓氏》說：

> 韋應物，京兆人，……出刺滁州，改江州，……又刺蘇州。劉禹錫，中山人，……貶朗州司馬。召還，復出刺連州。白居易，其先太原人，……貶為江州司馬，……出刺杭州，……復刺蘇州。

他們幾個都是北方人，尋常間於南方的風景文化，素未享受過。因貶謫出來，才到南方。大凡遭貶出的心境，都是非常之消極的，既值不得自殺，一時間又不能回家鄉，只得抱一種享樂主義，每日放心的去遊玩山川風景；或常同些妓女、樂工往來，聽一些音樂、詩歌，將苦悶的日子消遣了過去。而這些妓女、樂工，即是民衆藝術家，凡民間的詩歌、音樂，他們都精習的。況且幾個文學家，也都懂音律，所以南方的這種民間詩歌，就和他們接近，他們無形中受了民間化，於是乎就產生出新詩歌來了。

在未說幾個民衆化的文人怎樣創作新詩歌之先，應當要辨證一下在他們以前的長短句的詞：韓偓《海山記》裏邊，有幾首隋煬帝的《望江南》（又見《南部煙花記》）。據段安節《樂府雜錄》說，此調是李德裕的自由制曲，隋煬帝怎麼會能作此調？所以萬樹的《詞律》也說，唐時的《憶江南》是單調，到宋時才有雙調。豈有隋時便成雙調的道理？不待辨已可知其僞了。《開元軼事》上載有唐玄宗的《好時光》長短句一調，此事亦見《羯鼓錄》。不有說明皇有《好時光》詞，況且他的詞上有兩句：

嫁取個有情郎。彼此當年少，莫負好時光。

這簡直不類玄宗的口吻，也可知是嫁名的了。

《全唐詩附錄·詞上》有李白的《桂殿秋》兩詞，《連理枝》二調，《菩薩蠻》一調，《憶秦娥》一調，《清平樂》五調，都是長短句。後人就說李白的《菩薩蠻》《憶秦娥》二調，為百代詞曲之祖（見鄭樵《通志·樂略》）。我們要曉得李白是個復古運動的大家，所以孟棨《本事詩》說：

李太白嘗言：『興寄深微，五言不如四言，七言又其靡也，況使束於聲調俳優哉？』

他萬不肯來作這『聲調俳優』的詞了。況且《桂殿秋》是李德裕的步虛詞(見《許彥周詩話》)，《菩薩蠻》調是到宣宗大中時候才有的(見《杜陽雜編》)，李太白怎麼會來作此調？其嫁名的痕跡，已顯然昭著。所以有李太白的長短句，我們都不可信。(詳辨見胡應麟《筆叢》)

總之，一種新文學初出世時的形式，和舊有的文學形式，必不十分大離異。初產生的詞調，他的句法還不十分參差不齊，有點相近普通夾有三言五言的七言古風：如《憶江南》《長相思》《赤盡子》《蕭湘神》《天仙子》等調，即是其例。而其表情尚不及成功以後的委婉柔麗，這可取白居易、劉禹錫的詞，和溫庭筠的詞相比較，就大可見了。俗傳李白和唐玄宗的詞，其形式和內容，已經是成功以後的詞了，所以不可信。

除了這幾個假名的偽詞，真正可靠的，最初的長短句詞，就要算韋應物的《調笑令》。劉禹錫、白居易的《望江南》幾調。他們三人要算是新詩歌的初祖，詞所以不成功於別人手裏，而成功於他們的手裏，就要曉得別人沒有具得他的資格，和他們的環境。

他們的資格，是都懂音律，和有平民化的性質。

他們的環境，是都遭貶出到長江流域內，得和江南的民眾接近。

四、白居易與詞的關係

相傳，白居易作詩，是要求『老嫗能解』的。可見他早就具有一種民眾化的性質。看他的詩裏邊，對於在南方的戀慕，江南的風景，和在江南同樂工、妓女們吹彈遊耍的事，可知他受了南方的影響不小。如《送姚杭州赴任因思舊遊》：

笙歌縹緲虚空裏，風月依稀夢想間。

《早春憶蘇州寄夢得》：

士女笙歌宜月下，使君金紫稱花前。誠知歡樂堪戀留，其奈離鄉已四年。

《寄答園協律》（自注云：『來詩多敘蘇州舊遊。』）：

故人敘舊寄新篇，惆悵江南到眼前。闇想樓臺萬餘里，不聞歌吹一周年。

《憶舊遊》：

江南舊遊凡幾度，就中最憶吴江隈。……修娥慢臉燈下醉，急管繁絃頭上催。……李娟張態一春夢，週五殷三歸夜台。（自注云：『娟、態，蘇州名妓，周、殷，蘇州從事。』）……

這一類憶想江南的詩真多了，可想見他熱情的戀慕，和常同妓女、樂工們接近的情況。因由一接近，就得到了民間美麗的詩歌，就是《長相思》一調長短句的詞：

汴水流。泗水流。流到瓜洲古渡頭。吴山點點愁。　思悠悠。恨悠悠。恨到歸時方始休。月明人倚樓。……

深畫眉。淺畫眉。蟬鬢鬅鬙雲滿衣。陽臺行雨回。　巫山高。巫山低。暮雨瀟瀟郎不歸。空房獨守時。

這首詞從來都收作白居易的詞，而《長慶集》裏不收，他的《自序》明説：『若集內無，而假名流傳者，皆謬為耳。』可見這詞不是他作的，這詞是江南一個妓女吴二娘作的。白居易《寄殷協律詩》明明說：

吳娘暮雨瀟瀟曲，自別江南更不聞。自注說：『江南吳二娘曲詞云：「暮雨瀟瀟郎不歸。」』

又《聽彈湘妃怨詩》：

分明曲裡愁雲雨，似道瀟瀟郎不歸。自注說：『江南新詞有云：「暮雨瀟瀟郎不歸」。』

可見這首詞是吳二娘所作，誤收作白居易所作。又或疑這詞是後人將『暮雨蕭蕭郎不歸』這一句取來，足成一首《長相思》調子；可看白居易詩中說：『分明曲裡愁雲雨。』而本詞中又有『蟬鬢鬅鬙雲滿衣，陽臺行雨回』的『雲雨』字樣可證。況且氣韻是一貫的，絕無生湊的痕跡。又說是『新詞』，可見是新創的詞調了，就可斷定這詞確是吳二娘作的。吳二娘是江南妓女，見這種長短句的詞，已經在南方的妓女、樂工口中流行了。白居易受了這種長短句的感化不小，所以他就有《憶江南》詞的摹作：

江南好，風景舊曾諳。日出江花紅勝火，春來江水綠如藍。能不憶江南？

此詞最耐研究的是，他詞底下的自注：『此曲亦名《謝秋娘》，每首五句。』所謂『每首五句』，可見是流傳的詞句，通常為五句，他是照著這規矩來填詞的，不是他的自度曲。也如同他的《聽歌六絕句》的《水調》下自注說：『第五編乃五言調，調韻最切。』

這也是說《水調》的第五篇，老規矩都是五言調，就可見《憶江南》的五句長短句，也是舊規矩了。這首《憶江南》的長短句，在白居易以前的詩家集子裏，還沒有人作過，而所謂舊規矩，可見是民間流行的歌詞了。據段安節《樂府雜錄》說：

> 自《望江南》（即《憶江南》），始自朱崖李太尉鎮制日，為亡妓謝秋娘所撰，本名《謝秋娘》，後改此名，亦曰《夢江南》。

我以為此說不可靠。白居易的詞注，意思分明說是舊詞。又據劉禹錫和白居易的詞有二句說：

> 春去也，多謝洛城人。

是劉禹錫在分司東都時作的詞，他分司東都事，在憲宗元和年間，而李德裕做淮南節度使，卻是在文宗開成初年，可見這詞早已有了。我以為此詞當初是流行江南民間，名《謝秋娘》，後來白居易填了些憶念江南風景的詞，就叫做《憶江南》，也如同劉禹錫的詞名，《為春去》也是一樣的例。由此可見白居易、劉禹錫是受了南方流傳的長短句而摹做填詞了。

《全唐詩附錄·詞》裏，白居易有詞四調。《花非花》一首，是無音調的詞，也可說是摹做長短句的作品。其《如夢令》三首，是假名的。（《如夢令》是後唐莊宗所作，見《古今詞話》。）《長相思》二首，是吳二娘作。已辨在前。

五、劉禹錫與詞的關係

劉禹錫做過朗州司馬，做過連州刺史，又做過蘇州刺史。他對於南方的樂歌，是很醉心的。如《採菱曲》：

> 一曲南音此地聞，長安北望三千里。

《觀柘枝舞詩》：

燕秦有舊曲，淮南多冶詞。

於此又可見南方抒情詩之發達——「冶詞」。而最使他夢魂顛倒的，莫過於在四川，他聽見四川的民歌《竹枝詞》，真令他消魂奪魄，於是乎他就按著音調，作《竹枝詞》九首，他《竹枝詞序》說：

四方之歌，異音而同樂。歲正月，余來建平，里中兒聯歌《竹枝》，吹短笛擊鼓以赴節，歌者揚袂睢舞，以曲多為賢。聆其音，中黃鍾之羽，卒章激訐如「吳聲」。雖傖佇不可分，而含思宛轉，其淇澳之豔音。昔屈原居沅、湘間，其民迎神，詞多鄙陋，乃為作《九歌》。到於今，荊楚歌舞之。故余亦作《竹枝》九篇，俾善歌者颺之，附於末，後之聆者，知變風之自焉。

這是長江上流的詩歌，他說：『卒章訐激如吳聲，雖傖佇不可分，而含思宛轉有淇澳之豔音。』可見是受了吳歌的同化，有『含思宛轉』之妙，不愧是南方文學的本色。劉禹錫不但按譜填詞，並且還能歌唱此曲。白居易《憶夢得》詩：

幾時紅燭下，聞唱《竹枝歌》。自注說：『夢得能唱《竹枝》，聽者愁絕。』

可見他著實受了南方民間詩歌的感化不小了。這首《竹枝詞》雖不是長短句，於此可見他受民間化之深。當時湘南地方的歌很發達，看他的《踏歌詞》說：

春江月出大隄平，隄上女郎連袂行。唱盡新詞看不見，紅霞映樹鷓鴣鳴。……新詞宛轉遞相傳，振袖傾鬟風露前。月落烏啼雲雨散，游童陌上拾花鈿。

可以想見當時民間男女的詩歌衝動、感情活潑之一斑。劉禹錫集中又有兩首《瀟湘神》的長短句詞：

湘水流，湘水流。九疑雲物至今愁。君問二妃何處所？零陵香草雨中收。（其一）

這《瀟湘神》大概是瀟湘一帶民間祭神的樂歌，音調很優美，很流行，所以白居易集中，有《夜聞箏中彈瀟湘送神曲感舊詩》，又《夜招晦叔詩》說：

為君更奏神湘曲，夜就儂來能不能？

劉禹錫大約也是受著民間這種樂歌的影響，依著曲拍作成這首長短句的詞。（又劉禹錫《浪淘沙》云：『令人忽憶瀟湘渚，回唱迎神三兩聲。』可見瀟湘神曲之美。）

六、韋應物與詞的關係

韋應物來過南方，做過蘇州刺史，又做過和州牧。《樂府紀聞》說他『性曉音律』，楊巨源的《吹笛記·許雲封傳》記他和樂工討論音樂的一事很詳，可見他也是醉心音樂的人。《唐詩紀事》說：

韋蘇州性高潔，所在焚香掃地，惟顧況、皎然輩得與倡酬。其小詞不多見，惟《三臺令》《轉應曲》流傳耳。

兩記現在《全唐詩》裏邊，《三臺令》是整齊的六言絕句，《轉應曲》是一首長短句：

胡馬。胡馬。遠放燕支山下。跑沙跑雪獨嘶。東望西望路迷。迷路。迷路。邊草無窮日暮。

這首《轉應曲》，又名《調笑令》，《調笑令》的長短句，是開始於韋應物了。他來過南方，又懂音樂，長短句又是他開始的。我們雖不能找出他作長短句的動機，和南方樂歌有關係的具體的證據，但其中不能無所因緣。

七、詞之成長與音樂之關係

詞之開始，既是由於白居易、劉禹錫、韋應物三人，恰好他們三人都是來過南方，做過蘇州刺史，而三人都是懂音樂，都常和一般民眾藝術家、妓女、樂工接近，所以這種民間化的新文學，不成於別人之手，而成於他們三人之手。內中除韋應物的《轉應曲》，找不出他摹倣的證據，如白居易、劉禹錫的《憶江南》《竹枝詞》《蕭湘神》，都有摹倣的痕跡，而《長相思》一調已可見長短句在民間早已流行了，到他三人一創始，漸漸這種新文學為文壇所公認，於是乎才正式的發達起來。

我們可以總結以上的議論如下：

詞的濫觴，早就在古代的吳聲歌曲裏邊，到了唐時，文學界起了復古的運動，這種民間的自由詩，遂不為文人所重視，依然流傳在南方的民眾口中。而當隋唐之際，又受了外國音樂的影響（杜佑《通典》說：『周隋以來，管絃雜曲將數百曲，多用西涼樂；鼓舞曲，多用龜茲樂，其曲度皆時俗之所知也。』可見當時外國音樂之普遍；又隋時的《穆護沙曲》，是波斯樂（見《唐音癸籤》），後來的《天仙子》，是龜茲樂（見《樂府雜錄》），都是起於南方），得了一番新洗禮，於是民間文學又另放一異彩，只是不為文人所重視。到中唐以後，二三個遭貶謫的文人，來到江南，遂發現這種民間的新文學，就摹倣去做，後來漸為一般學者所公認，於是這種民間化的新文學，才宣告成立。

八、吳歌與詞的關係

我們先由形式方面看，古代的吳聲歌曲，盡是些小詩。要知道，純粹的抒情詩，並沒有長詩之形式。所以美國抒情詩人愛倫頗論詩的原理，就是主張小詩，而以長詩是一種『語意的矛盾』。這話雖不免偏激，然在抒情詩的形式，都是以短為妙，所以吳歌的小詩，很合這種原則。而詞之初起，盡是些『小令』，這確是淵源於吳歌的證據，徐釚《詞苑叢談》（卷四）說：

《子夜》《懊儂》，善言情者也，唐人小令尚得其意，則詩餘之作，不謂之直接古樂府不可。

北宋的詞家，如晏幾道的眼光很高，他能看到詞是直接於樂府，所以他的詞集叫做《樂府補亡》（見《小山詞·跋》），而他的詞也就學吳歌，如他的《生查子》：

金鞍美少年，去躍青驄馬。縈繫玉樓人，繡被春寒夜。　消息未歸來，寒食梨花謝。無處説想思，背面秋千下。

這與《玉臺新詠》所載的《蘇小小歌》，簡直是一樣的格調：

妾乘油壁車，郎騎青驄馬。何處結同心，西陵松柏下。

可見詞也是純粹的抒情詩。又由內容方面來看：

中國北方的民族思想，都是崇拜『男性』；而南方的民族思想，都是崇拜『女性』，凡北方文學中所別描寫的女性，都加以『男性化』，如上古文學裡面《衛風》中寫的女性是：

碩人頎頎。

委委佗佗，如山如河。

這就是描寫女性的男性化。而在南方文學裡面，所描寫的男性，都加以『女性化』，如古代《楚辭》裡邊的《雲中君》《山鬼》等篇，分明是男性之神，他偏要加以女性化。又如《九章》中的《懷沙》，是屈原自己的寫照，而描寫為：

眴兮窈窕，孔靜幽嘿。

加了一層女性化。在中古時候的南北文學，也是這樣。北方的文學，都是雄快，無處不是男性的表徵，如描寫女性的《木蘭詞》，都加了一層男性化。南方的文學，都是優美柔婉，寫著男性的，都加以女性化，如吳歌的聖郎、白石郎，都是男性的神而加以女性化，如《白石郎》的幾句：

積石如玉，列松如翠。郎豔獨絕，世無其二！（參看徐嘉瑞著的《中古文學概論》一〇五頁）

就是女性的寫法，於此可見南方文學是以女性為中心，所以詩歌都有一種纖麗柔婉的情緒。

到了唐代來，詩歌方面，除了些應酬、贈答、登山、臨水之作外，都是些描寫戰爭、崇拜男性之作。而中唐以後，全產生出這種描寫女性，纖麗柔婉的新詩歌來——詞。這是什麼原故呢？雖是詞之初起，是在『酒綠燈紅』的當前，應付妓女之作，所以多是柔麗的音調。而他最重大的原因，卻是承襲著以女性為中心的吳歌而來。由二三個遭了南方化的文學家一提倡，風氣一開，於是以後的詞風，都是南方化，都是以纖麗柔婉為正宗，而與描寫戰爭崇拜男性的文學，就有南北的不同。《詞苑叢談》說：

> 大約詞體以婉約為正，故東坡稱少游為今之詞手，後山評東坡：如教坊雷大使舞，雖極天下之工，要非本色。

《四庫提要·東坡詞下》：

> 詞自晚唐五代以來，以清切婉麗為宗，至柳永而一變，如詩家之有白居易。至軾而又一變，如詩家之有韓愈，遂開南宋辛棄疾等一派。尋源溯流，不能不謂之別格，然謂之不工則不可。故至今日，尚與《花間》一派並行，而不能偏廢。

這種議論很是，但他們雖知以『婉約為正』『以清切婉麗為宗』，而就不知道他的究竟了。

九、結論

我們再由音調上來觀察，越發可見詞的音調，有好多都是由南方舊有的音調翻出來的，而詞和吳歌越發見得有直接的關係。

從前南方舊有的音樂，都是叫做『清樂』，有好多詞的調名，都同『清樂』中的調名相同，今可略舉如下：

《後庭花》，這是陳後主所製，今詞調中有《後庭花》，即其遺曲。按《通典》所說的，清樂從長安以後，能合於管絃的，只有《明君》《楊叛》《驍壺》《春歌》《秋歌》《白雪》《堂堂》《春江花月夜》等八曲，其餘的一概喪失了。唐人詩說：

> 商女不知亡國恨，隔江猶唱後庭花。

宋晁補之詩：

> 去聽《玉樹後庭花》。

而詞調中又有《後庭花》一曲，可見《通典》說的南方樂歌之失傳，只是失傳於朝廷裡邊，並沒有失傳於南方民間。

《伴侶》，這是齊後主所製，見《文獻通考·樂考十五》，崔令欽《教坊記》裏有此曲，今不見於詞調中。

《烏夜啼》，宋臨川王義慶所製，見《文獻通考》。《教坊記》有《烏夜啼》名，《全唐詩附錄·詞》《相見歡》調下注說：『一名《烏夜啼》。』《錦堂春》調下注說：『又名《烏夜啼》。』這兩調或若就是他的遺聲。

《蘭陵王》，這是北齊舊曲，見《北齊書》及《隋唐嘉話》。今詞調中有《蘭陵王》調，《碧雞漫志·卷四》說：『今越調《蘭陵王》，凡三段，二十四拍，或曰三遺聲也。』

《長相思》，梁徐陵有《長相思》，見《百三名家集》，今詞調中也有《長相思》調。

《採蓮子》，詞調中有《採蓮子》調，《樂府解題》說：『清商曲有《採蓮子》，即江南弄中《採蓮曲》。』《江南弄》是吳聲歌曲。

《子夜歌》，這是吳聲歌曲，《全唐詩》《菩薩蠻》調下注說：『一名《子夜歌》。』

《羅敷》，這是古清商大曲，見《宋書·樂志》。《全唐詩》《醜奴兒》調下注說：『又名《羅敷豔歌》。』

以上所舉這幾調，可以見得詞調和南方的吳歌，實有音樂上直接的淵源。但是由吳歌的時代，到詞的時代，其間的音調，不知幾經轉變，若說詞的調子，完全是吳歌的音調，這是不對的，譬如《蘭陵王》這一調，《碧雞漫志》說：

此曲聲犯正宮，管色用大凡字，大一字，勾字，故一名《大犯》。又有《大石調蘭陵王慢》，殊非舊曲，周、齊之際，未有前後十六拍慢曲子耳。

可見詞的音調，雖淵源於吳歌，而絕不相同。王世貞《藝苑卮言》說：

詞興而樂府亡，曲興而詞亡，非樂府與詞之亡也，其調亡也。

《欽定南北曲譜·凡例》說：

揆歌之所昉，曰：詩言志，歌永言，則《三百篇》實為濫觴。一變而為樂府，再變而為詩餘（詞），寖假而為歌曲矣。當為樂府之時，雖亦名之曰古詩，而《三百篇》之音不傳，

> 當為詩餘之時，雖亦號之曰樂府，而古樂之音不傳。

可見詞的音調，和吳歌的音調不相同。但是要說他和吳歌的音調，絕不相干，也是不對的。因由音樂的進化，和生物的進化是一樣的，一個始祖動物進化到後代來，他的形體必定和始祖動物的形體大相徑庭，但是你要說他和始祖動物絕不相干，是不對的。詞必定是淵源於吳歌的音調，到時間一久遠，其間經了多少的進化，就和本來的音調絕不相類。但是他的調名上，可以看出是淵源於樂府的，如南北曲和詞也是一樣的例，南北曲的音調，是由詞進化來，然和詞的音調是絕不相同。沈天羽《九宮譜》說：

> 詞名多本樂府，然去樂府遠矣。南北劇又本填詞，然去填詞更遠。

胡應麟《筆叢》說：

> 宋人《黃鶯兒》《桂枝香》《二郎神》《高陽臺》《好事近》《醉花陰》《八聲甘州》之類，與元人毫無相似。若《菩薩蠻》《西江月》《鷓鴣天》《一剪梅》，元人雖用，悉不可按腔矣。

我們雲南現在做道場的音樂，有幾個名《甘州歌》《一江風》，《小鷓鴣》等類，一看好像似詞曲的音調，要說《甘州歌》即是《甘州子》，《小鷓鴣》即是《瑞鷓鴣》，那是不能的，但由他的名詞上看來，不能說是和詞曲不有血統的關係。

由上面的理論看來，可知詞確是淵源於吳歌，不過中間經過的變化很多，所以他的音調，和吳歌就不相類了。

以上所論的，是詞的音調，有些是淵源於吳歌的舊調，又有些創始的音調，都是起源於南方，如《水調歌》《河傳》兩調，據張君房《脞說》云：

《水調》《河傳》，煬帝將幸江都時所製，聲韻悲切。

其實由調名上看來，恐是煬帝來南方在運河裡邊的歌調，楊慎《升庵詞品》說：

樂府有《穆護砂》，隋朝曲也，與《水調》《河傳》同時，皆隋開汴河時，辭人所製勞歌也。

是《穆護砂》調，也是隋時創始的（《唐音癸籤》說是波斯樂）。我以為楊升庵這說很是，可見是南方的民歌，不是煬帝所製。因由詞調中有好些是出於民間，被當時的君主採取了去，供個人的娛樂，後人就附會說是煬帝自製曲，或是唐明皇自製曲，如《水調》《河傳》即是一例。

《怨王孫》，即《河傳》之別名，《碧雞漫志》說：

《河傳》唐詞存者二，其一屬南呂宮……其一乃今《怨王孫》曲。

《楊柳枝》，《鑒戒錄》說：

《柳枝歌》，亡隋之曲也。

隋無名氏詩有（見《東虛記》）：

楊柳青青著地垂，楊花漫漫攪天飛。柳條折盡花飛盡，借問行人歸不歸。

唐人的詩又說：『萬里長江一帶開，岸邊楊柳是誰栽。煬帝行宮泗水濱，數枝殘柳不勝春。』

可見此曲是隋時長江一帶的民歌，後來白居易的《楊枝詞》，就是由此曲新翻出來（詳見《碧雞漫志》）。可見南方的音調，於詞是很有影響的。

總之，南方舊來的音調，有好多是為詞的淵源，不過中間經過外國音樂的影響，受了外國音樂化（唐玄宗命法曲與胡部新聲合奏，可見中國的音樂，已經經過外國的同化，其詳別具他篇），於是詞的音調，和吳歌就不相類了。

詞學源流

許之衡

許之衡（1877—1935），字守白，號飲流齋主人、曲隱道人，室名飲流齋。本籍浙江仁和（今屬杭州），生於廣東番禺（今廣州市）。康有為入室弟子。畢業於日本明治大學。1922 年秋，在北京大學任教的吳梅應南京東南大學之聘，舉家南遷，經吳梅舉薦，許之衡正式到北京大學國文系任教，基本延續吳梅開設的課程。後歷任北平師範大學、北平女子文理學院教授等。著有《守白詞》《中國音樂小史》《曲選及作法》《曲律易知》《飲流齋說瓷》等。

《詞學源流》分為七节：唐前詞、唐詞、五代詞、宋詞、遼金元詞、明詞、清詞。《詞學源流》有油印本，今藏北京大學圖書館古籍部，本書據此整理。

目錄

一、唐前詞

詞由詩而遞變，而其源則始于古樂府。樂府之制，肇自西漢，《史記》云：高祖房山六人，作《房中歌》十七章，名曰《房中樂》。惠帝二年，夏侯寬為樂府令，更《房中歌》為《安世樂》。武帝繼世，乃立樂府，采詩夜誦，有趙代秦楚之謳，以李延年為協律都尉，多舉司馬相如等，造為詩歌。略論律呂，蓋至漢武時而大備。所采者兼及各地歌謠，亦猶詩三百篇，本之太史輶軒采風之意也。由是樂府之名，自漢迄六朝，蔚然大盛，今所流傳者，莫備于郭茂倩《樂府詩集》一書，凡郊廟歌詞十二卷、燕射歌詞三卷、鼓吹曲詞五卷、橫吹詞五卷、相和歌詞十八卷、清商曲詞八卷、舞曲歌詞五卷、琴曲歌詞四卷、雜曲詞十八卷、近代曲詞四卷、雜謠歌詞七卷、新樂府詞十一卷，共一百卷，為樂府中第一善本。然漢以後聲律日以變遷，漢樂府之詞，既不盡傳，後人所擬者，未必盡能入樂也。大抵郊廟歌詞、燕射歌詞等，義取莊重，以四言居多，猶葩經之遺制。至鼓吹曲、橫吹曲、相和歌、清商曲等，多采各地歌謠，專取音節之諧和，不拘其詞義也。今就漢樂府中，為詞所自出者，摘錄數章如下，以見一斑焉。

君馬黃歌

君馬黃，臣馬蒼。二馬同逐，臣馬良。易之有騩蔡有赭，美人歸以南。駕車馳馬美人傷我心。佳人歸以北，駕車馳馬佳人終安極。

臨高臺曲

臨高臺以軒，下有清水清且寒。江有香草目以蘭，黃鵠高飛離哉翻。關弓射鵠，今我主壽萬年。收中吾。

『收中吾』三字，乃當時之腔，後人誤列為曲詞者。

平陵東

平陵東，松柏桐，不知何人劫義公？劫義公在高堂下，交錢百萬兩走馬。兩走馬，赤誠難，顧見追吏心中惻。心中惻，血出漉。歸見我家賣黃犢。

駕虹蜺

駕虹蜺，乘赤雲，登彼九嶷歷玉門。濟無漢，至昆侖。見西王母謁東君。交赤松，及羨門。受要秘道受精神。食芝英，飲醴泉，桂杖桂杖佩秋蘭。絕人事，游渾玄。若疾風遊颻飄飄，景未移，行數千。壽如南山不忘愆。

就此而觀，漢時之樂府，甚盛行長短句，而詞亦長短句也。特漢代文字古樸，不若後世詞句之綺麗耳。至六朝時樂府，則與五代人所作詞極相近矣。茲摘錄數首如下：

宋鮑照　白紵曲

朱唇動，素袖舉，洛陽少童邯鄲女。古稱淥水今白紵。催弦急管為君舞。窮秋九月荷葉黃，北風驅雁天雨霜。夜寒酒多樂未央。

梁武帝　江南弄曲

眾花雜色滿山林，舒芳耀綠垂輕陰。聯手躞蹀舞春心。舞春心。臨歲腴。中人望，獨踟躕。美人綿渺在雲堂，雕金縷竹眠玉床。婉愛寥亮繞虹梁。繞虹梁。流月臺。駐狂風，鬱徘徊。

梁昭明太子　採蓮曲

桂楫蘭橈浮碧水，江花玉面兩相似。蓮疏藕折香風起。香風起。白日低。採蓮曲，使君迷。

梁武帝　桐柏曲

桐柏真。升帝賓。戲伊穀。遊洛濱。參差列鳳管。容與起梁塵。望不可至。徘徊謝時人。

此為六朝時代之樂府，其體完全與詞相同。故《古今詞話》謂：『〈江南弄〉等曲，即詞所自起。』信不誣也。至隋時，新曲極多，《隋書・音樂志》云：『煬帝六制豔篇，辭極淫綺，令樂正白明達造新聲，創〈萬歲樂〉〈藏鉤樂〉〈七夕相逢樂〉〈投壺樂〉〈舞席同心髻〉〈玉女行觴〉〈神仙留客〉〈擲磚續命〉〈鬥雞於〉〈鬥百草〉〈泛龍舟〉〈還舊宮〉〈十二時〉〈安公子〉〈望江南〉〈龍女思元〉等曲，帝悅之無已。』今隋時之曲詞，不盡留傳。如〈萬歲樂〉〈鬥百草〉〈泛龍舟〉〈十二時〉〈安公子〉，詞牌皆有之，不知與隋帝所制者，同一格式否？惟隋帝之〈望江南〉詞，則與今詞譜完全相合也。其詞如下：

隋煬帝　望江南詞

湖上酒，終日助清歡。檀板輕聲銀甲緩，醅浮香米玉蛆寒。醉眼暗相看。春殿晚，仙豔奉杯盤。湖上風光真可愛，醉鄉天地就中寬。帝主正清安。

上詞見於韓偓《海山記》，然或有議其僞託者。至朱弁《曲洧舊聞》所引煬帝〔憶睡時〕一曲，則確為帝所作矣。

隋煬帝　憶睡時

憶睡時，待來剛不來。御妝仍索伴，解佩更相催。博山思結夢，沉水未成灰。

煬帝宮中侯夫人亦傳其能詞，韓偓《迷樓記》曾紀之，所詠乃看梅也。

侯夫人　一點春詞

香清寒豔好，誰惜是天真。玉梅謝後陽和至，散與群芳自在春。

由此可見，詞之萌芽，確有六朝樂府而遞變，至隋朝而漸興，特留傳不多，且其時詞體初起，大輅椎輪，不若後世之窮妍極巧。故綺麗之中，仍存古樸之致焉。至於唐則漸盛矣。

二、唐詞

唐太宗時有〔傾杯曲〕〔英雄樂〕等詞。高宗時，有〔仙翹曲〕〔春鶯囀〕等詞。中宗時，有〔桃花行〕〔合生歌〕等詞。今皆不傳。至唐玄宗，好詩歌，精音律，多自製曲，有〔紫雲回〕〔萬歲樂〕〔夜半樂〕〔還京樂〕〔淩波神〕〔荔枝香〕〔阿濫堆〕〔雨淋鈴〕〔春光好〕〔踏歌〕〔秋風高〕等詞（見《碧雞漫志》《開元遺事》等書）。今傳者有〔好時光〕一詞。

唐玄宗　好時光詞

寶髻偏宜宮樣，蓮臉嫩，體紅香。眉黛不須張敞畫，天教入鬢長。莫倚傾國貌，嫁取個，有情郎。彼此當年少，莫負好時光。

至玄宗宮中，如楊貴妃亦能詞。梅妃之〈一斛珠〉詞，今不傳。楊妃之〈阿那曲〉詞，則見於明卓人月《詞統》所引，其詞又名〈雞叫子〉，乃贈善舞者張雲容之作也。

楊太真　阿那曲詞

羅袖動香香不已，紅蕖嫋嫋秋煙裡。輕雲嶺下乍搖風，嫩柳池塘初拂水。

同時詩人作詞，最善者為李太白。太白詞，顧梧芳《尊前集》錄十二首，《全唐詩》錄十四首，而其最膾炙人口者，則為〈憶秦娥〉一首。

李太白　憶秦娥

簫聲咽。秦娥夢斷秦樓月。秦樓月。年年柳色，灞陵傷別。　樂游原上清秋節。咸陽古道音塵絕。音塵絕。西風殘照，漢家陵闕。

其餘諸家若白居易、元稹、劉禹錫、韋應物、劉長卿、王建等，皆各有詞流傳，但不甚多。只散見於《全唐詩》《樂府詩集》等書。若以詞裒然成集者，則溫庭筠是也。白居易所作較多，有〈花非花〉〈憶江南〉〈如夢令〉〈長相思〉〈一七令〉等詞，茲錄其〈長相思〉詞二首。

白居易　長相思詞

汴水流，泗水流，流到瓜洲古渡頭。吳山點點愁。　思悠悠，恨悠悠，恨到歸時方始休，月明人倚樓。

白居易　憶江南詞

江南好，風景舊曾諳。日出江花紅勝火，春來江水綠如藍。能不憶江南？

元稹　櫻桃花詞

櫻桃花，一枝兩枝千萬朵。花磚曾立摘花人，窣破羅裙紅似火。

劉禹錫　瀟湘神詞

湘水流，湘水流，九疑雲物至今愁。若問二妃何處所？零陵香草露中秋。

劉長卿　謫仙怨

晴川落日初低，惆悵孤舟解攜。鳥向平蕪遠近，人隨流水東西。白雲千里萬里，明月前溪後溪。獨恨長沙謫去，江潭春草萋萋。

王建　宮中調笑詞

團扇，團扇，美人病來遮面。玉顏憔悴三年，誰復商量管弦。弦管，弦管，春草昭陽路斷。

張志和　漁歌子詞

西塞山前白鷺飛，桃花流水鱖魚肥。青箬笠，綠蓑衣，斜風細雨不須歸。

以上諸詞，為極自然之致。蓋唐人作詞略同古謠諺作法。專尚天然音節，猶存樂府遺意也。其初牌名即切所詠之事，如〔憶秦娥〕即詠長安吊古。〔長相思〕即詠遠謫思鄉。〔憶江南〕〔櫻桃花〕〔瀟湘神〕〔宮中調笑〕〔漁歌子〕皆本詞所詠。〔謫仙怨〕亦於詞句中表出。又最初制詞時，牌名未確定也，如〔憶江南〕後改為〔望江南〕，〔瀟湘神〕後改為〔搗練子〕，〔宮中調笑〕後改為〔如夢令〕，由當時每成一調，隨意命名，而後人或用其調而易其名，或沿其名而易其調。牌名之溯原，有毛先舒《填詞名解》一書詳言之。然其後新調日出，變嬗愈多，又非《填詞名解》所能盡者矣。

唐人詞有專集者自溫庭筠始。庭筠詞有《握蘭集》《金荃集》《金奩集》，《金奩》疑即《金荃》之異名，《握蘭》久佚。人所共知者，《金荃集》而已。飛卿之詞，始已雕琢擅場，多喜自製新調。今摘錄數首如下：

蕃女怨

萬枝香雪開已遍，細雨雙燕。鈿蟬箏，金雀扇，畫梁相見。雁門消息不歸來，又飛回。

訴衷情

鶯語，花舞，春晝午，雨霏微。金帶枕，宮錦，鳳凰帷。柳弱燕交飛，依依。遼陽音信稀，夢中歸。

酒泉子

花映柳條，閑向綠萍池上，憑闌干，窺細浪，雨瀟瀟。　近來音信兩疏索，洞房空寂寞，掩銀屏，垂翠箔，度春宵。

定西番

捍撥紫檀金襯，雙秀萼，兩回鸞。齊學漢宮妝樣，競嬋娟。　三十六弦蟬鬧，小弦蜂作團。聽盡昭君幽怨，莫重彈。

歸國遙

香玉，翠鳳寶釵垂䍦簌。鈿筐交勝金粟，越羅春水綠。　畫堂照簾殘燭，夢餘更漏促。謝娘無限心曲，曉屏山斷續。

更漏子

玉爐香，紅蠟淚，偏照畫堂秋思。眉翠薄，鬢雲殘，夜長衾枕寒。　梧桐樹，三更雨，不道離情正苦。一葉葉，一聲聲，空階滴到明。

河瀆神

河上望叢祠，廟前春雨來時。楚山無限鳥飛遲，蘭棹空傷別離。　何處杜鵑啼不歇，豔紅開盡如血。蟬鬢美人愁絕，百花芳草佳節。

河傳

湖上。閑望。雨瀟瀟。煙浦花橋。路遙。謝娘翠蛾愁不銷。終朝。夢魂迷晚潮。　蕩子天涯歸棹遠。春已晚。鶯語空腸斷。若耶溪。溪水西。柳堤。不聞郎馬嘶。

飛卿以前諸家所作之詞，仍不外詩句稍變而已。至飛卿始漸與詩句格相離，而成一詞之句格，與詩分道揚鑣矣。飛卿所制諸詞，多喜用短句及轉韻，平仄互押，已開曲之先例，詞語綺麗，則其本色也。溫兼工詩，與李商隱齊名，時稱『溫李』，仕宦偃蹇，故所為詞多託美人香草之思，以寓感士不遇之意，意內言外，實得詞之正宗。言詞者多奉為圭臬焉。

三、五代詞

陸游曰：『詩至晚唐五季，氣格卑陋，而長短句獨精巧高麗，後世莫及。』王士禛曰：『五季文運委敝，他無可稱，獨所作小詞，濃豔穩秀，甕金結繡而無痕跡。』五代諸家詞，備見於趙崇祚《花間集》中，所錄十八家除溫庭筠、皇甫松為唐人外，餘十六家為五代人也。

韋莊，蜀同平章事，謚文靖，詞名《浣花集》。

薛昭蘊，蜀侍郎。

牛嶠，蜀給事中。

張泌，南唐內史舍人。

毛文錫，蜀司徒，貶茂州司馬，入後唐為內史供奉。

牛希濟，嶠兄子，蜀翰林學士，御史中丞。

魏承班，蜀太尉。

尹鶚，蜀參卿。

李洵，蜀秀才，詞名《瓊瑤集》，今不傳。

歐陽炯，後蜀同平章事，入宋為左散騎常侍。

顧敻，後蜀太尉。

鹿虔扆，後蜀太保。

閻選，後蜀處士。

毛熙震，後蜀秘書監。

和凝，歷仕後唐、晉、漢，封魯國公，詞名《紅葉稿》。

孫光憲，南平御史中丞，詞名《荊台傭稿》。

按：趙崇祚，後蜀人，官衛尉少卿。所選詞以蜀人為多，《花間集》可稱詞選之最古者，言詞者皆宗之。亞於《花間集》者，有《尊前集》，王灼《碧雞漫志》謂為宋人呂鵬輯。朱彝尊《詞綜》謂為明人顧梧芳輯。而黃昇《花庵詞選》又稱呂鵬為唐人。今所傳者，或顧氏承呂氏原書而增損之也。所選詞除見《花間集》者外，復有八家。

後唐莊宗李存勗。

南唐後主李煜。

成彥雄，南唐進士，有《梅嶺集》

庾傳素，蜀同平章事，入後唐為刺史。

歐陽彬，炯之弟，後蜀尚書左丞，出為甯江軍節度使。

劉侍讀，（以下未詳）

許岷，（以下未詳）

林楚翹，（以下未詳）

此外又有一大家，為二集所未入選者，則馮延巳是也。

馮延巳，南唐平章，詞名《陽春集》。

五代詞人，尚有南唐中主李璟，後主之父也。後人合刻其父子之詞，名《南唐二主詞》。然中主僅得數首，後主則卓然大家矣。今五代人詞，有專集者，惟二主詞及馮延巳《陽春集》，清侯文燦、王鵬運均有刻本，餘若韋莊之《浣花集》，和凝之《紅葉稿》，孫光憲之《荊台傭稿》，宋代有刻本，今不易見。李洵《瓊瑤集》則久佚矣。此外，如前蜀後主王衍，後蜀後主孟昶，及南唐徐鉉、潘佑、成幼文諸人，亦稱能詞，然傳者不過一二首而已。

論五代人詞，當以李後主、韋莊、馮延巳、和凝、孫光憲為大家，尤以李、韋、馮三氏為勝。今各摘錄其數首，以見一斑。

相見歡（以下李後主）

無言獨上西樓，月如鉤，寂寞梧桐深院鎖清秋。　剪不斷，理還亂，是離愁，別是一般滋味在心頭。

浪淘沙

簾外雨潺潺，春意闌珊。羅衾不耐五更寒。夢裡不知身是客，一晌貪歡。　獨自莫憑欄，無限江山，別時容易見時難。流水落花春去也，天上人間。

虞美人

春花秋月何時了，往事知多少。小樓昨夜又東風，故國不堪回首月明中。　雕闌玉砌應猶在，只是朱顏改。問君能有幾多愁，恰是一江春水向東流。

應天長（以下韋莊）

綠槐陰裡黃鶯語，深院無人春畫午。畫簾垂，金鳳舞，寂寞繡屏香一炷。碧天雲，無定處，空有夢魂來去。夜夜綠窗風雨，斷腸君信否。

謁金門

春雨足，染就一溪新綠。柳外飛來雙羽玉，弄晴相對浴。樓外翠簾高軸，倚遍闌干幾曲。雲淡水平煙樹簇，寸心千里目。

清平樂

野花芳草，寂寞關山道。柳吐金絲鶯語早，惆悵香閨暗老。羅帶悔結同心，獨憑朱欄思深。夢覺半床斜月，小窗風觸鳴琴。

應天長（以下馮延巳）

一簾彎月臨鸞鏡，蟬鬢鳳釵慵不整。重簾靜，層樓迥，惆悵落花風不定。柳堤芳草徑，夢斷轆轤金井。昨夜更闌酒醒，春愁過卻病。

臨江仙

秣陵江上多離別，雨晴芳草煙深。路遙人去馬嘶沉。青簾斜掛，新柳萬枝金。隔江何處吹橫笛，沙頭驚起雙禽。徘徊一晌幾般心。天長煙遠，凝恨獨沾襟。

謁金門

風乍起，吹皺一池春水。閑引鴛鴦香徑裡，手挼紅杏蕊。鬥鴨欄杆獨倚，碧玉搔頭斜墜。終日望君君不至，舉頭聞鵲喜。

喜遷鶯（以下和凝）

曉月墜，宿雲披，銀燭錦屏帷。建章鐘動玉繩低，宮漏出花遲。　春態淺，來雙燕，紅日漸長一線。嚴妝欲罷囀黃鸝，飛上萬年枝。

小重山

春入神京萬木芳，禁林鶯語滑、蝶飛狂。曉花擎露妨啼妝，紅日永、風和百花香。　煙鎖柳絲長，御溝澄碧水、轉池塘。時時微雨洗風光，天衢遠、到處引笙篁。

菩薩蠻（以下孫光憲）

小庭花落無人掃。疏香滿地東風老。春晚信沉沉。天涯何處尋。　曉堂屏六扇。眉共湘山遠。爭奈別離心。近來尤不禁。

浣溪沙

輕打銀箏墜燕泥，斷絲高罥畫樓西，花冠閑上午牆啼。　粉籜半開新竹徑，紅苞盡落舊桃蹊，不堪終日閉深閨。

河傳

風颭，波斂。團荷閃閃，珠傾露點。木蘭舟上，何處吳娃越豔？藕花紅照臉。　大堤狂殺襄陽客。煙波隔，渺渺湖光白。身已歸，心不歸。斜暉，遠汀鸂鶒飛。

大抵唐五代之詞人，皆擅長小令，而慢詞（即中調、長調）作者甚少。王灼《碧雞漫志》謂唐中葉始漸有慢曲。是慢詞亦始于唐，然傳者寥寥，僅杜牧九十字之〔八六子〕，鍾幅八十九字之〔卜算子慢〕而已。至五代間有作者，如後唐莊宗一百三十六字之〔歌頭〕，薛昭蘊八十七字之〔離別難〕，尹鶚九十六字之〔金浮圖〕，李洵八十四字之〔中興樂〕皆是。此外概不多見。獨至兩宋，而慢詞始盛。蓋小令譬之詩中之五絕、七絕，以語短情長為妙。而字數既少，未能馳騁變化也。慢詞則譬之詩中之七律、七古、五古，篇幅既長，波瀾亦闊，可極變化之能事矣。趙宋一代，填詞最工，論詞者咸宗之。或分北宋、南宋之別，謂詞至北宋而大，至南宋而深。又謂北宋之詞與詩合，南宋之詞與詩分，北宋猶爭氣骨，南宋則專精聲律，詞雖益工，以風尚而論，則有黍離降而詩亡之歎矣。要之，詞至宋人，無美不備，為詞壇之正軌。北宋、南宋，乃時代之分，似不必強為軒輊也。

四、宋詞

宋詞刊本通行者，如明毛晉汲古閣刻《宋六十一家詞》，清侯文燦匯刻《名家詞》，王鵬運《四印齋匯刻詞》，朱祖謀《彊村匯刻詞》，江標《靈鶼閣匯刻詞》，吳昌綬《雙照樓匯刻詞》，陶湘《雙照樓續匯刻詞》，皆稱善本，尤以毛、王、朱三家所刻最有名。今類列之如下：

晏殊《珠玉詞》、歐陽修《六一詞》、柳永《樂章集》、晏幾道《小山詞》、蘇軾《東坡詞》、黄庭堅《山谷詞》、秦觀《淮海詞》、程垓《書舟詞》、晁補之《琴趣外篇》、陳師道《後山詞》、李之儀《姑溪詞》、毛滂《東堂詞》、杜安世《壽域詞》、葛勝仲《丹陽詞》、周紫芝《竹坡詞》、謝逸《溪堂詞》、周邦彥《片玉詞》、呂渭老《聖求詞》、王安中《初寮詞》、蔡伸《友古詞》、趙師俠《坦庵詞》、趙長卿《惜香樂府》、向子諲《酒邊詞》。

侯文燦匯刻《名家詞》，於北宋得三家：

張先《子野詞》、賀鑄《東山詞》、葛郯《信齋詞》。

王鵬運《四印齋刻詞》，於北宋得四家，除蘇軾、賀鑄、周邦彥三家已見不數外，凡一家：

潘閬《逍遙詞》。

朱祖謀《彊邨匯刻詞》，於北宋得二十七家，除張先、柳永、晏幾道、蘇軾、黃庭堅、秦觀、賀鑄、毛滂、周邦彥九家已見不數外，凡十八家：

《宋徽宗詞》、范仲淹《范文正公詩餘》、范純仁《忠宣公詩餘》、韓維《南陽詞》、王安石《臨川先生歌曲》、韋驤《韋先生詞》、張伯端《紫陽真人詞》、劉弇《龍雲先生樂府》、米芾《寶晉齋長短句》、張舜民《畫墁錄》、廖行之《省齋詩餘》、吳則禮《北湖詩餘》、王灼《頤堂詞》、汪藻《浮溪詞》、陳克《赤城詞》、阮閱《阮戶部詞》、沈與求《龜溪長短句》、王之道《相山居士詞》。

江標《靈鶼閣匯刻詞》，於北宋得三家，除葛郯一家已見不數外，凡二家：

黃裳《演山詞》、向滈《樂齋詞》。

吳昌綬《雙照樓匯刻詞》，於北宋得七家，除歐陽修、黃庭堅、晁補之、賀鑄、周邦彥、向子諲六家已見不數外，凡一家：

晁端禮《閑齋琴趣外篇》。

餘若趙令畤《聊復集》、晁沖之《具茨集》、王觀《冠柳集》、蘇庠《後湖集》、万俟詠《大聲集》、徐仲《青山樂府》、徐積《節孝集》、陳瓘《了齋詞》，為以上匯刻所未收者，或見之單行本，或見之叢書本，或見之鈔本，或見之選本。此外，未見刻有專集者，其人尚多，然北宋諸名家詞集，已略備於此矣。

北宋之初，言詞者大都祖述南唐，以二主一馮為法，如晏殊、歐陽修、范仲淹、晏幾道皆此派也。明毛晉論詞，至以晏氏父子追配李氏父子，可見宋初諸家詞派仍與五代相近，至柳永始專以慢詞擅長。《樂府餘論》曰：『詞由小令而有引詞。』又曰：『近詞，謂引而近之也。』又次而有慢詞，謂：『曼聲而歌之也。慢詞當起于宋仁宗朝，中原息兵，汴京繁庶，歌臺舞席，競賭新聲。永以失意無聊，流連坊曲，乃盡取俚俗語言，編次入詞，一時動聽，傳播四方。』按：慢詞起于仁宗朝，此語不確，惟柳永多作慢。誠如所言，詞至耆卿始脫離五代規模，為北宋崛起之大家。與柳氏齊名者有張先，先以天聖初登第，視柳氏為早，永中年卒，先生獨享老壽，以歌詞聞天下。先字子野，又號『張三影』，以所作有『雲破月來花弄影』『嬌柔懶起，簾壓卷花影』『柳徑無人，墮飛絮無影』，尤其得意之句，故此以傳名也。

神宗朝，詞家崛起，自成一派者，有蘇軾。論世者于其友朋儕輩中多並論之，如黃庭堅、秦觀、晁補之、張耒稱為『蘇門四學士』。或合陳師道、李廌稱為『蘇門六君子』。諸人雖皆有詞集，然超出者首數秦觀，黃次之，晁又次之，餘則所傳寥寥而已。少游雖蘇門，然詞派實與蘇異。評者謂張先詞勝乎情，柳永情勝乎詞，情詞相稱，秦氏一人而已。至黃山谷，亦稱蘇黃，當時又以黃九、秦七並稱，然黃詞遠不及秦，亦不及蘇也。蘇氏之詞，為詞家創派，論者不一。《四庫提要》曰：『詞至柳氏而一變，至蘇氏又一變，不能不謂之別格。然謂之不工則不可。故與《花間》一派，並行不廢。』數語可謂持平之論。至其同時論人為其類者，如程垓、毛滂、王詵、趙令時等。為其敵者，如王安石、舒亶、曾肇、王雱等。雖間有佳詞流傳，然皆非大家，其人雖與蘇有關，其詞則未足言蘇派也。

至徽宗朝，周邦彥出，而詞又一變。徽宗崇寧四年，改定新樂，置大晟府，以邦彥為樂正，晁端禮為協律郎，万俟詠、田為、江漢為制撰官，審定舊曲，增演新曲，專司樂律之事，詞以周氏為大家。清戈載以邦彥合南宋史邦卿、姜夔諸人，稱為『宋七大家』，一時論者無異詞，當於下別論之也。

北宋詞家數雖多，然稱大家者不過數人，曰晏氏父子，歐陽修附焉。曰柳永，曰張先，曰蘇軾，曰秦觀，曰周邦彥，如斯而已。除周邦彥另論外，晏氏以下各選詞數首，以見派別之一斑。則北宋詞派之大略，可以見矣。

踏莎行・春思（以下晏殊）

小徑紅稀，芳郊綠遍，高臺樹色陰陰見。春風不解禁楊花，濛濛亂撲行人面。　翠葉藏鶯，朱簾隔燕，爐香靜逐遊絲轉。一場愁夢酒醒時，斜陽卻照深深院。

浣溪沙

一曲新詞酒一杯，去年天氣舊池臺。夕陽西下幾時回。　無可奈何花落去，似曾相識燕歸來。小園香徑獨徘徊。

臨江仙（以下晏幾道）

夢後樓臺高鎖，酒醒簾幕低垂。去年春恨卻來時。落花人獨立，微雨燕雙飛。　記得小蘋初見，兩重心字羅衣。琵琶弦上説相思。當時明月在，曾照彩雲歸。

碧牡丹

翠袖疏紈扇。涼葉催歸燕。一夜西風，幾處傷高懷遠。細菊枝頭，開嫩香還遍。月痕依舊庭院。　事何限。悵望秋意晚。離人鬢華將换。靜憶天涯，路比此情猶短。試約鸞箋，傳素期良願。南雲應有新雁。

滿庭芳

南苑吹花，西樓題葉，故園歡事重重。憑闌秋思，閑記舊相逢。幾處歌雲夢雨，可憐便、流水西東。别來久，淺情未有，錦字系征鴻。　年光還少味，開殘檻菊，落盡溪桐。漫留得，尊前淡月西風。此恨誰堪共説，清愁付、緑酒杯中。佳期在，歸時待把，香袖看啼紅。

蝶戀花（以下歐陽修）

庭院深深深幾許？楊柳堆煙，簾幕無重數。玉勒雕鞍遊冶處，樓高不見章臺路。　雨横風狂三月暮，門掩黄昏，無計留春住。淚眼問花花不語，亂紅飛過秋千去。

阮郎歸

南園春半踏青時，風和聞馬嘶。青梅如豆柳如眉，日長蝴蝶飛。　花露重，草煙低，人家簾幕垂。秋千慵困解羅衣，畫堂雙燕歸。

八聲甘州（以下柳永）

對瀟瀟暮雨灑江天，一番洗清秋。漸霜風淒緊，關河冷落，殘照當樓。是處紅衰翠減，苒苒物華休。唯有長江水，無語東流。　不忍登高臨遠，望故鄉渺邈，歸思難收。歎年來蹤跡，何事苦淹留。想佳人，妝樓顒望，誤幾回、天際識歸舟。爭知我，倚闌干處，正恁凝愁！

雨霖鈴

寒蟬淒切。對長亭晚，驟雨初歇。都門帳飲無緒，留戀處、蘭舟催發。執手相看淚眼，竟無語凝噎。念去去、千里煙波，暮靄沉沉楚天闊。　多情自古傷離別。更那堪、冷落清秋節。今宵酒醒何處，楊柳岸、曉風殘月。此去經年，應是良辰好景虛設。便縱有、千種風情，更與何人說。

玉蝴蝶·秋思

望處雨收雲斷，憑闌悄悄，目送秋光。晚景蕭疏，堪動宋玉悲涼。水風輕、蘋花漸老，月露冷、梧葉飄黃。遣情傷。故人何在，煙水茫茫。　難忘。文期酒會，幾孤風月，屢變星霜。海闊山遙，未知何處是瀟湘！念雙燕、難憑遠信，指暮天、空識歸航。黯相望，斷鴻聲裡，立盡斜陽。

天仙子·春恨（以下張先）

水調數聲持酒聽，午醉醒來愁未醒。送春春去幾時回？臨晚鏡，傷流景，往事後期空記省。沙上並禽池上暝，雲破月來花弄影。重重簾幕密遮燈，風不定，人初靜，明日落紅應滿徑。

碧牡丹

步障搖紅綺。曉月墮，沉煙砌。緩板香檀，唱徹伊家新制。怨入眉頭，斂黛峰橫翠。芭蕉寒，雨聲碎。鏡華翳。閑照孤鸞戲。思量去時容易。鈿盒瑤釵，至今冷落輕棄。望極藍橋，但暮雲千里。幾重山，幾重水。

滿江紅·初春

飄盡寒梅，笑粉蝶遊蜂未覺。漸迤邐、水明山秀，暖生簾幕。過雨小桃紅未透，舞煙新柳青猶弱。記畫橋深處水邊亭，曾偷約。多少恨，今猶昨，愁和悶，都忘卻。拚從前爛醉，被花迷著。晴鴿試鈴風力軟，雛鶯弄舌春寒薄。但只愁、錦繡鬧妝時，東風惡。

水調歌頭·中秋（以下蘇軾）

明月幾時有，把酒問青天。不知天上宮闕，今夕是何年。我欲乘風歸去，又恐瓊樓玉宇，高處不勝寒。起舞弄清影，何似在人間。轉朱閣，低綺户，照無眠。不應有恨，何事長向別時圓？人有悲歡離合，月有陰晴圓缺，此事古難全。但願人長久，千里共嬋娟。

卜算子

缺月掛疏桐，漏斷人初靜。誰見幽人獨往來，縹緲孤鴻影。驚起卻回頭，有恨無人省。

揀盡寒枝不肯棲，寂寞沙洲冷。

水龍吟·次韻章質夫楊花詞

似花還似非花，也無人惜從教墜。抛家傍路，思量卻是，無情有思。縈損柔腸，困酣嬌眼，欲開還閉。夢隨風萬里，尋郎去處，又還被鶯呼起。不恨此花飛盡，恨西園，落紅難綴。曉來雨過，遺蹤何在？一池萍碎。春色三分，二分塵土，一分流水。細看來，不是楊花，點點是離人淚。

滿庭芳·晚景（以下秦觀）

山抹微雲，天連衰草，畫角聲斷譙門。暫停征棹，聊共引離樽。多少蓬萊舊事，空回首，煙靄紛紛。斜陽外，寒鴉萬點，流水繞孤村。　銷魂。當此際，香囊暗解，羅帶輕分。漫贏得青樓，薄幸名存。此去何時見也，襟袖上空惹啼痕。傷情處，高城望斷，燈火已黃昏。

又·春遊

曉色雲開，春隨人意，驟雨才過還晴。古臺芳榭，飛燕蹴紅英。舞困榆錢自落，秋千外、綠水橋平。東風裡，朱門映柳，低按小秦箏。　多情。行樂處，珠鈿翠蓋，玉轡紅纓。漸酒空金榼，花困蓬瀛。豆蔻梢頭舊恨，十年夢、屈指堪驚。憑闌久，疏煙淡日，寂寞下蕪城。

水龍吟

小樓連苑橫空，下窺繡轂雕鞍驟。朱簾半卷，單衣初試，清明時候。破暖輕風，弄晴微雨，欲無還有。賣花聲過盡，斜陽院落，紅成陣，飛鴛甃。玉佩丁東別後。悵佳期、參差難又。名韁利鎖，天還知道，和天也瘦。花下重門，柳邊深巷，不堪回首。念多情、但有當時皓月，向人依舊。

宋初詞人不脫五代規模。晏同叔（殊）、小山（幾道）父子，所作多是小令，甚少慢詞。同叔于『無可奈何花落去』一聯，詩與詞兩用之，實其得意之筆。小山『落花人獨立』等句，黃山谷（庭堅）序謂：『寓以詩人句法，自能動搖人心。』歐公『庭院深深』一詞，寓憂國於倚聲之中，忠愛纏綿，自足千古。至耆卿，以仕宦蹭蹬，僅官屯田員外郎，仁宗時，老人星見，上命詞臣進樂章，柳進詞，首有『漸』字，上已不懌，讀至『宸遊鳳輦何處』，乃與御制真宗挽詞暗合。讀至『太液波翻』句，曰何不言波澄，投之於地，遂不復擢用。（見《花庵詞選》注）由是放情聲伎，流連坊曲，故側豔之詞最多。坊曲所歌，以曼聲搖盪為尚，此柳詞所以多慢詞也。徐釚《詞苑叢談》云：『葉夢得謂嘗見一西歸官云：「凡有井水飲處，即能歌柳詞。」』大抵其音節極工，詞句多雜俳語。蓋重聲律不重詞句也。張子野（先）以『三影』得名，嘗謁宋子京（祁）謂欲見『紅杏枝頭春意鬧』尚書，宋謂莫非『雲破月來花弄影』郎中乎？事見《詞苑叢談》，各以其詞句相謔，足見當時之風尚。至東坡詞獨往獨來，如遊天矯，不可方物。惟過於豪放，學者易流于粗。《古今詞話》云：『東坡曾問一樂工：「我詞何如柳七？」曰：「柳屯田宜十七八歲女郎，按紅牙板，唱「楊柳岸曉風殘月」。學士詞宜關西大漢，銅琵琶、鐵綽板，唱「大江東去」。」』觀此數語，可見蘇詞之大概矣。秦少游（觀）以（滿庭芳）詞得名，東坡嘗指其『銷魂當此際』句，謂：『此非柳詞句法乎？』獨愛其『郴江幸自繞郴山，為誰流下瀟湘去』二句。（並見《花庵詞選》注）然

『斜陽外』三句，神韻獨絕，無怪當時已盛傳唱。此外詞家雖多，然不及上述諸家得名之盛。宋黃叔暘（昇）嘗選兩宋詞，北宋者名曰《花庵詞選》。南宋者名曰《中興以來絕妙詞選》。選擇極精，有宋一代之名作，搜羅略備。由此入手，更進而讀專集，自能擷其精華而棄其糟粕矣。

南宋詞人，比北宋為尤多。上至帝王，下至販夫走卒，幾無不能詞者。蓋詞為當時所盛行，而作者又多通聲律，能自製譜，創新調。詞至南宋，可謂極倚聲之能事矣。今就諸家刻本，略舉其目如下：

毛晉汲古閣本，宋詞得三十八家。

葉夢得《石林詞》、陳與義《無住詞》、張元幹《蘆川詞》、韓玉《東浦詞》、揚無咎《逃禪詞》、侯寘《嬾窟詞》、曾覿《海野詞》、辛棄疾《稼軒詞》、黃公度《知稼翁詞》、葛立方《歸愚詞》、張孝祥《于湖詞》、周必大《近體樂府》、王千秋《審齋詞》、趙彥端《介庵詞》、程珌《洺水詞》、劉克莊《後村別調》、沈端節《克齋詞》、姜夔《白石詞》、楊炎正《西樵詞集》、陸游《放翁詞》、陳亮《龍川詞》、劉過《龍洲詞》、毛幵《樵隱詞》、盧祖皋《蒲江詞》、洪諮夔《平齋詞》、盧炳《哄堂詞》、黃機《竹齋詩餘》、高觀國《竹屋癡語》、史達祖《梅溪詞》、李昂英《文溪詞》、戴復古《石屏詞》、洪瑹《空同詞》、張榘《芸窗詞》、方千里《和清真詞》、黃昇《散花庵詞》、吳文英《夢窗詞》、蔣捷《竹山詞》、石孝友《金谷遺音》。

侯文燦《匯刻名家詞》本，南宋得二家：

吳儆《竹洲詞》、趙以夫《虛齋樂府》

王鵬運四印齋本，南宋得三十四家，除辛棄疾、陳亮、姜夔、史達祖已見不數外，凡三十家：趙鼎《得全詞》、李光《莊簡詞》、李綱《梁溪詞》、胡銓《澹庵詞》、李彌遜《筠溪詞》、鄧肅《栟櫚詞》、朱敦儒《樵歌》、朱雍《梅歌》、倪偁《綺川詞》、高登《東溪詞》、曹冠《燕喜詞》、丘崈《文宗公詞》、姜特立《梅山詞》、趙磻老《拙庵詞》、袁去華《宣卿詞》、李處全《晦庵詞》、管鑑《養拙堂詞》、王炎《雙溪詩餘》、陳人傑《龜峰詞》、許棐《梅屋詩餘》、方嶽《秋崖詞》、張炎《山中白雲詞》、王沂孫《花外詞》、李好古《碎錦詞》、何夢桂《潛齋詞》、趙必瑑《覆瓿詞》、歐良《撫掌詞》、無名氏《章詞》、李清照《漱玉詞》、朱淑真《斷腸詞》。

朱祖謀《彊村叢書》本，得八十六家，除陳與義、朱敦儒、辛棄疾、劉過、周必大、姜夔、趙彥端、高觀國、盧祖皋、丘崈、劉克莊、吳文英、蔣捷、張炎已見不數外，凡七十二家：米友仁《陽春集》、張繼《先虛靖真君詞》、劉一止《苕溪樂章》、張綱《華陽長短句》、洪皓《鄱溪詞》、歐陽澈《飄然先生詞》、朱翌《潛山詩餘》、曹勳《松隱樂府》、劉子翬《屏山詞》、仲並《浮山詩餘》、王以甯《王周士詞》、李流謙《澹齋詞》、史浩《鄮峰真隱詞曲、》張掄《蓮社詞》、韓元吉《南澗詩餘》、洪适《盤洲樂章》、王之望《漢濱詩餘》、李洪《芸庵詩餘》、曾協《雲莊詞》、李呂《澹軒詩餘》、程大昌《文簡公詞》、王質《雪山詞》、楊萬里《誠齋樂府》、范成大《石湖詞》、陳三聘《和石湖詞》、京鏜《松坡詞》、呂勝己《渭川居士詞》、姚述堯《簫台公餘詞》、沈瀛《竹齋詞》、葛長庚《玉蟾先生詩餘》、李石《方舟詞》、韓淲《澗泉詩餘》、楊冠卿《客亭樂府》、汪晫《康范詩餘》、趙善括《應齋詞》、蔡戡《定齋詩餘》、張鎡《南湖詩餘》、張樞《斗南詞》、吳泳《鶴林詞》、郭應祥《笑笑詞》、徐鹿卿《徐清正公詞》、張輯《東澤綺語債》、游九言《墨齋詞》、汪莘《方壺詩餘》、王邁《臞軒詩餘》、徐經孫《矩山詞》、陳耆卿《篔窗詞》、吳淵《退庵詞》、吳潛《履齋先生詩餘》、趙孟堅《彝齋詩餘》、趙崇嶓《白雲小稿》、夏元鼎《蓬萊鼓吹》、劉學箕《方是閒居士詞》、柴望《秋堂詩餘》、陳著《本堂詞》、衛宗武《秋聲詩餘》、牟巘《陵陽詞》、劉辰翁《須溪詞》、周密《蘋洲漁笛譜》、汪元量《水雲詞》、馮取洽《雙溪詞》、陳允平《日湖漁唱》、熊禾《勿軒長短句》、李彭老、李萊老《龜溪二隱詞》、黃公紹《在軒詞》、陳德武《白雪遺音》、家鉉道《則堂詩餘》、汪夢斗《北遊詞》、蒲壽宬《心塚詩餘》、張玉《蘭雪詞》。

江標靈鶼閣本，於南宋得七家，除吳儆、趙以夫，已見不數外，凡五家。

朱熹《晦庵詞》、楊澤民《和清真詞》、林正大《風雅遺音》、姚勉《雪坡詞》、文天祥《文山樂府》。

吳昌綬雙照樓本，得十二家。除張元幹、辛棄疾、張孝祥、陸游、劉克莊、戴復古、許棐、趙以夫、方岳、蔣捷，既見不數外，凡二家。

魏了翁《鶴山長短句》、李曾伯《可齋詞》。

綜上而觀，南宋人詞集，共得一百五十餘家，凡著名者已略備矣。此外知其集名，而未易見刻本者，約尚有百餘家，倘補輯之，亦一大觀也。

宋黃昇所選北宋人詞，名《花庵詞選》。所選南宋人詞，名《中興以來絕妙詞選》。宋周密《絕妙詞選》，則專選南宋人詞。此二本皆宋人選宋詞最通行者，又若曾慥《樂府雅詞》、黃大輿《梅苑》、陳景沂《全芳備祖》、趙聞禮《陽春白雪》、無名氏編《草堂詩餘》、無名氏編《天下同文》，亦皆宋人選宋詞，但不限南北。《樂府雅詞》《陽春白雪》二種稍易購，餘皆難得之本矣。《四庫提要》謂周密所選，猶在黃昇之上，復經查為仁、厲鶚合箋，余集、徐楙補錄。一時咸稱善本焉。清周濟選宋詞，以周邦彥、辛棄疾、王沂孫、吳文英，為四大家。而以晏殊以下四十七家，分別列於四大家之下。周氏論詞多偏激，既抑蘇軾，又以姜夔一家，附庸于辛氏，而對於姜夔、張炎，尤多貶詞，蓋感於當時風尚，有激而言，非持平之論也。戈載選宋詞，以周邦彥、姜夔、史達祖、吳文英、周密、王沂孫、張炎為七大家，其餘不及焉。不選蘇辛者，示人以不可學也。七家之稱，人多韙之。今就周邦彥以下，各略論其人物作品，並以辛棄疾、李易安諸家附論焉。

周邦彥，字美成。《清真詞》《片玉詞》，錢塘人。神宗時以獻《汴都賦》，除太學正。徽宗時，提舉大晟樂府，官至待制。能自製曲，南宋方千里、楊澤民，皆有《和清真詞》，陳允平有《西麓繼周集》，四聲皆遵周原詞，可見其律之精，在宋代已極為人推崇矣。張炎《詞源》曰：『周氏詞渾厚和雅，善於融化詩句。』『渾厚』二字，為詞境之極則，殊不易到。且周詞佳者極多，錄不勝錄。今但錄膾炙人口者。

解連環·怨別

怨懷無托，嗟情人斷絕，信音遼邈。縱妙手、能解連環，似風散雨收，霧輕雲薄。燕子樓空，暗塵鎖、一床弦索。想移根換葉，盡是舊時，手種紅藥。　汀洲漸生杜若，料舟依岸曲，人在天角。漫記得、當日音書，把閑語閑言，待總燒卻。水驛春回，望寄我、江南梅萼。

拼今生、對花對酒，為伊淚落。

瑞鶴仙

悄郊原帶郭，行路永、客去車塵漠漠。斜陽映山落，斂餘紅猶戀，孤城闌角。淩波步弱，過短亭、何用素約。有流鶯勸我，重解繡鞍，緩引春酌。不記歸時早暮，上馬誰扶，醒眠朱閣。驚飆動幕，扶殘醉，繞紅藥。歎西園已是，花深無地，東風何事又惡？任流光過卻，猶喜洞天自樂。

蘭陵王·柳

柳陰直，煙裡絲絲弄碧。隋堤上、曾見幾番，拂水飄綿送行色。登臨望故國，誰識、京華倦客。長亭路、年去歲來，應折柔條過千尺。　閑尋舊蹤跡，又酒趁哀弦，燈照離席，梨花榆火催寒食。愁一箭風快，半篙波暖，回頭迢遞便數驛，望人在天北。　淒惻，恨堆積。漸別浦縈回，津堠岑寂，斜陽冉冉春無極。念月榭攜手，露橋聞笛。沉思前事，似夢裡、淚暗滴。

姜夔，字堯章，號白石，又號石帚，鄱陽人。能詩詞，尤善自製曲。每率意為長短句，然後協以律，無不諧者。甯宗朝，上書乞正雅樂。訖不第，與范成大遊，為制〈暗香〉〈疏影〉二詞，范即以青衣小紅為贈。其詞為南渡一人。論詞諸家，如朱彝尊輩，咸推崇之。惜周濟以姜與張炎並論，多有貶詞。實則姜與張迥不同，後之空疏者，多自謂學姜張，然姜不易學，學者適貽畫虎類犬之誚，不能以末流而歸咎于姜也。今略舉其最著者數首，然姜詞句有近率近滑者，不可不知。周濟之論雖過苛，然當嘉道玉田派盛行之時，浮滑者皆託于姜張，對症針砭，亦非無見耳。

暗香·梅

舊時月色，算幾番照我，梅邊吹笛？喚起玉人，不管清寒與攀摘。何遜而今漸老，都忘卻、春風詞筆。但怪得、竹外疏花，香冷入瑤席。　江國，正寂寂。歎寄與路遙，夜雪初積。翠尊易泣，紅萼無言耿相憶。長記曾攜手處，千樹壓、西湖寒碧。又片片吹盡也，幾時見得？

疏影·同上

苔枝綴玉，有翠禽小小，枝上同宿。客裡相逢，籬角黃昏，無言自倚修竹。昭君不慣胡沙遠，但暗憶、江南江北。想佩環月夜歸來，化作此花幽獨。　猶記深宮舊事，那人正睡裡，飛近蛾綠。莫似春風，不管盈盈，早與安排金屋。還教一片隨波去，又卻怨玉龍哀曲。等恁時、重覓幽香，已入小窗橫幅。

揚州慢·過維揚有感

淮左名都，竹西佳處，解鞍少駐初程。過春風十里，盡薺麥青青。自胡馬窺江去後，廢池喬木，猶厭言兵。漸黃昏，清角吹寒，都在空城。　杜郎俊賞，算而今重到須驚。縱豆蔻詞工，青樓夢好，難賦深情。二十四橋仍在，波心蕩冷月無聲。念橋邊紅藥，年年知為誰生？

史達祖，字邦卿，號梅溪，汴人，有《梅溪詞》一卷。葉紹翁《四朝聞見錄》云：韓侂胄為平章，專倚省吏史達祖，奉行文字，擬帖擬旨，冥出其手。侍從柬劄，至用申呈。韓敗坐罪廢。其人雖為奸相所用，然詞固絕佳。姜夔最稱其詞，謂為『奇秀清逸，蓋能融情景於一家，會句意於兩得』云。

雙雙燕

過春社了，度簾幕中間，去年塵冷。差池欲住，試入舊巢相並。還相雕梁藻井，又軟語商量不定。飄然快拂花梢，翠尾分開紅影。芳徑，芹泥雨潤。愛貼地爭飛，競誇輕俊。紅樓歸晚，看足柳昏花暝。應自棲香正穩，便忘了天涯芳信。愁損翠黛雙蛾，日日畫闌獨憑。

東風第一枝·春雪

巧沁蘭心，偷粘草甲，東風欲障新暖。漫凝碧瓦難留，信知暮寒猶淺。行天入鏡，做弄出、輕鬆纖軟。料故園、不卷重簾，誤了乍來雙燕。青未了、柳回白眼，紅欲斷、杏開素面。舊游憶著山陰，後盟遂妨上苑。寒爐重熨，便放慢春衫針線。怕鳳靴挑菜歸來，萬一灞橋相見。

綺羅香·春雨

做冷欺花，將煙困柳，千里偷催春暮。盡日冥迷，愁裡欲飛還住。驚粉重、蝶宿西園；喜泥潤、燕歸南浦。最妨他、佳約風流，鈿車不到杜陵路。沉沉江上望極，還被春潮晚急，難尋官渡。隱約遙峰，和淚謝娘眉嫵。臨斷岸，新綠生時，是落紅、帶愁流處。記當日、門掩梨花，剪燈深夜語。

吳文英，字君特，號夢窗，四明人，有《夢窗甲乙丙丁稿》。少從姜夔遊，亦能自製曲。集中所與宴遊者，多一時貴人，而其始末不可考。意者文酒風流，為東閣之上客，而名不登仕版，亦姜氏之倫歟！論吳詞者不一，同時如張炎云：『夢窗如七寶樓臺，眩人眼目，拆碎下來，不成片段。』然尊夢窗者，則詆毀姜張，不遺餘力，尤以清周濟為甚，兩派言論，幾成水火。若《四庫提要》謂其『天分不及周邦彥，而研煉勝之，詞家之有吳氏，猶詩家之有李商隱也』，則評論最為公允。吳詞最多，茲選其清俊者。

風入松·春晚感懷

聽風聽雨過清明，愁草瘞花銘。樓前綠暗分攜路，一絲柳、一寸柔情。料峭春寒中酒，交加曉夢啼鶯。　西園日日掃林亭，依舊賞新晴。黃蜂頻撲秋千索，有當時、纖手香凝。惆悵雙鴛不到，幽階一夜苔生。

高陽臺·落梅

宮粉雕痕，仙雲墮影，無人野水荒灣。古石埋香，金沙鎖骨連環。南樓不恨吹橫笛，恨曉風、千里關山。半飄零，庭上黃昏，月冷闌干。　壽陽空理愁鸞。問誰調玉髓，暗補香瘢？細雨歸鴻，孤山無限春寒。離魂難倩招清些，夢縞衣、解佩溪邊。最愁人，啼鳥晴明，葉底青圓。

西子妝·湖上舊遊

流水麴塵，豔陽醅酒，畫舸遊情如霧。笑拈芳草不知名，乍淩波、斷橋西堍。垂楊漫舞。總不解、將春系住。燕歸來，問彩繩纖手，如今何許。　歡盟誤。一箭流光，又趁寒食去。不堪衰鬢著飛花，傍綠陰、冷煙深樹。玄都秀句。記前度、劉郎曾賦。最傷心、一片孤山細雨。

周密，字公謹，號草窗，又號弁陽翁，濟南人。以理宗紹定五年生，德祐間為義烏縣令。宋亡，與王沂孫、王易簡、馮應瑞、唐藝孫、呂同老、李彭老、陳恕可、唐玨、趙汝鈉、李居仁、張炎、仇遠等，結為詞社。詩名《蠟屐集》，詞名《蘋州漁笛譜》，雜著有《癸辛雜識》《武林舊事》等多種，以元武宗至長元年卒。所選《絕妙好詞》，尤足為詞壇矩矱。清周濟謂：『草窗詞，鏤冰刻楮，精巧絕倫。但立意不高，取韻不遠。』然濟好持苛論，不必盡當也。茲選最著者數首。

一萼紅·登蓬萊閣有感

步深幽。正雲黃天淡，雪意未全休。鑒曲寒沙，茂林煙草，俯仰千古悠悠。歲華晚、飄零漸遠，誰念我、同載五湖舟？磴古松斜，厓陰苔老，一片清愁。　回首天涯歸夢，幾魂飛西浦，淚灑東州。故國山川，故園心眼，還似王粲登樓。最負他、秦鬟妝鏡，好江山、何事此時遊！為喚狂吟老監，共賦消憂。

玉漏遲·題吳夢窗詞集

老來歡意少。錦鯨仙去，紫簫聲杳。怕展《金奩》，依舊故人懷抱。猶想烏絲醉墨，驚俊語、香紅圍繞。閑自笑。與君共是，承平年少。　雨窗短夢難憑。是幾番宮商，幾番吟嘯。淚眼東風，回首四橋煙草。載酒倦遊甚處，已換卻、花間啼鳥。春恨悄。天涯暮雲殘照。

水龍吟・白蓮

素鸞飛下青冥，舞衣半惹涼雲碎。藍田種玉，綠房迎曉，一奩秋意。擎露盤深，憶君清夜，暗傾鉛水。想鴛鴦正結、梨雲好夢，西風冷、還驚起。應是飛瓊仙會。倚涼飆、碧簪斜墜。輕妝鬥白，明璫照影，紅衣羞避。霽月三更，粉雲千點，靜香十里。聽湘弦奏徹，冰綃偷剪，聚相思淚。

王沂孫，字聖與，號碧山，又號中仙，會稽人，有《碧山樂府》二卷，又名《花外集》。張炎稱其能文工詞，『琢語峭拔，有白石意度』。特譜〔瑣窗寒〕詞，吊之玉笥山，又有〔洞仙歌〕題其詞集。清戈載謂白石之詞，空前絕後，匪特無可比肩，抑且無從入手，而能學之者則惟中仙。其詞運意高遠，吐韻妍和，是真白石之入室弟子也。茲錄其最傳誦者數首。

無悶・雪意

陰積龍荒，寒度雁門，西北高樓獨倚。悵短景無多，亂山如此。欲喚飛瓊起舞，怕攪碎、紛紛銀河水。凍雲一片，藏花護玉，未教輕墜。清致。悄無似。有照水一枝，已攙春意。誤幾度憑欄，莫愁凝睇。應是梨花夢好，未肯放、東風來人世。待翠管、吹破蒼茫，看取玉壺天地。

齊天樂・蟬

一襟遺恨宮魂斷，年年翠陰庭樹。乍咽涼柯，還移暗葉，重把離愁深訴。西窗過雨，怪瑤佩流空，玉箏調柱。鏡暗妝殘，為誰嬌鬢尚如許？　銅仙鉛淚似洗，歎移盤去遠，難貯零露。病翼驚秋，枯形閱世，消得斜陽幾度？餘音更苦，甚獨抱清商，頓成悽楚。漫想熏風，柳絲千萬縷。

慶宮春・水仙

明玉擎金，纖羅飄帶，為君起舞回雪。柔影參差，幽芳零亂，翠圍腰瘦一捻。歲華相誤，記前度、湘皋怨別。哀弦重聽，都是淒涼，未須彈徹。　國香到此誰憐，煙冷沙昏，頓成愁絕。花惱難禁，酒銷欲盡，門外冰澌初結。試招仙魄，怕今夜、瑤簪凍折。攜盤獨出，空想咸陽，故宮落月。

張炎，字叔夏，號玉田，又號樂笑翁，西秦人，循王俊六世孫，有《山中白雲詞》八卷。炎從王父鎡字功甫，有《玉照堂詞》。父樞，字斗南，有《寄閑集》。世代深研詞律，炎所著《詞源》一書，即專言詞律者也。宋亡時，炎年三十三，猶及見臨安全盛之日，故所作往往蒼涼激楚，即景抒情，備寫其身世盛衰之感焉。清周濟極詆玉田詞，系對於當時風尚，為矯枉過直之談。戈載則謂玉田易學而實難學，不善學之，則浮光掠影，貌立神離，仍是門外漢而已。要之玉田派清中葉太盛，不宜由其入手，易蹈浮滑之病。茲選最著者數首，存此一派可也。

解連環・孤雁

楚江空晚。悵離群萬里，恍然驚散。自顧影、卻下寒塘，正沙淨草枯，水平天遠。寫不成書，只寄得、相思一點。料因循誤了，殘氈擁雪，故人心眼。　誰憐旅愁荏苒。謾長門夜悄，錦箏彈怨。想伴侶、猶宿蘆花，也曾念春前，去程應轉。暮雨相呼，怕驀地、玉關重見。未羞他、雙燕歸來，畫簾半卷。

疏影・梅影

黄昏片月。似碎陰滿地，還更清絕。枝北枝南，疑有疑無，幾度背燈難折。依稀倩女離魂處，緩步出、前村時節。看夜深、竹外横斜，應妒過雲明滅。　窺鏡蛾眉淡抹，為容不在貌，獨抱孤潔。莫是花光，描取春痕，不怕麗譙吹徹。還驚海上燃犀去，照水底、珊瑚如活。做弄得、酒醒天寒，空對一庭香雪。

南浦・春水

波暖綠粼粼，燕飛來、好是蘇堤才曉。魚沒浪痕圓，流紅去、翻笑東風難掃。荒橋斷浦，柳陰撑出扁舟小。回首池塘青欲遍，絕似夢中芳草。　和雲流出空山，甚年年淨洗，花香不了。新綠乍生時，孤村路、猶憶那回曾到。餘情渺渺。茂林觴詠如今悄。前度劉郎歸去後，溪上碧桃多少。

上述宋七大家，為研究詞學必應趨向者。但究竟宜從何家入手，則愚略有管見，請申述之。

玉田派以清嘉道間為最盛，從其入手，最易走入浮滑一路。夢窗派，以清末至近時為最盛，從其入手，易犯堆垛晦滯之病，皆非學者所宜。故玉田、夢窗兩派，皆不宜入手者也。清真、白石兩派，詞家正軌，流弊亦少，但程度太高，恐非學者所易入。除此之外，惟梅溪、碧山、草窗三家，可以從之入手。梅溪、草窗二家，詞派頗相類。梅溪俊於草窗，而不如其密，詞格則較高，但學之亦稍難，易流纖仄一路。草窗密于梅溪，而不及其俊，詞格較低，但絕無纖弱之病，為醫粗率空滑之良藥。碧山則斟酌疏密之間，詞格低於清真、白石，高於玉田，惟清而挺拔，流走而不浮滑。草窗、碧山二家，皆詞壇正軌，學者最好入手者也。碧山層次最清，尤易研究。惟不兼研究草窗，則不知宋人作詞之法。宋派、清派之別，無從而知，輒易走入清代浮滑一路，則去宋日遠，愈作詞而詞格愈低矣！

辛棄疾，字幼安，號稼軒，歷城人。由金降宋，累官浙東安撫使、龍圖閣待制，有《稼軒詞》二卷，南宋特起之大家也。後人以其詞派，與蘇軾近，合稱蘇辛。又或以與劉過相近，合稱辛劉。然蘇辛合稱則可，劉則不及遠矣！蘇辛派經清代陳維崧、蔣士銓等人，自託于蘇辛，而其流弊極於跳躑叫囂，詞家已共以外道目之矣。然辛詞原有極佳者，以其為特殊一派，亦選數首，以見流別焉。

摸魚兒

更能消、幾番風雨，匆匆春又歸去。惜春長恨花開早，何況落紅無數。春且住！見說道，天涯芳草無歸路，怨春不語。算只有殷勤，畫簷蛛網，盡日惹飛絮。　長門事，准擬佳期又誤。蛾眉曾有人妒。千金縱買相如賦，脈脈此情誰訴？君莫舞，君不見，玉環飛燕皆塵土。閒愁最苦。休去倚危欄，斜陽正在、煙柳斷腸處。

祝英臺近

寶釵分，桃葉渡，煙柳暗南浦。怕上層樓，十日九風雨。斷腸片片飛紅，都無人管，更誰勸啼鶯聲住？　鬢邊覷，應把花卜歸期，才簪又重數。羅帳燈昏，哽咽夢中語。是他春帶愁來，春歸何處？卻不解帶將愁去。

念奴嬌·書東塾村壁

野棠花落，又匆匆過了，清明時節。剗地東風欺客夢，一枕雲屏寒怯。曲岸持觴，垂楊系馬，此地曾經別。樓空人去，舊游飛燕能說。　聞道綺陌東頭，行人曾見，簾底纖纖月。舊恨春江流不盡，新恨雲山千疊。料得明朝，尊前重見，鏡裡花難折。也應驚問，近來多少華髮？

此外次於七家者，如高竹屋（觀國），則與梅溪相近。盧蒲江（祖皋），則與姜王相近。陳君衡（允平），則與草窗相近。又如北宋之賀方回（鑄）、程書舟（垓）。南宋之韓無咎（元吉），及龜溪二李（彭老、萊老），皆次於七家。而亦為詞家正軌，並足供研究者也。

以閨秀而稱名家者，則有李清照。次之者為朱淑真。宋代閨秀能詞者，尚有孫道絢、吳淑姬，皆北宋人，今其集不可得見，孫詞留傳較多，吳詞則僅見《花庵詞選》數首而已。今錄李詞二首，以見一斑。

鳳凰臺上憶吹簫

香冷金猊，被翻紅浪，起來慵自梳頭。任寶奩塵滿，日上簾鉤。生怕離懷別苦，多少事、欲說還休。新來瘦，非干病酒，不是悲秋。　休休，者回去也，千萬遍《陽關》，也則難留。念武陵人遠，煙鎖秦樓。惟有樓前流水，應念我、終日凝眸。凝眸處，從今又添，一段新愁。

醉花陰·重陽

薄霧濃雲愁永晝，瑞腦消金獸。佳節又重陽，玉枕紗廚，半夜涼初透。東籬把酒黃昏後，有暗香盈袖。莫道不消魂，簾卷西風，人比黃花瘦。

有宋一代，此外名家尚多，不能一一錄也。大抵學者欲研究宋詞，宜先閱選本，後閱專集。《花庵詞選》《絕妙好詞》《宋七家詞選》，皆入手必讀之書。《花庵》較易引人入勝，《絕妙》則確立門徑、確定準繩，但限於南宋而不及北宋，為可憾耳。《七家》所選亦極精，但只限此數人，不及其他。要之皆研究詞學之要籍。此外，如張惠言《詞選》、周濟《宋四家詞選》，及其他選本，皆各有見地，並可參資。但亦各有偏愛，不如先就上述三籍研究，較易尋得正確之途徑也。

五、遼金元詞

遼詞極少，金詞最著名者，曰吳激，曰蔡松年。《竹坡叢話》謂：『金一百十八年間，獨二氏詞膾炙藝林。』推為吳蔡體。吳集不傳，蔡詞名《明秀集》。王鵬運《四印齋》得景金殘本，刻其後三卷，蓋佚其半矣。金元好問亦善詞，所著《中州樂府》，錄金人詞有三十六家，皆零縑片錦而已。匯刻金詞者，如王寂《拙軒詞》、段克己《遯庵樂府》、段成己《菊軒樂府》、李俊民《莊靖先生樂府》、元好問《遺山樂府》，均見於朱祖謀《彊村叢書》中，諸家以遺山為最。《詞源》謂『遺山詞深於用事，精於煉句，風流蘊藉，不減周秦』云。其餘諸家，作品既少，流傳一二，亦足考金朝一代之文獻，而未足為詞壇之矩範也。故略之。

有元開國，強于遼金，武功聿奏，文化以宣，所謂詞人者，或由遼金所遺，或從宋代而入，然詞已漸衰而曲繼起。元曲之名，與宋詞並盛。《詞律》所選〔後庭花〕〔乾荷葉〕〔平湖樂〕〔天淨沙〕等調，等於北曲。蓋詞至元人，已全參入曲派，非純粹之詞派矣。然詞家固不少，今就匯刻各本試述之。

侯文燦《匯刻名家詞》本，得三家。

趙孟頫《松雪齋詞》、薩都剌《天錫詞》、張埜《古山樂府》

王鵬運《匯刻四印齋詞》本，得九家。

劉秉忠《藏春樂府》、張弘范《淮陽樂府》、劉因《樵庵詞》、陸文圭《牆東詩餘》、詹玉《天遊詞》、吳澄《草廬詞》、白樸《天籟集》、李孝光《五峰詞》、邵亨貞《蟻術詞選》。

朱祖謀《彊村叢書》本，得四十八家，除劉因已見不數外，凡四十七家。

丘處機《磻溪詞》、許衡《魯齋詞》、陳深寧《極齋樂府》、王義山《稼村樂府》、朱晞顏《瓢泉詞》、王惲《秋澗樂府》、蕭𣂏《勤齋詞》、姚燧《牧庵詞》、趙文《青山樂府》、劉壎《水雲村詩餘》、張伯淳《養蒙先生詞》、劉致中《中庵詩餘》、胡炳文《雲峰詩餘》、陳櫟《定宇詩餘》、曹伯啟《漢泉樂府》、劉將孫《養吾齋詩餘》、吳存《樂庵詩餘》、黎廷瑞《芳洲詩餘》、蒲道源《順齋樂府》、仇遠《無弦琴譜》、王奕《玉斗山人詞》、劉詵《桂隱詩餘》、安熙《默庵樂府》、虞集《道園樂府》、朱思本《貞一齋詞》、張天雨《貞居詞》、王旭《蘭軒詞》、李道純《清庵先生詞》、周權《此山先生樂府》、張埜《古山樂府》、吳鎮《梅花道人詞》、王結《王文忠詞》、洪希文《去華山人詞》、歐陽玄《圭齋詞》、許有壬《圭塘樂府》、張翥《蛻岩詞》、趙雍《趙待制詞》、吳景奎《藥房詞》、宋褧《燕石近體樂府》、耶律鑄《雙溪醉隱詩餘》、李庭《寓庵詞》、袁士元《書林詞》、舒頔《貞素齋詩餘》、舒遜《可庵詩餘》、沈禧《竹窗詞》、韓奕《韓山人詞》、李齊賢《益齋長短句》。

江標《靈鶼閣》本，得五家，除趙孟頫、薩都剌、張埜，已見不數外，凡二家。

程文海《雪樓樂府》、倪瓚《雲林詞》。

吳昌綬《雙照樓》本，得八家，除趙孟頫、程文海、王惲、丘處機、周權、劉因、虞集，已見不數外，凡一家。

姬翼《知常先生雲山集》。

此外如姚雲文《江村詞》、滕賓《涵虛詞》、彭元遜《虛齋詞》、袁易《靜春堂詞》、盧摯《疏齋詞》、黃子行《蓬甕詞》、陶宗儀《南浦詞》，或見於單行本，或見於叢書本，其他詞人未詳其集名者亦不少，而《元草堂詞選》一書，則元詞之總匯也。

元時曲最盛，其詞多半近于曲，非詞家之正軌也。惟仇遠、張埜、張翥三家最著。仇遠本宋遺民，後降於元。張雨、張翥，皆其弟子。元詞而猶存宋人矩矱者，當以張翥為最。周旋曲折，純任自然。其才力差薄者，則時為之也。要之，元人詞，其佳者不過堪為宋詞之附庸，其餘則介在詞曲之間，在文獻則可寶貴，在詞學則未足為規範也。

六、明詞

有明一代，詞學尤衰。小詞工者，類似南曲。若引近慢詞，多率意而作。自度各腔，去古愈遠。宋賢三昧，法律蕩然矣！明初詞人，若梁寅《石門詞》、淩雲翰《柘軒詞》、謝應芳《龜巢詞》、劉基《覆瓿集》、高啟《扣舷詞》、楊基《眉庵詞》、瞿佑《樂府遺音》，皆其卓卓者也。繼起者，若王直《抑庵詞》、李禎《僑庵詞》、商輅《素庵詞》、聶大年《東軒集》、吳寬《匏庵詞》、趙寬《半江詞》、楊循吉《南峰詞》、蔣冕《湘皋詞》、顧潛《靜觀堂詞》、顧璘《東橋詞》、史鑑《西村詞》、馬洪《花影詞》，皆有盛名。逮至中葉，楊慎《升庵詞》、王世貞《弇州詞》、張綖《南湖詞》、吳子孝《明珠詞》、施紹莘《花影集》、陳繼儒《晚香堂詞》，亦錚錚有名者也。明末詞人，則首推陳子龍，子龍有《雲門集》《湘真集》，在明代諸家，一振墜緒者，厥惟此人。然論詞於明代，究為衰蔽之時，既不及元，遑論于宋，略述一二，以見厓略可也。

明中葉選詞訂譜之風頗盛。楊慎所輯《百琲真珠》《詞林萬選》，當時甚有盛名，後人亦有譏其短者，謂其闌入曲調，及明人自度腔，多不足據故也。繼之者有陳耀文之《花草粹編》、卓人月之《詞統》，然宋元人詞，多賴其蒐輯遺佚，復傳於世，則楊、卓諸人之功正不小矣。張綖撰《詩餘圖譜》，其後程明善有《嘯餘譜》，沈際飛有《詞譜》，諸譜清人多攻擊之，謂其格律多誤，然在詞壇，亦不為無功也。

明人詞無匯刻本。若選本則清王昶《明詞綜》、佟世南《東白堂詞選》、吳衡照《明詞綜補》，皆明詞之總匯也。明詞既遜于宋元，不足學步，而詞壇猶稱之者，亦以存一朝之文獻故耳。

七、清詞

清人詞集之多，悉數之不能終也。王昶《清詞綜》，訖于嘉慶初。王紹成《清詞綜二編》，訖于道光中。黃燮清《清詞綜續編》，訖于同治末。丁紹儀《清詞綜補編》，訖於清亡。所錄合三千餘人可謂盛矣。孫默《清名家詩餘》，在康熙間，為匯刻之最早者。凡十八家。吳偉業《梅村詞》、龔鼎孳《香嚴詞》、陳世祥《含影詞》、梁清標《棠村詞》、宋琬《二鄉亭詞》、王士祿《炊聞詞》、曹爾堪《南溪詞》、王士禛《衍波詞》、陸求可《月湄詞》、黃永《溪南詞》、鄒祗謨《麗農詞》、董俞《玉鳧詞》、彭孫遹《延露詞》、尤侗《百末詞》、陳維崧《烏絲詞》、董以寧《蓉渡詞》、程康莊《衍愚詞》、孫金礪《廣陵（紅橋）唱和詞》。聶先、曾王孫合刻之《百名家詞》稍後出，除上列吳偉業以下十家，已見不數外，凡九十家。

李元鼎《文江詞》、曹溶《寓言集》、曹垂璨《竹香亭詩餘》、魏學渠《青城詞》、唐夢賚《志壑堂詞》、何采《南磵詞》、王庭《秋閑詞》、張淵懿《月聽軒詩餘》、張錫懌《嘯閣餘聲》、丁澎《扶荔詞》、馮雲驤《寒山詩餘》、毛際可《映竹軒詞》、李天馥《容齋詩餘》、林雲銘《吳江斅音》、趙起士《萬青詞》、何五雲《紅橋詞》、曹貞吉《珂雪詞》、江皋《染香詞》、吳興祚《留村詞》、宋犖《楓香詞》、鄭俠如《休園詩餘》、丁煒《紫雲詞》、余懷《秋雪詞》、呂師濂《守齋詞》、王晫《峽流詞》、吳綺《藝香詞》、曹寅《荔軒詞》、高士奇《蔬香詞》、華胥《畫餘譜》、呂洪烈《藥庵詞》、佟世南《東白詞》、周綸《柯齋詩餘》、顧景星《白茅堂詞》、吳秉鈞《課鸚詞》、顧貞觀《彈指詞》、何鼎《香草詞》、陳玉璂《耕煙詞》、汪懋麟《錦瑟詞》、邵錫榮《探西詞》、汪鶴孫《蔗閣詩餘》、性德《飲水詞》、高層雲《改蟲齋詞》、王頊齡《螺舟綺語》、王九齡《松溪詩餘》、朱彝尊《江湖載酒集》、秦松齡《微雲詞》、徐釚《菊莊詞》、毛奇齡《當樓詞》、嚴繩孫《秋水詞》、孫枝蔚《溉堂詞》、汪森《碧巢詞》、吳之登《粵遊詞》、吳秉仁《攝閑詞》、徐喈鳳《玉鳧詞》、吳棠禎《鳳車詞》、陸次雲《玉山詞》、萬樹《香膽詞》、趙維烈《籣舫詞》、曹亮武《南耕詞》、蔣景祁《罨畫溪詞》、楊通佺《竹西詞》、陳見龍《藕花詞》、龔翔麟《紅藕莊詞》、沈爾燝《月團詞》、馮瑞《棣華堂詞》、王允持《陶村詞》、徐瑤《雙溪泛月詞》、徐璣《湖山詞》、孫致彌《梅沜詞》、狄億《綺霞詞》、姜垚《柯亭詞》、江尚質《澄輝詞》、鄭熙績《蕊樓詞》、葉尋源《玉壺詞》、龔勝玉《仿橘詞》、陳大成《影樹樓詞》、沈永令《噀霞閣詞》、吳思《玉豔詞》、徐允哲《響泉詞》、周稚廉《容居堂詞》、徐惺《橫江詞》、郭士燝《幻雲堂詞》、顧岱《澹雪詞》、王輅《萬卷山房詞》、徐來一《曲灘詞》、路傳經《曠觀樓詞》、余蘭碩《團扇詞》、陳魯得《栩園詞》。

以上二書，清初人詞可以略見矣。王昶之《琴畫樓詞鈔》繼之，凡二十五家。

張梁《澹吟樓詞》、厲鶚《樊榭山房詞》、陸培《白蕉詞》、張四科《響山詞》、陳章《竹香詞》、朱方藹《小長蘆漁唱》、王又曾《丁辛老屋詞》、吳烺《杉亭詞》、汪士通《延青閣詞》、吳泰來《曇香閣琴趣》、江昱《梅鶴詞》、儲秘書《花嶼詞》、趙文哲《媕雅堂詞》、張熙純《曇華閣詞》、陸文蔚《采蓴詞》、過春山《湘雲遺稿》、朱昂《綠陰槐夏閣詞》、江立《夜船吹笛詞》、朱澤生《鷗邊漁唱》、吳元潤《香溪瑤翠詞》、王初桐《杯湖欸乃》、宋維藩《湞遊詞》、吳錫麒《有正味齋詞》、吳蔚光《小湖田樂府》、楊芳燦《吟翠軒初稿》。

此書所選諸家，為雍正、乾隆間人，雖未盡備，亦拔見其尤者矣。繆荃孫《雲自在龕匯刻詞》又繼之，凡十三家。

宋翔鳳《香草詞》、周之琦《金梁夢月詞》、張琦《立山詞》、金式玉《竹鄰詞》、董士錫《齊物論齋詞》、周青《柳下詞》、方履籛《萬善花室詞》、王敬之《三十六陂漁唱》、胡承齡《冰蠶詞》、楊傳第《汀鷺詩餘》、樊景升《湖海草堂詞》、蔣春霖《水雲樓詞》、陸志淵《蘭紉詞》。

此書所選諸家，為嘉慶至咸同時人。至於光緒以後，時代既近，尚未聞有匯刻之詞集也。若徐乃昌小檀欒室匯刻之《閨秀百家詞》，則專刻閨秀作品，自明末至清道咸間，亦一大觀矣。

清初人作詞，大都以明人為法。曹溶所以有詞學失傳，越三百年之歎也。溶嘗搜輯遺集，求之兩宋，崇爾雅，斥淫哇。朱彝尊復昌其說以左右之，龔翔麟刻《浙西六家詞》，由是詞有浙派之目。所謂六家如下：

朱彝尊《江湖載酒集》、李良年《秋錦山房詞》、沈皞日《柘西精舍詞》、李符《耒邊詞》、沈岸登《黑蝶齋詞》、龔翔麟《紅藕莊詞》（重見）。

詞之有浙派，開之者浙西六家，而六家尤以朱彝尊為最。其所作高秀超詣，綿密精嚴，標格在南宋諸公，而詞派則極近于張玉田（炎），又可名曰玉田派。蓋似以玉田為止境也。此派至厲鶚而盛。其後道光至同治間，幾於風靡全國，凡作詞者，幾無一不以浙派為宗。而道咸間浙派鉅子，則項蓮生（鴻祚）是也。項有《憶雲詞甲乙丙丁稿》，其詞在道光間當推第一人。其餘不可勝數。要之號為浙派者，不下千有餘家，而其中最著名者，前則推朱彝尊，次之者厲鶚，後則推項鴻祚，皆浙派之鉅子也。乾隆間，別於浙派而號為常州派者，則張惠言倡之，董士錫和之也。張氏論詞以立意為本，協律為末，自謂以北宋為法。與弟琦同撰《詞選》，董士錫、方履籛等，皆常州派健者也。而獨不與《詞選》之列，《詞選》所錄凡十二家。

黃景仁《竹眠詞》、左輔《念宛齋詞》、惲敬《蒹塘詞》、錢季重《黃山詞》、張惠言《茗柯詞》、張琦《立山詞》（重見）、李兆洛《蜩翼詞》、丁履恒《宛芳樓詞》、陸繼輅《清鄰詞》、金應城《蘭簃詞》、金式玉《竹鄰詞》、鄭善長《字橋詞》。

常州派諸詞家，在乾隆、嘉慶間，以視乾隆時詞人為勝。乾隆中葉，當時有名者，推郭頻伽（麐）、吳穀人（錫麒），然郭失之滑，吳失之弱。又如蔣心餘（士銓），則失之粗，楊蓉裳（芳燦），則失之薄。故乾隆一朝，蓋可云無一大家。並涉獵亦可不必，雖郭麐略勝，然浮滑之弊，亦以彼為最多。以視嘉慶後及清末諸家，蓋瞠乎後矣。

自張惠言倡為力學北宋之說，由是詞家漸多研究宋詞。以視前者僅以浙派自限者，進步遠矣。嘉慶中，首推周之琦，其《金梁夢月詞》諸集，駸駸乎入清真之室。繼之者如陶梁之《紅豆樹館詞》，頗能追步之，然名不及周之盛也。同時吳中詞學最盛，如朱綬《知止堂詞》、沈傳桂《清夢盦詞》、沈彥曾《蘭素詞》、戈載《翠微雅詞》、吳嘉洤《儀宋堂詞》、王嘉祿《嗣雅堂詞》、陳彬華《瑤碧詞》，皆能以宋人為矩矱，漸力矯浮滑江湖之病。又黃燮清《倚晴樓詞》、陳元鼎《鴛鴦宜福館詞》、譚獻《復堂詞》，亦其時錚錚有名者也。其後咸同間，有一大家崛起，曰蔣鹿潭（春霖）。譚獻評之至許為『倚聲家老杜』。又云：『性容若（德）、項蓮生（鴻祚），二百年中，分鼎三足。三家皆是詞人之詞。與朱彝尊、厲鶚同工異曲。其他則旁流羽翼而已。』其推崇如此，可知蔣詞之精。至光緒暨清末，則詞學復大盛。就中王幼遐（鵬運）倡之，朱古微（祖謀）和之。一時詞人飆起，如鄭叔問（文焯）、況夔笙（周儀）、程子大（頌萬）等，皆能力追宋人，各有家法，變化多門，標芳競秀，以視清嘉道間僅株守玉田一派者，蓋遠勝之。迄於近年，詞學猶盛，然夢窗一派，起而代興，又往往有矯枉過直之弊。玉田派（即浙派）失之太滑，夢窗派又失之太堆砌。近亦多厭夢窗派，而漸以清真雅正，守宋人之矩矱，而不偏於一派為歸矣。

要之有清一代，詞家雖有三千餘人之多，實則足稱大家者，不過數人。康熙時，曰朱彝尊，曰性德，曰厲鶚。嘉道間，曰張惠言，曰周之琦，曰項鴻祚。咸同間，曰蔣春霖。如是而已。

朱彝尊，字錫鬯，號竹垞，秀水人。康熙己未召試博學鴻詞，授檢討，預修《明史》及《一統志》，著有《曝書亭詞》，又選輯有《詞綜》三十六卷。《曝書亭詞》，以《江湖載酒集》三卷為正集，餘若《靜志居琴趣》，則似為專紀一事者。《茶煙閣體物集》，則專詠物之作。《蕃錦集》，則皆集唐人詩句為詞。綜其所作，高秀超詣，綿密精嚴，標格在南宋諸公，而但以玉田為止境，又可云清代玉田派之祖也。清初承明代之敝，詞人多仍輕佻之習，竹垞始力矯之，復見宋人矩矱。同時與之齊名者，有陳其年（維崧），有《湖海樓詞集》，多至一千八百餘首，未免玉石雜陳。當時與朱並稱，因其同以明代遺民舉鴻博，行輩相近故耳，實不及朱遠也。陳詞不錄，茲錄朱詞數首。

賣花聲·雨花臺

衰柳白門灣，潮打城還。小長干接大長干。歌板酒旗零落盡，剩有漁竿。　秋草六朝寒，花雨空壇。更無人處一憑欄。燕子斜陽來又去，如此江山。

金縷曲·初夏

誰在紗窗語？是梁間、雙燕多愁，惜春歸去。早有田田青荷葉，占斷板橋西路。聽半部、新添蛙鼓。小白蔫紅都不見，但愔愔門巷吹香絮。綠陰重，已如許！　花源豈是重來誤？尚依然、倚杏雕欄，笑桃朱戶。隔院秋千看盡坼，過了幾番疏雨。知永日、簸錢何處？午夢初回人定倦，料無心肯到閒庭宇。空搔首，獨延佇。

高陽臺·記葉生事

橋影流虹，湖光映雪，翠簾不卷春深。一寸橫波，斷腸人在樓陰。遊絲不系羊車住，倩何人傳語青禽？最難禁、倚遍雕闌，夢遍羅衾。　重來已是朝雲散，悵明珠佩冷，紫玉煙沉。前度桃花，依然開滿江潯。鍾情怕到相思路，盼長堤草盡紅心。動愁吟。碧落黃泉，兩處誰尋。

性德，原名成德，字容若，滿洲納蘭氏，清太傅明珠子。少年成進士，授一等侍衛，年三十一卒。著有《飲水詞》《側帽詞》各一卷。刻有《通志堂經解》等書。容若生長華膴，而其詞哀怨騷抑，類憔悴失職者之所為。其小令清淒婉麗，直入南唐後主之室，人多以重光後身稱之。以小令而論，在清代無與抗手，而其慢詞，則佳者頗少。同時並稱者，有顧梁汾（貞觀），然二人交厚，故並稱。實則顧不逮遠甚。容若小詞，則一代推尊，無異辭矣。為錄數首。

浣溪沙

腸斷斑騅去不還，繡屏深鎖鳳簫寒，一春幽夢有無間。　逗雨疏花濃淡改，關心芳草淺深難，不成風月轉摧殘。

蝶戀花

辛苦最憐天上月。一昔如環，昔昔長如玦。但似月輪終皎潔，不辭冰雪為卿熱。　無奈鍾情容易絕。燕子依然，軟踏簾鉤說。唱罷秋墳愁未歇。春叢認取雙棲蝶。

前調

又到綠楊曾折處。不語垂鞭，踏遍清秋路。衰草連天無意緒，雁聲遠向蕭關去。　不恨天涯行役苦。只恨西風，吹夢成今古。明日客程還幾許？霑衣況是新寒雨。

厲鶚，字太鴻，號樊榭，錢塘人。康熙庚子舉人，著有《樊榭山房詞》四卷。譚復堂（獻）云：『填詞至太鴻，真可分中仙、夢窗之席。』又云：『樊榭思力，可到清真。』惜為玉田所累，自浙中六家詞出後，遂有浙派之稱。朱彝尊開其先，厲鶚暢其緒，以姜張為圭臬，而不能入北宋一步。然厲詞思致綿邈，娟秀妍雅，如空谷佳人，倩椿獨立，誠浙派之中堅人物也。其詞大致學玉田，而略參以夢窗，夢窗有人涉及，實以彼為最先矣。

齊天樂·秋聲

簟淒燈暗眠還起，清商幾處催發。碎竹虛廊，枯蓮淺渚，不辨聲來何葉。桐飆又接。蠹吹入潘郎，一簪愁髮。已是難聽，中宵無用怨離別。　陰蟲還更切切。玉窗挑錦倦，驚響簷鐵。漏斷高城，鐘疏野寺，遙送涼潮嗚咽。微吟漸怯。訝籬豆花開，雨篩時節。獨自開門，滿庭都是月。

高陽臺·落梅

縞月啼香，青禽警瘦，遺環與恨俱飄。雪沒鞋痕，何人為掃溪橋。東風欲避層臺遠，御風歸、第一春消。惱相思，枝北枝南，冷夢迢迢。　山空記得吟疏影，拾參差片腦，自裹冰綃。湖水無聲，流殘舊怨新嬌。餘酸已在濃陰裡，怕重屏、半萼難描。更堪他，消息經年，雨暮煙朝。

玉漏遲·夜雨感懷

薄游成小倦。驚風夢雨，意長箋短。病與秋爭，葉葉碧梧聲顫。濕鼓山城暗數，更穿入溪雲千片。燈暈剪，似曾認我，茂陵心眼。　少年不負吟邊。幾熨帛光陰，試香池館。歡境消靡，盡付砌蟲微歎。客子闌情藥裡，竟何地煙林疏散？懷正遠，胥清曉喧楓岸。

張惠言，字皋文，武進人。嘉慶間舉人。著有《茗柯詞》一卷，又與乃弟琦，同輯《宛鄰詞選》，為常州派之創起者。張氏論詞，以立意為本，以協律為末，以追宗北宋為倡。論則高矣。然其作品，雖未能盡躋北宋之域，而始別開新途徑，不隨浙派為俯仰，亦可謂能自振拔者矣。譚復堂曰：『《茗柯詞》真得風人之義，以比興出之，非一覽可盡。』茲錄其翹楚者。

玉樓春

一春長放秋千靜，風雨和愁都未醒。裙邊餘翠掩重簾，釵上落紅傷晚鏡。　朝雲捲盡雕闌暝，明月還來照孤憑。東風飛過悄無蹤，卻被楊花微送影。

水調歌頭

珠簾捲春晚，蝴蝶忽飛來。遊絲飛絮無緒，亂點碧雲釵。腸斷江南春思，黏著天涯殘夢，剩有首重回。銀蒜且深押，疏影任徘徊。　羅帷卷，明月入，似人開。一樽屬月起舞，流影入誰懷。迎得一鉤月到，送得三更月去，鶯燕不相猜。但莫憑欄久，重露濕蒼苔。

前調

長鑱白木柄，劚破一庭寒。三枝兩枝生綠，位置小窗前。要使花顏四面，和著草心千朵，向我十分妍。何必蘭與菊，生意總欣然。　曉來風，夜來雨，晚來煙。是他釀就春色，又斷送流年。便欲誅茅江上，只怕空林衰草，憔悴不堪憐。歌罷且更酌，與子醉花間。

周之琦，字稚圭，祥符人。官至巡撫。著有《金梁夢月詞》二卷、《懷夢詞》一卷。譚復堂云：『稚圭中丞，撰《心日齋十六家詞選》，截斷眾流，金針度與，雖未及皋文之陳義甚高，要亦倚聲家之疏鑿手也。』又云：『唐人佳境，寄託遙深。』嘉道間為浙派最盛時代，張惠言雖倡為常州派，欲與之抗，然浮滑江湖者，多藉口浙派為號召，一時風靡，常州不能敵也。稚圭獨斟酌於二者之間，救之以凝重深厚，直造清真之境，誠矯矯不群者矣。茲錄最佳者數首。

應天長

鶯花近甸，鴻雪去程，依稀夢境堪覓。記否那回攜手，汀波戀餘碧。垂虹影，還自直，有幾許、倩魂消得。畫眉冷，走馬人來，鷗鷺曾識。　回念別離時，陌上香泥，羅帶為誰拭。怕說繡韉行處，鞭絲墮秋色。前蹤認，如過翼。盡喚起、暮愁千尺。斷橋外，細雨懨懨，重問村驛。

瑞鶴仙·出都小憩盧溝橋

柳絲征袂綰。試錦羽初程，玉驄猶戀。銅街佩聲遠。向天邊回首，故人如面。藤陰翠晚。但怪得、琴尊夢短。有遊蜂、知我心期，剛是褪紅曾見。　還看。珠巢題字，墨暈初乾，酒痕微泫。晴雲乍展，春已在，驛橋畔。問柔波一樣，仙源流下，為底人間較淺。要重尋、京邑塵香，素襟漫浣。

三姝媚·遊海澱集賢院

交枝紅在眼。蕩簾波香深，鏡瀾痕淺。費盡春工，占勝游惟許，等閒鶯燕。步屧廊回，盈退粉、蛛絲偷罥。小影玲㻞，冷到梨雲，便成秋苑。容易題襟催散。又酒逐花迷，夢將天遠。系馬垂楊，但翠眉還識，舊時人面。暗數韶華，空笑我、櫻桃三見。勝有盈盈蝴蝶，西窗弄晚。

項鴻祚，字蓮生，錢塘人。道光十二年舉人。家世業鹽筴，本富家子，性好文史，尤善填詞，手訂詞稿。矜慎多刪削，最後存《憶雲詞》甲乙丙丁稿四卷，年三十八歲卒。譚復堂云：『蓮生，古之傷心人也。盪氣迴腸，一波三折。有白石之幽澀，而去其俗。有玉田之秀折，而無其率。有夢窗之深細，而化其滯。殆欲前無古人。』推崇可謂極矣。蓮生之詞，論者仍以浙派稱之，實則面目猶是，而已衝破藩籬，合各家之長。浙派至蓮生，已為集大成之象矣。其乙稿自序云『近日江南諸子，競尚填詞，翕然同聲，幾使姜張俯首。及觀其著述，往往不逮所言』云云。其不滿於浙派浮滑一路可知。誠可謂特振流俗者也。茲錄其尤佳者數首。

東風第一枝

鬥草庭間，簸錢院靜，東風吹滿香絮。滿寒尚勒花期，天意似催春暮。杏梁歸燕，幾曾會、相思言語。便等閒，飛入盧家，不帶離魂同去。　空自想，俊游伴侶。又頻惱，酒邊心緒。鸞箋待寫深情，腸斷都無新句。初三下九，問舊約、更誰憑據？怕有人、蹙損雙蛾，日日畫樓聽雨。

水龍吟·秋聲

西風已是難聽，如何又著芭蕉雨？泠泠暗起，澌澌漸緊，蕭蕭忽住。候館疏砧，高城斷鼓，和成悽楚。想亭皋木落，洞庭波遠，渾不見，愁來處。　此際頻驚倦旅，夜初長，歸程夢阻。砌蛩自歎，過鴻自唳，剪燈誰語？暮便傷心，可憐秋到，無聲更苦。滿寒江剩有，黃蘆萬頃，卷離魂去。

八聲甘州·黃葉樓賦夕陽

界斜紅颭出晚晴天。相看轉淒然！甚匆匆只是，橫催雁陣，低照漚眠？樹外山眉襯黛，遠道草芊芊。一段蒼茫意，都付樊川。　漢闕秦宮何處？送幾聲畫角，吹老華年。盡歡遊長好，到此黯流連。倚江樓玉人凝望，帶西風、帆影落窗前。愁無限，近黃昏也，新月籠煙。

蔣春霖，字鹿潭，江陰人。咸豐中官淮南鹽官。著有《水雲樓詞》二卷。譚復堂云：『文字無大小，必有正變，必有家數。《水雲樓詞》固清商變徵之聲，而流別甚正，家數頗大。與性容若、項蓮生，二百年中分鼎三足。咸豐兵事，天挺此才，為倚聲家杜老。』蓋鹿潭飽經憂患，又值世亂，每一為詞，輒寄其哀時感事之思，而筆仗之老練沉重，又得力于杜甫甚深，復堂直以少陵比之，推崇極矣。面目仍以浙派，而超邁遠甚，浙派至此，信為登峰造極矣！

浪淘沙

雲氣壓虛闌，青失遙山，雨絲風絮一番番。上巳清明都過了，只是春寒。　華髮已無端，何況花殘？飛來蝴蝶又成團。明日朱樓人睡起，莫捲簾看。

南浦·春草

綠意隱汀沙，雪痕消、又潤村村酥雨。山曉睡容酥，斜陽外、深淺青無重數。飛飛蝴蝶，荒庭也是春來處。千里相思誰種出，攙了二分塵土。年年空怨裙腰，甚愁根、欲剗東風未許。接岸綠波平，銷魂事、第一送君南浦。鶯啼幾度。憑高不見天涯路。陌上閑花開落後，多少馬蹄歸去。

木蘭花慢·江行晚過北固山

泊秦淮雨霽，又燈火、送歸船。正樹擁雲昏，星垂野闊，暝色浮天。蘆邊。夜潮驟起，暈波心、月影蕩江圓。夢醒誰歌楚些？泠泠霜激哀弦。　嬋娟。不語對愁眠。往事恨難捐。看莽莽南徐，蒼蒼北固，如此山川。鉤連。更無鐵鎖，任排空、檣櫓自迴旋。寂寞魚龍睡穩，傷心付與秋煙。

東風第一枝·春雪

糝草疑霜，融泥似水，飛花覓又無處。樹梢才褪遙峰，簾外暗兼細雨。輕冰半霎，甚倚著、東風狂舞。怕一番、暖意烘晴，還帶綠梅銷去。　花市冷、試燈已誤。芳徑滑、踏青尚阻。依然淺畫溪山，愁殺媆寒院宇。春回萬瓦，聽滴斷、簷聲悽楚。剩幾分、殘粉樓臺，好趁夕陽勾取。

晚清詞人，如上述王鵬運諸家，其作品視清中葉為勝，今其人尚有生存者，恐涉標榜之譏，不復備列。觀上所述，已可見清代詞家之一斑矣。

自朱彝尊輯《詞綜》後，一時選詞之風大盛。張惠言《宛鄰詞選》、陶梁《續詞綜》、周之琦《十六家詞選》、周濟《詞辨》《宋四家詞選》、戈載《宋七家詞選》、王昶《明詞綜》《清詞綜》等書，風起雲湧，至近代譚獻有《篋中詞》，馮煦有《唐五代詞選》《宋六十一家詞選》，而王鵬運、朱祖謀、江標、繆荃孫、徐乃昌諸家，益廣刻前人詞集。詞學日盛，詞學書日多，更悉數之而不能終矣。

詞譜之作，明人張綖有《詩餘圖譜》，程明善有《嘯餘譜》，沈際飛有《詞譜》。清初吴綺有《選聲集》，賴以邠有《填詞圖譜》，至萬紅友（樹）病諸譜訛誤之多也，爰取歷代人詞，迄於元末，考其字句，別其異同，作《詞律》二十卷。一時言詞者，咸宗之。恍然于張綖諸家論律之疏也。以前詞譜，於詞句之旁，平聲字作一圓圈。仄聲字作一黑圈。仄而可平者，上半黑圈，下半圓圈。平而可仄者，上半圓圈，下半黑圈。此等標誌，最易混淆，尤在可仄可平之字，頻多錯誤。萬氏《詞律》，則於可仄可平者，字旁注明，其字旁無注者，即平仄須照原詞，不可移易者也。此標誌法，實較圖譜為善。然萬氏之病，在不知宋詞有襯字，及宋人將上下句格伸縮之法，每見多一字少一字及句格微異者，輒云『又一體』，因是頗有繁冗拘泥之病。然討論之勤，辨析之嚴，一時無兩。萬氏以後，尚無勝於此書者，則仍不可不奉為圭臬也。石印本並附徐本立之《詞律拾遺》、杜文瀾之《詞律補遺》，更合二書補其缺漏，益臻美善矣。

清康熙所編《欽定詞譜》，搜羅極備。然論者有謂其闌入曲調、辨體不嚴者，且亦不易購。此外，查繼佐《古今詞譜》、舒夢蘭《白香詞譜》、葉申薌《天籟軒詞譜》、許寶善《自怡軒詞譜》、謝元淮《碎金詞譜》，近人多議其疏，然為初學檢閲便利計，則《白香》《天籟》，亦尚可用。近人盛倡詞律之説，並四聲亦依宋詞。然此問題是否確當，尚在疑問也。自明以後，即不知宋人唱詞之法，四聲之間，焉知其不能通融？此無可考證者也，所能知者，將古人詞多數比較而定此字之應平應仄耳。至上去入之能否通融，此問題太繁太大，一時實未敢遽下斷語。要之，此問題非學詞者之急務也。蓋宋人唱詞之法，源頭既不能知，宋人言律之書，如張炎《詞源》、沈括《夢溪筆談》、王灼《碧雞漫志》等籍，又破碎糾纏，不易瞭解，無一有系統之紀載。明清以來，無一人能知之，學者亦且以詞律為標準，先辨平仄句格可也。何必過唱高調，強不知以為知哉！

詞家又有高視北宋，卑視南宋之論。非之者又生駁議，門戶之見日多，皆無謂之甚者也。大抵就學者言，宜從宋詞入手，必勿從清詞入手。然從宋詞入手，則南宋較易得門徑可尋，且家數可學者較多。若北宋家數可學者，僅清真、淮海、方回、二晏數家而已。然未從南宋入手，恐亦不能遽窺清真等也。以南宋為入手，以清真為期向，則作詞之能事畢矣。至清人之詞，雖不宜多閱，然如上述清代數大家，確有足有自立者存，亦可資旁及也。詞雖小道，奧窔正繁，取宋人名作，熟玩而詳審之，自不難豁然貫通矣。

詞曲研究

許之衡

許之衡（1877—1935），字守白，號飲流齋主人、曲隱道人，室名飲流齋。本籍浙江仁和（今屬杭州），生於廣東番禺（今廣州市）。康有為入室弟子。畢業於日本明治大學。1922年秋，在北京大學任教的吳梅應南京東南大學之聘，舉家南遷，經吳梅舉薦，許之衡正式到北京大學國文系任教，基本延續吳梅開設的課程。後歷任北平師範大學、北平女子文理學院教授等。著有《守白詞》《中國音樂小史》《曲選及作法》《曲律易知》《飲流齋說瓷》等。

《詞曲研究》分緒論、四聲之區別、詞譜檢用法、詞韻檢用法、論研究捷法宜先分類、小令總論、小令白描類、小令神韻類、小令音節類、小令字面類、長調總論、長調白描類、長調神韻類、長調音節類、長調議論類、長調字面類、長調寄託類、論造句、論起法、論層次、論標準、論四要、論濃淡疏密、論律、歷代詞家畧論等二十五章論述。該書現藏於吉林大學圖書館古籍部，而南京圖書館、北京大學圖書館等所藏之《詞選及作法》，內容與之相同。應該為許氏任教大學期間之詞學講義。本書即據吉林大學圖書館古籍部所藏點校整理。

目錄

第十五章 長調議論類
第十六章 長調字面類
第十七章 長調寄託類
第十八章 論造句
第十九章 論起法
第二十章 論層次
第二十一章 論標準
第二十二章 論四要
第二十三章 論濃淡疏密
第二十四章 論律
第二十五章 歷代詞家畧論

第一章　緒論

詞為中國韻文之一種，其源出於樂府，在唐宋時皆能歌唱，用以入樂。自明以後，唱詞之法失傳，但成為文學之作品而已。論作詞之書，向無專著，僅散見於詞話、筆記中。近日始有專論詞學書籍，然便於研究者，尚無善本。如《填詞百法》等書，雖能供參考，但徒占篇幅未道著實際之病，多不能免。故將此等書全部讀畢，未必即能作詞也。愚著此篇，擬力矯此弊。於古人作詞之方治，昔人所未言或言而未盡者，一一以最新科學之方式解明之。使吾國此種文學，完全露出真相。而學者將此編閱畢，再專研古詞，聰俊者多則一月，少則十餘日，必能執筆作詞，斐然成章。此則愚對於斯學之貢獻。此種目的，必能達到，似非夸言也。

詞體舊分小令、中調、長調三種。中、長兩調，又統名曰慢詞。舊說以五十八字以內為小令，九十字以內為中調，九十一字以外為長調。萬紅友（樹）《詞律》，即不取此說，因其以字數分，多一字少一字之間，判別殊感困難故也。今為便於研究計，將中調併入小令，仍分小令、長調兩種。其分別之點，斟酌於字數與調名（又稱牌名）而定，字數既少，其牌名發生較早者，則歸入小令。字數既多，其牌名發生較晚者，則歸入長調。因長調體裁，至宋乃盛，唐五代間所盛行者，多是小令故也。

小令之作，唐五代時最盛，有《花間集》《尊前集》二書，薈萃至多。大抵可分為兩派，一以溫飛卿（庭筠）為領袖，西蜀諸家附焉，愚擬名之曰『金荃派』，飛卿詞名《金荃集》故也。一以李後主為領袖，南唐諸家附焉，愚擬名之曰『南唐派』。飛卿一派最早，以詞藻綺麗，餘味含蓄為尚。後主一派，專重神韻，始多尚新意新句。此兩大派，可包括小令一切派別矣。

長調之盛，無過兩宋，無法不備，為研究者必由之路。而後人論詞，於北宋南宋，輒劃分為二，似顯分派別者然。實則時代雖稍分先後，而高下深淺之別，無容過為軒輊也。今姑照詞人習慣之稱論之。大抵北宋之詞，其時作者，不專視為文學上作品，多視為音律上之事。一字纔成，即付傳唱，故多注重音節，而文藝上則尚天然之美，不甚注意修辭也。至南宋，則一方注重音律，一方注重修辭，成為文學上一種獨立文藝。爭妍鬭巧，五花八門，而天然之美稍失，此則風會變遷之故，自然而然者也。元明以降，斯學大衰，清代稍稍復振，而比較宋人，則瞠乎後矣。故研究長調，專以宋代為限，亦無不可也。

清代詞人，愚所知者，不下三千餘家。而可成大家，卓有宋代典型者，不過數人。作品如是之多，而翹[20]楚如是之少，何也？蓋有數原因焉。清末王半塘（鵬運）、朱彊村（祖謀）等，未刻各詞籍以前，欲見宋人專集，頗不易易，作詞者大半無宋人專集可讀。即有搜羅，亦難博覽，僅株守一二先生之言，不盡知宋人真相，其原因一也。作詞者大半視為應酬投贈之作品，不視為一種專研之文學，應酬之觀念生，即不易得佳詞，其原因二也。作者多摹擬宋代一二家，或標舉辛稼軒（棄疾），取其便於馳騁；或標舉張玉田（炎），取其諧婉宜人。一人倡之，百十人和之，成為風氣，牢不可破。至稼軒、玉田，遂成爛套，似是而非，詞學日敝，其原因三也。今則宋人專

20『翹』，原作『翅』。

集易得，既認為一種專研之文學，其敝既去，其真自見。故破除清代之陋習，魯追步宋詞，乃研究詞學一定之軌範也。

第二章　四聲之區別

作詞作曲皆要知四聲。何謂四聲？平上去入是也。平謂之平，上去入總謂之仄，吾人作詩，一句之中，有平有仄，若七字全是平，或七字全是仄，則讀者棘口，聞者刺耳，即不成為詩矣。若五言句，古人偶有五平或五仄者，然亦甚少見。則一句之中，必有平有仄，交錯互用，乃成音節，此自然之天籟也。作詩只須知平仄，而仄之中又分上去入三聲，則容易忽略，不甚措意。若作詞作曲，則上去入三聲，不可不知矣。蓋詞曲乃聲律上之事，與音節有大關係，故不能不分清上去入三聲也。

平上去入之如何區別？韻書上所言，文字愈多，則愈難明白。惟有取字練習，練習稍多，則自能了然。蓋四聲乃人之天籟，自然而然者也。茲按韻之次序，雜舉數十字如下：

平上去入	平上去入	平上去入	平上去入
東董凍篤	風俸鳳福	蒙懵夢睦	龍隴弄鹿
空恐控哭	鐘總眾祝	鬆聳送叔	容湧用郁
剛港降格	張掌帳札	郎朗浪納	堂躺燙撻
光廣逛刮	邦榜傍拔	方紡放發	相想像煞

支紙至質
垂水睡率
符俯父伏
車舉句橘
炎宰再摘
來乃賴勒
親軫趁七
殘產粲察
官管貫鵠
先蘚線竊
蕭小笑索
多朵惰琢
沙耍夏殺
耶野夜熱
名皿命覓
樓簍漏洛
金錦禁喼

慈此賜漆
眉美妹墨
愚雨預沃
魚語遇玉
該改戒革
挨藹愛厄
津儘盡汁
闌懶爛辣
攢纘纘拙
顛典電跌
刀倒道答
戈果過國
家假駕夾
遮者借楫
精井穽即
謳漚嘔惡
沉寢譖緝

詩史是失
衣倚意一
書署樹戍
無霧務喔
開楷概刻
人忍認日
壇坦炭撻
歡欵喚闊
煙偃燕咽
箋剪薦節
高稿告各
婆頗破撲
巴把霸人
斜寫瀉薛
平騁聘辟
收手瘦朔
陰飲蔭泣

咨紫自窒
梯體替踢
圖土吐禿
初楚醋速
釵彩菜冊
巾僅覲吉
丹胆旦達
端短段奪
錢淺獻切
鞭貶便鼈
聊了料勒
駝妥唾託
鴉啞亞戛
賒捨社塞
陵嶺另歷
秋丑嗅芍
森警甚濕

南覽濫臘　躭膽淡踏　堪坎戡克　蠶慘懺插

廉臉瀲粒　懨掩厭浥　籤諂僭輯　兼檢劍及

上為練習四聲之資料，練習既熟，自不難豁然貫通焉。譬如天字，則天字以下，自然調出三音，天殄〇鐵是也。譬如地字，則地字以下無法調出三音，必須由低字起，低底地的，由是可知地字是去聲。無論何字，均可以此法調音。平聲與上去入三聲，辨別自易，所難者上去入三聲，辨別較難耳。三聲辨別，驟然似頗難分清，試取前列各字調之。上聲其音促，有往上之勢；去聲其音遠，有送去之勢；入聲其音禿，有往入之勢。一經練習，即易了然矣。

作詞對於四聲，不可不知。然初作時，亦不必盡泥。（詳見下《論律》一章）至於通行詩韻（或云六朝時沈約撰），則多唐以上之音，與近代之音有變遷，故詩韻於上聲去聲之字，有與近代音不盡合者。至元人《中原音韻》，則純近代之音矣。作詞用韻，於下專章詳之，此畧言四聲辨別之法耳。

第三章　詞譜檢用法

詞譜之種類甚多，普通所用，有《欽定詞譜》、萬樹《詞律》、毛先舒《填詞圖譜》及葉中薌《天籟軒詞譜》、舒夢蘭《白香詞譜》等數種。《欽定詞譜》，共八百二十六調，二千三百六體。萬氏《詞律》，共六百五十九調，一千七百七十三體。《欽定詞譜》頗不易購，為初學簡便計，則《白香詞譜》《天籟軒詞譜》亦尚可用。《白香詞譜》選調僅百闋[21]，新刻有考正本，於每調之後，附以考正及填詞法，亦可資參考。惟或者病其太簡，則不妨更備《天籟軒詞譜》及《詞律》等書，以備檢用。然為研究計，《詞律》究為不少之書也。《天籟軒詞譜》，即《詞律》之縮影，頗便檢查，但無註明可平可仄，是其缺點。今試將諸書檢用之法，述之於後。

《白香詞譜》及《填詞圖譜》，於每字之右，均附以平仄之符號。平為○，仄為●，平而可仄者為◒，仄而可平為◓。《考正白香詞譜》，則於後之二者，不復分別。但作⊙以示平仄不拘。《詞律》雖不字字標明平仄，而實則凡其兩旁不標平仄之字，即屬平仄不可移易之字，苟有可以通用者，則必於其字左旁，註明可平或可仄，其用法實與有圖者無異。然《填詞圖譜》，誤者太多，已為《詞律》痛駁。《白香詞譜》，旁註平仄，亦不盡可靠。究以《詞律》為比較妥善也。

凡各譜中數種名稱，均為學者所不可不知者。試分述之如下：

（韻）凡譜中註有韻字者，即本詞起首用韻之處。

（叶）凡譜中註有叶字者，即與上用之韻，同屬一部，不能換押他韻。

（句）凡譜中註句字者，此句不須押韻。

（豆）凡譜中註豆字者，即一句中之頓逗處。豆本應寫作讀，圈去聲，因從簡便，都寫作豆。

今試舉一例如左：

憶王孫

21「闋」，原作「闕」。

梅子生時春漸老。（韻）紅滿地、（豆）落花誰掃。（叶）舊年池館不歸來，（句）又綠盡、（豆）今年草。（叶） 思量千里鄉關道。（叶）山共水、（豆）幾時得到。（叶）杜鵑只解怨殘春，（句）也不管、（豆）人煩惱。（叶）

右詞第一句七字，以老字起韻。第二句七字，以掃字叶，此等句謂之上三下四句格，《詞律》每遇此等句格，於上三字之下，註一豆字。第三句七字，不叶韻，凡不叶韻之句，《詞律》皆註一句字。第四句六字，係上三下三格，於上三字之下，亦註一豆字，下闋同。

（換）凡譜中註換平者，必其上句皆押仄韻，至此乃換平韻。其註換仄者，必其上句皆押平韻，至此乃換仄韻。既換平韻之後，復押仄韻。而與上文之平韻，不必同為一部者，謂之三換仄。必須同為一部者，謂之叶仄。由平換仄而三換平者，同此例。自三換仄而四換平，三換平而四換仄者，其理更可類推。今試舉一例如左。

菩薩蠻

東風約畧吹羅幕。（韻）一簾細雨春陰薄。（叶）試把杏花看。（換平）濕雲嬌暮寒。（叶平） 佳人雙玉枕。（三換仄）烘醉鴛鴦錦。（叶三仄）折得最繁枝。（四換平）暖香生翠帷。（叶四平）

前詞第一二句叶仄韻，三四句換平韻，五六句三換仄，七八句四換平。如譜甚明，茲更舉一例。

相見歡

無言獨上西樓。（韻）月如鉤。（叶）寂寞梧桐、（豆）深院鎖清秋。（叶）剪不斷。（換仄）理還亂。（叶仄）是離愁。（叶平）別是一般、（豆）滋味在心頭。（叶平）

前詞第一二三句均叶平，第四五句換仄，第六句復換平，而此愁字必與上文『樓』『鉤』『秋』同在一部，故不曰三換平而曰叶平也。

（疊）凡譜中註疊者，有四種之區別，一曰疊句，例如下：

如夢令

鶯嘴啄花紅溜。（韻）燕尾剪波綠皺。（叶）指冷玉笙寒，（句）吹徹小梅春透。（叶）依舊。（叶）依舊。（疊句）人與綠楊俱瘦。（叶）

前詞中『依舊[22]』『依舊』，即疊句也。二曰疊字，例如下：

憶秦娥

簫聲咽。（韻）秦娥夢斷秦樓月。（叶）秦樓月。（疊三字）年年柳色，（句）灞陵傷別。（叶）樂遊原上清秋節。（叶）咸陽古道音塵絕。（叶）音塵絕。（疊三字）西風殘照，（句）漢家陵闕。（叶）

前詞中『秦樓月』『音塵絕』，均疊前句尾三字也。三曰倒疊字，例如下：

調笑令

團扇。（韻）團扇。（疊句）美人病來遮面。（叶）玉顏憔悴三年。（換平）誰復商量管絃。

22『舊』，原作『奮』。

（叶平）絃管。（三換仄）絃管。（疊句）春草昭陽路斷。（叶三仄）

前詞中『絃管。絃管』，即倒疊前句尾二字也。四曰疊韻，例如下：

長相思

泗水流。（韻）汴水流。（疊韻）流到瓜州古渡頭。（叶）吳山點點愁。（叶）　思悠悠。（叶）恨悠悠。（疊韻）恨到歸時方始休。（叶）月明人倚樓。（叶）

前詞『泗水流。汴水流』，及『思悠悠。恨悠悠』，均係疊韻。又有一例：

釵頭鳳

紅酥手。（韻）黃藤酒。（叶）滿城春色宮墻柳。（叶）東風惡。（換仄）歡情薄。（叶二仄）一懷愁緒，（句）幾年離索。（叶二仄）錯。（叶二仄）錯。（疊）錯。（疊）　春如舊。（叶首仄）人空瘦。（叶首仄）淚痕紅浥鮫綃透。（叶首仄）桃花落。（叶二仄）閒池閣。（叶二仄）山盟雖在，（句）錦書難託。（叶二仄）莫。（叶二仄）[23]莫。（疊）莫。（疊）

（闋）闋者，一曲告終而少息之謂也。中調都兩闋而成一首。長調則有多至三闋或四闋者。凡兩闋者，稱上半首為上闋，或稱前闋。稱後半首為下闋，亦稱後闋。多至三、四闋者，則稱第一闋、第二闋，以下類推。萬氏《詞律》，則稱後段。

23『莫。（叶二仄）』，原闕。

第四章　詞韻檢用法

詞韻與詩韻有別，今通行之詩韻，不盡適用於詞也。唐五代人填詞，初無詞韻專書，宋有《菉斐軒詞韻》，今已失傳。坊間所見《詞林要韻》，題為『菉斐軒』刊本者，係後人偽託。且曲韻非詞韻也，其後元周德清輯《中原音韻》，明范善溱輯《中州全韻》，以入聲派入平上去三聲，故均為曲韻而非詞韻。清初沈謙著《詞韻畧》，毛先舒為之括畧。同時趙鑰、曹亮武亦撰詞韻，與沈書大同小異。嗣後又有李漁之《詞韻》四卷，謝天瑞、胡文煥之《文會堂詞韻》，許昂霄《詞韻考畧》，吳烺、程名世諸人之《學宋齋詞韻》，鄭春波《綠猗亭詞韻》，類皆[24]詳畧不同，寬嚴各異。而其中以沈氏《詞韻畧》為較善。葉申薌《天籟軒詞譜》，內附《詞韻》。戈載所著《詞林正韻》，亦稱善本。故今填詞者，或用《天籟軒詞韻》，或用《詞林正韻》均可，其他諸書，暫可不必置備。

戈氏之《詞林正韻》，分部過多，亦有繁瑣之病。如一東二冬之外，又有三鍾；四江十陽之外，又有十一唐之類。雖註明通用，然既已通用，正宜歸併為是，何反為增多耶。要之學者會其意而貫通之可也。詞韻尚無定本，而戈氏此書，流行頗盛，故暫以之為標準亦可。若《天籟軒詞韻》，大體尚妥，分部無《詞林正韻》之繁，惟開口音、閉口音可以通押，此雖本於宋人，究有稍寬之病。然詞韻之書，仍以沈氏、戈氏、葉氏三種，為較善者矣。

曲詞與詞韻異者，曲詞平聲字，即統攝上去入三聲。蓋曲每支平仄韻並押者居多，故上去入

24『皆』，原作『背』。

三聲，即附於平聲之內，所以便檢用也。（如董送附東韻，詞屋沃則附虞韻，屑葉則附車韻之類。）詞則每首平仄韻多不並押，故四聲必須分部，而入聲字概不與平上去聲同押，此其不同之點也。

填詞押仄韻者，上去二聲可以互押，惟入聲不可與上去通押。如《詞譜》所載某調之應押仄韻者，或上去聲部，或入聲部，可以任意檢用。然亦有一調可押平韻而亦可押仄韻者。其所謂仄，僅限入聲，不能通押上去。（詳下《論選調》章）蓋平上去入四聲之高低度，惟入聲與平聲相近，故凡入聲之字，曼聲呼之，即成平聲。平聲之字，急促呼之，即成入聲。而上去二聲，則迥不同也。

附詞韻簡括：

茲將普通之詩韻，以表明詞韻，其大概簡括如下：

東冬　二韻通用

支微齊灰（一部分）　四韻通用

江陽　二韻通用

魚虞　二韻通用

佳灰（一部分）　二韻通用

真文元（一部分）　三韻通用

寒刪　二韻通用

先元（一部分）　二韻通用

蕭肴豪　三韻通用
歌　獨用
麻　獨用
庚青蒸　三韻通用
尤　獨用
侵　獨用
鹽　獨用，與覃咸尚可通
覃咸　二韻通用

（以上平聲）宋人間有從寬，以寒刪先元鹽，五韻通押；真文庚青蒸浸，六韻通押者，然究屬非宜。

董腫宋送　四韻通用
紙尾薺賄（一部分）寘未霽隊（一部分）　八韻通用
講養絳漾　四韻通用
語麌御遇　四韻通用
蟹賄（一部分）泰卦隊（一部分）　五韻通用
軫吻阮（一部分）震問願（一部分）　六韻通用
旱潸翰諫　四韻通用

銑阮（一部分）霰願（一部分）　四韻通用
篠皓巧嘯效號　六韻通用
哿箇　二韻通用
馬禡　二韻通用
梗迥敬經　四韻通用
有宥　二韻通用
寑沁　二韻通用
儉豔　二韻通，與感勘兼陷尚通可
感豏勘陷　四韻通用
（以上上聲、去聲）作詞上聲、去聲韻同押，故並列之。旱潸翰諫銑阮霰願八韻，多通押者。
屋沃　二韻通用
覺藥　二韻通用
質物陌錫職緝　六韻通用
曷黠合洽月（一部分）　五韻通用
月（一部分）屑葉　三韻通用
（以上入聲）曷黠合洽月屑葉七韻，多可通押。茲從嚴分為兩部。

第五章　論研究捷法宜先分類

自來詞選，大都每一名家，選詞數首，此例自宋人至近代，大半如此，其法固甚善也。如宋黄昇之《花庵詞選》，宋周密之《絕[25]妙好詞》，清戈載之《宋七家詞選》，並稱善本。近則朱祖謀之《宋詞三百首》，選錄尤精，皆學者必不可少之書。但學校講授，為時間所限，不盡適用。且以人及時代為先後，全部驟然看出，恐嫌其繁深，或不易引起興會。愚一再思索，始採用分類法。愚之用意，蓋有二焉。

一則劃分小令與長調，由少字句漸進於多字句，以便學者研究也。一則分門別類，各派兼收毫無偏見，任學者各就所好而研究之也。但佳詞至多，門類力求簡括。容有界線之分配，極感困難者。然此編係引導性質，但求舉隅。至於博覽專研，則羣籍具在，學者進而求之可也。古人詞選分類者，有《草堂詩餘》一書，無編輯人名氏，或云宋末人所輯。此書內分春夏秋冬四景，如詞中語句或其題目，有關合於四時者，即分別列入之。無關合於四時者，則附錄於後。選輯俱屬佳詞，名作搜羅甚多。此書編輯尚精，亦學者應備之書。但書肆頗少，購求或不易耳。學者研究詞，亦可用分類辨法，自行選錄若干首，以資諷詠。似視選本以人分例者，較有興味。蓋以人分者，多重於客觀方面。如《花庵詞選》《絕妙好詞》，固稱善本，但亦有因人存詞之弊。若以類分者，則重於主觀方面，全為學者之獲益起見，各就所好而選之可也。

25「絕」，原作「純」。

宋人黃昇選詞，共有二本。一為《花庵詞選》（又名《唐宋以來絕妙詞選》），則選輯甚精。一為《中興以來絕妙詞選》，專選南宋，則選輯不精，遜於周密《絕妙好詞》遠甚。大抵初讀選本，宜取《花間集》《花庵詞選》《絕妙好詞》《宋七家詞選》《宋詞三百首》，五種光閱，已自足用。其他宋人選本，或不易購。清人選本，或不甚精，皆暫可緩置。先讀選本，再進而讀專集，則詞學深造不難矣。

第六章　小令總論

小令之先，本起於歌謠。唐初之詞，多是五言詩或七言詩，如《竹枝》《楊枝》《柳枝》等詞，皆歌謠也。自中葉以後，始變為長短句，而仍是歌謠性質。如《望江南》則言江南風景，《漁歌子》則言漁家樂趣，《女冠子》則述道情，《河瀆神》則言祠廟，《巫山一段雲》則狀巫峽，《臨江仙》則詠水仙，皆就各處土風謠詠，以入樂歌，其辭句但取通俗淺近而已。至溫飛卿出，始專修飾字句，入於文學範圍，與謠諺漸異，與詩作法亦殊，始確成為詞之格調。溫詞有《金荃集》，為唐人詞集之始，後世言詞者多宗之。

飛卿之詞，專喜雕琢字句，意含蓄而不露。《花間集》一書，大半皆此派也。《花間》所選，以蜀人為多，皆喜效飛卿，獨韋莊以清挺著，與溫微異。世久以溫、韋並稱，然溫派詞藻華麗，為時所喜。前蜀後蜀諸家，皆倣效之。

南唐李後主，天生清才，久居尊位，所作專尚空靈，一變雕飾之習，時人復靡然效之。以《尊前集》一書，薈萃至多，獨馮延巳亦南唐大家，有《陽春集》，而《尊前》不預選焉。論南唐派者，後主之外，當推延巳。五代諸家，總不出金荃、南唐兩派之範圍。逮至宋初，則二晏、歐陽，皆學南唐，餘則融化五代之長，而不襲其貌者，不能名為何派，此類甚多。其專學《花間》者，僅陳子高（克）一人而已，清代則性容若（德）為小令之冠，亦氣韻主南唐，而字面採金荃者。餘人不專以小令擅長，茲不具論。要之兩派皆各有所長，不必強為軒輊。惟金荃尚雕飾，流俗所喜。而摹仿者每流為側艷，易蹈多買胭脂畫牡丹之誚。南唐一派，則尚性靈新意，境界無盡。學者從之入手，較易進步。故宋人一代，仍以學南唐者多而學金荃者少也。

第七章　小令[26]白描類

（附言）句用，。韻用。。豆用、，以顯格調真相。其有句法上下伸縮者，仍以普通格調論，而於解釋說明之。

更漏子　溫庭筠

玉爐香，紅臘淚。偏照畫堂愁思。眉翠薄，鬢云殘。夜長衾枕寒。　梧桐樹。三更雨。不道離情更苦。一葉葉，一聲聲。空階滴到明。（言情）

溫詞用字眼者多，宜先從此類入手，乃不至偏於雕飾之弊。

相見歡

26『令』，原作『代』。

無言獨上西樓。月如鉤。寂寞梧桐深院鎖清秋。　剪不斷。理還亂。是離愁。別是一般滋味在心頭。（言情）

上闋寫景，下闋寫情。『心頭』句，眼前語，卻極新穎，亦有將梧桐一般之下，點斷作豆者。

虞美人　李後主

春花秋月何時了。往事知多少。小樓昨夜又東風。故國不堪回首月明中。　雕闌玉砌應猶在。只是朱顏改。問君能有幾多愁。恰似一江春水向東流。（言情）

『東流』句比喻極新，其情雖甚悲，而無衰颯之氣，感慨者可以為法。

菩薩蠻　韋莊

人人盡說江南好。遊人只合江南老。春水碧於天。畫船聽雨眠。　壚邊人似月。皓腕凝霜雪。未老莫還鄉。還鄉須斷腸。（言情）

洛陽城裏春光好。洛陽才子他鄉老。柳暗魏王隄。此時心轉迷。　桃花春水綠。水上鴛鴦浴。凝恨對斜暉。憶君君不知。（言情）

昔人評韋詞，謂《菩薩蠻》諸闋，殆即詞中之《古詩十九首》也，今選其最清挺者二首。

小重山　薛昭蘊

春到長門春草青。玉階華露滴，月朧明。東風吹斷紫簫聲。金爐冷，簾外曉啼鶯。　愁極夢難成。殘粧和宿淚，不勝情。手挼裙帶繞花行。思君切，羅幌暗塵生。（言情）

下闋言情，極盡其妙。而收處卻甚高渾，不落纖巧。

玉樓春　晏殊

綠楊芳草長亭路。年少抛人容易去。樓頭殘夢五更鐘，花底離情三月雨。無情不似多情苦。一寸還成千萬縷。天涯地角有窮時，只有相思無盡處。（言情）

此詞妙在『渾厚』二字。『樓頭』二語，寫景而情極深。

蝶戀花　晏幾道

醉别西樓醒不記。春夢秋雲，聚散真容易。斜月半窗還少睡。畫屏閒展吴山翠。衣上酒痕詩裏字。點點行行，總是淒涼意。紅燭自憐無好計。夜闌空替人垂淚。（言情）

上數語已極感慨，末用紅燭一襯，而人之情感更深，此烘託法也。

菩薩蠻　李白

平林漠漠煙如織。寒山一帶傷心碧。暝色入高樓。有人樓上愁。玉階空佇立。宿鳥歸飛急。何處是歸程。長亭更短亭。（寫景）

昔人論太白詞，謂『天與俱高，青而無際』，蓋高渾之甚也。謂為詞家鼻祖，誰曰不宜。

蝶戀花　歐陽修

庭院深深深幾許。楊柳堆煙，簾幕無重數。玉勒雕鞍遊冶處。樓高不見章臺路。雨横風狂三月暮。門掩黄昏，無計留春住。淚眼問花花不語。亂紅飛過秋千去。（寫景）

此詞喻小人蔽君之明。堂高廉遠，下情難達，君子多被謫逐也。即以詞論，亦語淺而意深。

末二句因花而有淚，一層意也。因淚而問花，一層意也。花竟不語，不但不語，而又亂落，飛過秋千，又一層意也。人愈傷心，花愈惱人，語愈淺而意愈入，又極高渾神品也。

踏莎行　歐陽修

候館梅殘，溪橋柳細。草芳春暖搖征轡。離愁漸遠漸無窮，迢迢不斷如春水。　寸寸柔腸，盈盈粉淚。樓高莫近危闌倚。平蕪盡處是春山，行人更在春山外。（寫景兼言情）

末二句，黃叔暘云：『最工句意。』上數語猶人所能。『平蕪』二句，則淡而彌永，為全首之勝。

蘇幕遮　范仲淹

碧雲天，紅葉地。秋色連波，波上寒煙翠。山映斜陽天接水。芳草無情，更在斜陽外。　黯芳魂，追旅意。夜夜除非，好夢留人睡。明月樓高休獨倚。酒入愁腸，化作相思淚。（寫景兼言情）

詞家寫景，多兼言情。此詞上闋全是寫景，而已含滿目蒼涼之意。下闋則情致纏綿。末二句昔人比之宋璟之賦梅花，真名句也。

御街行　范仲淹

紛紛墜葉飄香砌。夜寂靜，寒聲碎。真珠簾捲玉樓空，天淡銀河垂地。年年今夜，月華如練，長是人千里。　愁腸已斷無由醉。酒未到，先成淚。殘燈明滅枕頭攲，諳盡孤眠況味。都來此事，眉間心上，無計相迴避。（寫景兼言情）

詞之佳不待言，學者當玩其空靈而精警之處。如上下闋末三句，乃可言空靈也。

霜天曉角　蕭泰來

千霜萬雪。受盡寒磨折。賴是生來瘦硬，渾不怕，角吹徹。　清絕。影也別。知心惟有月。原沒春風情性，如何共，海棠說。（詠物）

末句乃上三下三句格，此作流水句法，化板為活也。

第八章　小令神韻類

山花子　李中主

菡萏香消翠葉殘。西風愁起綠波間。還與韶光共憔悴，不堪看。　細雨夢回雞塞冷，小樓吹徹玉笙寒。多少淚珠何限恨，倚闌干。（言情）

手捲珠簾上玉鉤。依前春恨鎖重樓。風裏落花誰是主，思悠悠。　青鳥不傳雲外信，丁香空結雨中愁。回首綠波三峽暮，接天流。（言情）

二詞，《花庵詞選》云『李後主作』，據陳振孫《錄解題》，謂是中主作。至詞句之佳，久已膾炙人口，以其情韻勝也。

浪淘沙　李後主

簾外雨潺潺。春意闌珊。羅衾不耐五更寒。夢裏不知身是客，一晌貪歡。　獨自暮憑欄。無限江山。別時容易見時難。流水落花春去也，天上人間。（言情）

此詞傳誦久矣，然其佳處，全在收末二句。二語不即不離，卻有無限感慨，所以為佳。

清平樂 韋莊

野花芳草。寂寞關山道。柳吐金絲鶯語早。惆悵香閨暗老。羅帶悔結同心。獨憑朱闌思深。夢覺半牀斜月，小窗風觸鳴琴。（言情）

末二句情致入畫，不言淒清，而淒清可想。

訴衷情 歐陽修

清晨簾幕捲輕霜。呵手試梅粧。都緣自有離恨，故畫作遠山長。思往事，惜流芳。易成傷。擬歌先咽。欲笑還顰，最斷人腸。（言情）

『都緣』二句，是熟語生用之法。

臨江仙 晏幾道

夢後樓臺高鎖。酒醒簾幕低垂。去年春恨卻來時。落花人獨立，微雨燕雙飛。記得小蘋初見。兩重心字羅衣。琵琶絃上說相思。當時明月在，曾照彩雲歸。（言情）

先從『樓臺簾幕』說起，由境入情。『春恨』之下，接『落花』二句，筆固靈變，語尤名貴。『當時』二句用流水句法，含蘊甚深，超妙之至。

碧牡丹 張先

步帳搖紅綺。曉月墜，沉煙砌。緩拍香檀，唱徹伊家新製。怨入眉頭，斂黛峯橫翠。芭蕉寒，雨聲碎。鏡華翳。閒照孤鸞戲。思量去時容易。鈿合瑤釵，至今冷落輕棄。望極藍橋，但暮雲千里。幾重山，幾重水。（言情）

子野之詞，素以情韻勝。此首音韻尤佳，悽艷絶倫。

踏莎行　秦觀

霧失樓臺，月迷津渡。桃源望斷無尋處。可堪孤館閉春寒，杜鵑聲裏斜陽暮。　驛寄梅花，魚傳尺素。砌成此恨無重數。郴江幸自繞郴山，為誰流下瀟湘去。（言情）

此詞乃少游遷謫時所作。上闋已極淒然，末二句尤徘徊不盡，宜東坡絶愛之。

江城子　秦觀

西城楊柳弄輕柔。動離憂。淚難收。猶記多情，曾為繫歸舟。碧野朱橋當日事，人不見，水空流。　韶華不為少年留。恨悠悠。幾時休。飛絮落花，時節一登樓。便做春江都是淚，流不盡，許多愁。（言情）

空靈悱惻，情辭俱勝。『飛絮』句以格律論，『花』字是一豆，以文法論，則節字畧頓，此等上下伸縮之法，宋人常有之。

一剪梅　劉仙倫

唱到陽關第四聲。香帶輕分。羅帶輕分。杏花時節雨紛紛。山繞孤村。水繞孤村。　更沒心情共酒樽。春衫香滿，空有啼痕。一般離思兩銷魂。馬上黄昏。樓上黄昏。（言情）

數語寫盡别情。『春衫』句滿字應韻，而此不韻，平仄亦不一律，當是另一體也。

應天長　韋莊

綠柳陰裏黄鶯語。深院無人春晝午。畫簾垂，金鳳舞。寂寞繡屏香一炷。　碧雲天，

無定處。空有夢魂來去。夜夜綠窗風雨。斷腸君信否。（寫景）

將一『靜』字寫出，而『愁』字自包含在內，極盡婉約之致。

喜遷鶯 和凝

曉月墜。宿雲披。銀燭錦屏帷。建章鐘動玉繩低。宮漏出花遲。春態淺。來雙燕。紅日漸長一線。嚴粧欲罷黃鸝。飛上萬年枝。（寫景）

凡詞章家，憂愁之言易好，歡愉之詞難工。此詞寫宮禁繁華氣象，卻無一毫俗艷，愈顯其名貴，真高手也。

虞美人 馮延巳

玉鉤鸞柱調鸚鵡。宛轉留春語。雲屏冷落畫堂空。薄晚春寒無柰落花風。搴簾燕子低飛去。拂鏡塵鸞舞。不知今夜月眉彎。誰佩同心雙結倚闌干。（寫景）

馮詞極細膩婉約之致，陳世修謂其『韻逸思新』，誠然。

浣溪紗 晏殊

一曲新詞酒一杯。去年天氣舊亭臺。夕陽西下幾時回。無可奈何花落去，似曾相識燕歸來。小園香徑獨徘徊。（寫景）

『無可奈何』一聯，為同叔得意之筆，於詩詞兩用之，然用在詩不如用在詞為妙。

青玉案 賀鑄

淩波不過橫塘路。但目送，芳塵去。錦瑟華年誰與度。月臺花榭，瑣窗朱戶。惟有春知處。碧雲冉冉蘅皋暮。彩筆空題腸斷句。試問閑愁都幾許。一川煙草，滿城風絮。梅子黄時雨。

《花庵詞選》謂山谷稱此詞云：『解道江南斷腸句，世間只有賀方回。』可見其傾倒之深。

醉花陰　李清照

薄霧濃雲愁永晝。瑞腦銷金獸。時節又重陽，玉枕紗櫥，昨夜涼初透。東籬把酒黄昏後。有暗香盈袖。莫道不銷魂，簾捲西風，人比黄花瘦。（寫景）

『簾捲』二句，千古傳誦，宜當時陸德夫深賞之。

唐多令　劉過

蘆葉滿汀洲。寒沙帶水流。二十年重到南樓。柳下繫船猶未穩，能幾日，又中秋。黄鶴斷磯頭。故人今在否。舊江山總是新愁。欲買桂花重載酒，終不似，少年遊。（寫景）

凡寫景宜有感慨，而又不宜過火，此詞得之。

風入松　俞國寶

一春長費買花錢。日日醉湖邊。玉驄慣識西湖路，驕嘶過沽酒樓前。紅杏香中歌舞，綠陽影裏鞦韆。暖風十里麗人天。花壓鬢云偏。畫船載取春歸去，餘情付湖水湖煙。明日重扶殘醉，來尋陌上花鈿。（寫景）

此詞極跌宕之致，原詞作『重攜殘酒』，經宋高宗改定，佳話流傳詞苑，可謂一字師矣。

阮郎歸　秦觀

湘天風雨破寒初。深沈庭院虛。麗譙吹徹小單于。迢迢清夜徂。 鄉夢斷，旅魂孤。崢嶸歲又除。衡陽猶有雁傳書。郴陽和雁無。（寫景兼言情）

此少游遷謫郴州時作，情韻淒絕，卻無寒竣氣。

卜算子 蘇軾

缺月掛疏桐，漏斷人初靜。時見幽人獨往來，縹緲孤鴻影。 驚起卻回頭，有恨無人省。揀盡寒枝不肯棲，寂寞汀洲冷。（詠物）

此東坡見雁而作，實以自喻，言不肯附和小人，以致君上不察，不能安於其位也。至詞之工，山谷謂『語意高妙，似非喫食煙火人語』云。

小重山・詠紅梅 姜夔

人繞湘皋月墜時。斜橫花自小，浸愁漪。一春幽事有誰知。東風冷，香染茜裙歸。 鷗去昔游非。遙憐花可可，夢依依。九嶷雲杳斷魂啼。相思血，都沁綠筠枝。

白石在湘潭見紅梅賦此，字句之秀倩，情韻之蒼涼，固應獨絕。

第九章 小令音節類

河傳 溫庭筠

湖上。閒望。雨蕭蕭。煙浦花橋。路遙。謝娘翠蛾愁不銷。終朝。夢魂迷晚潮。 蕩子天涯歸櫂遠。春已晚。鶯語空腸斷。若耶溪。溪水西。柳隄。不聞郎馬嘶。（言情）

《河傳》之調，專尚音節，短句甚多，格調亦有數體。此體乃叶韻最多者也。短句叶韻最難於渾成，此詞語極自然，恰合節拍，自是高手。

定風波　李珣

雁過秋空夜未央。隔窗煙月鎖蓮塘。往事豈堪容易想。惆悵。故人迢遞在瀟湘。縱有回文重疊意。誰寄。解鬟臨鏡泣殘粧。沈水香銷金鴨冷。愁永。候蟲聲接杵聲長。（言情）

凡小令收處，總宜含有餘不盡之意。此首與前首，均是此法。

生查子　張先

含羞整翼鬟。得意頻相顧。雁柱十三絃。一一春鶯語。　嬌雲容易飛，夢斷知何處。深院鎖黃昏。陣陣芭蕉雨。（言情）

詞僅八句，而離合悲歡皆有，自非子野不辦。

醉太平　劉過

情高意真。眉長鬢青，小樓明月調箏。寫春風數聲。　思君憶君。魂牽夢縈。翠銷香暖雲屏。更那堪酒醒。（言情）

此調上下闋首二句，必須照此句法平仄，頗難恰好。餘句音律亦嚴，須看其自然處。『那』字平聲，字義與仄聲同。

蕃女怨　溫庭筠

萬枝香雪開已遍。細雨雙燕。鈿蟬箏，金雀扇。畫梁相見。雁門消息不歸來。又飛回。

（寫景）

訴衷情 溫庭筠

鶯語。花舞。春晝午。雨霏微。金帶枕。宮錦。鳳凰帷。柳弱燕交飛。依依。遼陽音信稀。夢中歸。（寫景）

飛卿詞短句最擅場，艷而渾成，有『大珠小珠落玉盤』之妙。

謁金門 韋莊

春雨足。染就一溪新綠。柳外飛來雙羽玉。弄晴相對浴。樓外翠簾高軸。倚遍闌干幾曲。雲淡水平煙樹簇。寸心千里目。（寫景）

語語清挺，字字渾成，詞之正宗也。

江神子 謝逸

杏花村館酒旗風。水溶溶。颺殘紅。野渡舟橫，楊柳綠陰濃。望斷江南春色遠，人不見，草連空。夕陽樓外晚煙籠。粉香融。淡眉峯。記得年時，相見畫屏中。只有關山今夜月，千里外，素光同。（寫景）

音節神韻並擅其長，深得自然之妙。

醉落魄 范成大

棲烏飛絕。絳河綠霧星明滅。燒香曳簟眠清樾。花影吹笙，滿地淡黃月。好風碎竹聲如雪。昭華三弄臨風咽。鬢絲撩亂綸巾折。涼滿北窗，休共軟紅說。（寫景）

造句語語俱工，不止『花影吹笙』二句，傳誦一時已也。

淡黃柳　姜夔

空城曉角，吹入垂楊陌。馬上單衣寒惻惻。看盡鵝黃嫩綠，都是江南舊相識。　正岑寂。明朝又寒食。強攜酒小橋宅。怕梨花落盡成秋色。燕燕飛來，問春何在，惟有池塘自碧。（寫景）

清挺絕俗，『梨花』句或作『成秋苑』，非也，此句應韻。

河瀆神　溫庭筠

河上望叢祠。廟前春雨來時。楚山無限鳥飛遲。蘭櫂空傷別離。　何處杜鵑啼不歇。艷紅開盡如血。蟬鬢美人愁絕。百花芳草佳節。（寫景兼言情）

音節固極入古，句尤淒艷，似楚騷之遺。

歸國遙　韋莊

春欲暮。滿地落花紅帶雨。惆悵玉籠鸚鵡。單棲無伴侶。　南望去程何許。問花花不語。早晚得同歸去。恨無雙翠羽。（寫景兼言情）

上下闋互相呼應，借物寓情而情愈深。

好事近　韓元吉

凝碧舊池頭。一聽管絃淒切。多少梨園聲在，總不堪華髮。　杏花無處避春愁，也傍野煙發。惟有御溝聲斷，似知人嗚咽。（寫景兼感懷）

憑弔故國，哀感蒼涼，此變徵之聲也。

菩薩蠻 辛棄疾

鬱孤[27]臺下清江水。中間多少行人淚。西北是長安。可憐無數山。　青山遮不住。畢竟東流去。江晚正愁余。山深聞鷓鴣。（寫景兼感懷）

『西北』二句，高渾之極，餘亦氣象豪邁，直可追步唐賢。

定風波 李泳

點點行人趁落暉。搖搖煙艇出漁扉。一路水香流不斷。零亂。春潮綠浸野薔薇。　南去北來愁幾許。登臨懷古欲沾衣。試問越王歌舞地。佳麗。只今惟有鷓鴣啼。

末數句極似唐人，音節尤駸駸入古。

第十章 小令字面類

虞美人 李後主

風回小院庭蕪綠。柳眼春相續。憑闌半日獨無言。依舊竹聲新月似當年。　笙歌未散尊罍在。池面冰初解。燭明香暗畫樓深。滿鬢清霜殘雪思難禁。（言情）

後主《虞美人》二詞，『春花秋月』一首，以空靈勝，此首以精實勝，當看其實而不滯處。

27『孤』，原作『狐』。

浣溪沙　孫光憲

攬鏡無言淚欲流。凝情半日懶梳頭。一庭春雨濕春愁。　楊柳只知傷怨別，杏花應信損嬌羞。淚沾魂斷軫離憂。（言情）

輕打銀箏墜燕泥。斷絲高罥畫樓西。花冠閒上午墻啼。　粉籜半開新竹徑，紅苞盡落舊桃蹊。不堪終日閉深閨。（言情）

孟文[28]《浣溪沙》詞頗多，皆言情之作。選其最清艷者二首，字新詞俊，信是作家。

虞美人　晏幾道

曲闌干外天如水。昨夜還曾倚。初將明月比佳期。長向月圓時候望人歸。　羅衣著破前香在，舊意誰教改。一春離恨懶調絃。猶有兩行閒淚寶箏前。（言情）

意極曲而句極新，須看其宛轉而自然處。

烏夜啼　趙令時[29]

樓上縈簾弱絮，墻頭礙月低花。年年春事關心事，腸斷欲棲鴉。　舞鏡鸞衾翠減，啼珠鳳蠟紅斜。重門不鎖相思夢，隨意繞天涯。（言情）

字字凝練而氣極清，故無堆垛之病。

臨江仙　馮延巳

28「文」，原作「女」。
29「時」，原作「時」。

秣陵江上多離别，雨晴芳草煙深。路遙人去馬嘶沉。青簾斜掛裏，新柳萬枝金。隔江何處吹横笛，沙頭驚起雙禽。徘徊一晌幾般心。天長煙水遠，凝恨獨沾襟。（寫景）

通體秀倩，氣韻尤佳，江景宛然如畫。

蝶戀花　歐陽修

六曲闌干偎碧樹。楊柳風輕，展盡黄金縷。誰把鈿箏移玉柱。穿簾海燕雙飛去。滿眼游絲兼落絮。紅杏開時，一霎清明雨。濃睡覺來鶯亂語。驚殘好夢無尋處。

此詞傳誦已久，或傳為馮延巳作，今據《花庵詞選》定為永叔作。

臨江仙　歐陽修

柳外輕雷池上雨，雨聲滴碎荷聲。小樓西角斷虹明。闌干倚處，待得月華生。燕子飛來窺畫棟，玉鉤垂下簾旌。涼波不動簟紋平。水精雙枕，旁有墜釵横。

寫夏景清絕，末二語尤新艷。

南歌子　謝逸

雨洗溪光淨，風掀柳帶斜。畫樓朱户玉人家。簾外一眉新月，浸梨花。金鴨香凝袖，銅荷燭映紗。鳳盤宫錦小屏遮。夜静寒生春筍，理琵琶。（寫景）

溪堂詞造句清新，在北宋中足稱名手，此詞尤翩翩有逸致。

眼兒媚　洪咨夔

平沙芳草渡頭村。綠遍去年痕。游絲下上，流鶯來往，無限銷魂。綺窗深静人歸晚，

金鴨水沉溫。海棠影下，子規聲裏，立盡黄昏。（寫景）

末三句如初日芙蓉，曉風楊柳，清艷無匹。

謁金門　馮延巳

風乍起。吹皺一池春水。閒引鴛鴦香徑裏。手挼紅杏蕊。　鬬鴨闌干遍倚。碧玉搔頭斜墜。終日望君君不至。舉頭聞鵲喜。（寫景兼言情）

將閨中癡憨情態，曲曲繪出，宜其傳誦詞壇。

碧牡丹　晏幾道

翠袖疎紈扇。涼月催歸燕。一夜西風，幾處傷高懷遠。細菊枝頭，開嫩香還遍。月痕依舊庭院。　事何限。悵望秋色晚。離人鬢華將换。静憶天涯，路比此情還短。試約鸞箋，傳素期良願。南雲應有歸燕。（寫景兼言情）

用字細静，造句婉秀，與張先之作，其體微異，而各極其妙。

一剪梅　蔣捷

一片春愁待酒澆。江上舟摇。樓上簾招。秋娘渡與泰娘橋。風又飄飄。雨又瀟瀟。　何日歸家洗客袍。銀字笙調。心字香燒。流光容易把人抛。紅了櫻桃。緑了芭蕉。（寫景兼言情）

此詞為竹山舟過吴江作，極盡婉秀之致。第四句選本作『秋娘度與泰娘嬌』，誤也，蔣有《江城子》詞可證。

風入松　吴文英

聽風聽雨過清明。愁草瘞花銘。樓前綠暗分攜路，一絲柳一寸柔情。料峭春寒中酒，交加曉夢啼鶯。　西園日日掃林亭。依舊賞新晴。黃蜂頻撲秋千索，有當時纖手香凝。惆悵雙鴛不到，幽階一夜苔生。（寫景兼言情）

俊語絡繹，而氣韻極清，末二語尤有新意。

唐多令　陳允平

休去採芙蓉。秋江煙水空。帶斜陽一片征鴻。欲頓閒愁無頓處，都著在，兩眉峯。　心事寄題紅。畫橋流水東。斷腸人無奈秋濃。回首層樓歸去懶，早新月，掛梧桐。（寫景兼言情）

西麓此詞，彈丸脫手之妙，吴夢窗亦有此調，第三句格律微差，故舍彼取此。

西江月·青梅枝上晚花　吴文英

枝裊一痕雪在，葉藏幾豆春濃。玉奴最晚嫁東風。來結梨花幽夢。　香力添熏羅被，瘦肌猶怯冰綃。綠陰青子老溪橋。羞見東鄰嬌小。（詠物）

此調極易俗，詞能脫俗工巧，上下闋不同韻，常有此格也。

第十一章　長調總論

長調古稱慢詞，宋翔鳳《樂府餘論》曰：『詞由小令而有引詞，又曰近詞，謂引而近之也。

又次而有慢詞，慢者曼也，謂曼聲而歌者也。』王灼《碧雞漫志》謂：『唐中葉始漸有慢曲。』今按唐人慢詞存者，有杜牧九十字之《八六子》，鍾輻八十九字之《卜算子慢》，均見《全唐詩》。至五代作者，有後唐莊宗一百三十六字之《歌頭》，薛昭藴八十七字之《離別難》，尹鶚九十六字之《金浮圖》，李珣八十四字之《中興樂》，此外概不多見。獨至兩宋，慢詞始盛。然宋初諸子，仍有專作小令者。

小令譬之詩中之五絕，以語短情長為妙。而字數既少，未能馳騁變化也。長調則譬之詩中之七律、七古、五古，篇幅既長，波瀾亦闊，可極變化之能事矣。然小令長調，各有獨到之處，不能以字數之多少，而判其難易也。特為便於研究計，先小令而後長調，亦循序漸進之意爾。

趙宋一代，填詞最工，論詞者咸宗之。或謂詞至北宋而大，至南宋而深。又謂北宋之詞與詩合，南宋之詞與詩分。北宋主樂章，故情景但取當前，無窮高極深之趣。南宋則文人弄筆，彼此爭名，故變化益多，取材益富。然南宋有門徑，有門徑，故似深而轉淺。北宋無門徑，無門徑，故似易而實難。諸家所論紛紜，如清代張惠言、周濟、戈載等，間有瘙著癢處之語。然其作品，則不及宋代遠甚，於北宋尤遠。無他，只知其高妙，而不知其奧窔故耳。故論清代詞家，其長調聞有造南宋之境界者，而造北宋之境界者，光緒以前，實無一人。張惠言倡常州派，雖力尊北宋，而常州派詞家，作品多無可觀。比之北宋，相去太遠。謂為不知奧窔，殆非過言。此外論詞者，或尊北宋而抑南宋，或尊南宋而抑北宋，信口雌黃，是丹非素，門戶之見過深，真相愈晦，此詞學所以日敝也。

要之研理詞學，宜先破除推崇一家之見，欲就其性之所近，專學一家。雖亦可行，然就令專學一家，亦非偏讀宋代諸大家詞不可。決不能只閱一家，餘皆束置也。大抵南宋門徑較易尋，作法較易見，自不能完全脫離。然欲求深造，仍當以北宋為期嚮。前章所選小令，多選唐五代宋初，而選南宋較少。下章所選長調，則專以宋代為限，而元明以下不錄焉，盬不外力爭上游之意。語云：『取法乎上，適得其中。』詞學何獨不然。先選名作，作法則於後分章詳論之。詞學真相，庶幾可一一闡發矣。

第十二章　長調白描類

滿庭芳　晏殊

南苑吹花，西樓題葉，故園歡事重重。憑闌秋思，閒記舊相逢。幾處歌雲夢雨，可憐便流水西東。別來久，淺情本有，錦字繫征鴻。　年光，還少味，開殘檻菊，落盡溪桐。漫留得樽前，淡月淒風。此恨誰堪共說，清愁付綠酒杯中。佳期在，歸期待把，香袖看啼紅。

（言情）

此詞極清艷，明白易解，而情韻甚佳。換頭處『年光』光字應韻，亦有不用韻者。上下闋末二句，俱用一氣讀下句法，論格調是兩句，論文氣是一句，宋人常有之。

鳳簫吟　韓縝

鎖離愁連緜無際，來時陌上初薰。繡帷人念遠，暗垂珠露，泣送征輪。長行長在眼，更重重遠水孤雲。但望極樓高盡日，目斷王孫。　消魂。池塘別後，曾行處綠妒輕裙。甚時攜素手。亂花飛絮裏，緩步香茵。朱顏空自改，向年年芳意長新。徧綠野嬉游醉眼，莫負青春。（言情）

此調一名《芳草》，題雖未著，當時見芳草而動懷人之思也。通體跌宕，層次井然。

雨霖鈴·秋別　柳永

寒蟬淒切。對長亭晚，驟雨初歇。都門帳飲無緒，方留戀處，蘭舟催發。執手相看，淚眼竟無語凝咽。念去去千里煙波，暮靄沈沈楚天闊。　多情自古傷離別。更那堪，冷落清秋節。今宵酒醒何處，楊柳岸曉風殘月。此去經年，應是良辰，好景虛設。便縱有千種風情，更與何人說。（言情）

此詞極難填，字數句讀，別本亦有參差者。此與宋黃裳詞對勘，而定其句格。上下闋似同而異者，大抵必是襯字原因，但今不敢妄斷耳。至其情韻之佳，久已傳誦，不止『曉風殘月』一語獨絕也。

風流子　秦觀

東風吹碧草，年華換，行客老滄洲。見梅吐舊英，柳搖新綠，惱人春色，還上枝頭。寸心亂，北隨雲黯黯，東逐水悠悠。斜日半山，暝煙兩岸，數聲橫笛，一葉扁舟。　青門同攜手，前歡記，渾似夢裏揚州。誰念斷腸南陌，回首西樓。算天長地久，有時有盡，奈何綿綿，此恨無休。擬待倩人說與，生怕伊愁。（言情）

此調四字句最多，須有對有不對，錯綜變換，乃不板滯。入後一片神行，收二句尤新新意。

鳳凰臺上憶吹簫 李清照

香冷金猊，被翻紅浪，起來慵自梳頭。任寶奩塵滿，日上簾鉤。生怕離懷別苦，多少事欲說還休。新來瘦，非干病酒，不是悲秋。　休休。這回去也，千萬遍陽關，也則難留。念武陵人遠，煙鎖秦樓。惟有樓前流水，應念我終日凝眸。凝眸處，從今又添，一段新愁。（言情）

此詞傳誦已久，尤以換頭處為最佳。『秦樓』以下，由上句生出下句，在當時作法甚新。今日則成爛套矣，不可不知。

祝英臺近 辛棄疾

寶釵分，桃葉渡，煙柳暗南浦。怕上層樓，十日九風雨。斷腸片片飛紅，都無人管，更誰勸啼鶯聲住。　鬢邊覷。應把花卜歸期，纔簪又重數。羅帳燈昏，哽咽夢中語。是他春帶愁來，春歸何處，卻不解帶將愁去。（言情）

上闋言分離情緒，下闋言思憶情緒，語極纏綿，為稼軒最諧美之作。

玉蝴蝶 柳永

望處雨收雲斷，憑闌悄悄，目送秋光。晚景蕭疏，堪動宋玉悲涼。水風輕蘋花漸老，月露冷梧葉飄黃。遣情傷。故人何在，煙水茫茫。　難忘。文期酒會，幾辜風月，屢變星霜。海闊山遙，未知何處是瀟湘。念雙燕難憑遠信，指暮天空識歸航。黯相望。斷鴻聲裏，立盡

斜陽。（寫景）

末二句可稱名句，有無限對景傷懷情意。

永遇樂·夜宿燕子樓夢盼盼因作此詞　蘇軾

明月如霜，好風似水，清景無限。曲港跳魚，圓荷瀉露，寂寞無人見。紞如五鼓，鏗然一葉，黯黯夢魂驚斷。夜茫茫重尋無處，覺來小園行遍。　天涯倦客，山中歸路，望斷故園心眼。燕子樓空，佳人何在，空鎖樓中燕。古今如夢，何曾夢覺，但有舊歡新怨。異時對南樓夜景，為余浩歎。（寫景）

東坡此詞，嘗與秦少游誦之，晁無咎在旁云：『燕子十三字，括盡張建封事。』可見蘇詞力量之大。

念奴嬌　李清照

蕭條庭院，又斜風細雨，重門須閉。寵柳嬌花寒食近，種種惱人天氣。險韻詩成，扶頭酒醒，別是閑滋味。征鴻過盡，萬千心事難寄。　樓上幾日春寒，簾垂四面，玉闌干慵倚。被冷香銷新夢覺，不許愁人不起。清露晨流，新桐初引，多少遊春意。日高煙斂，更看今日晴未。（寫景）

此詞傳誦已久，如『寵柳嬌花』及『清露晨流』二句，宋人已極稱之，其色澤鮮也。『玉闌』句闌字，普通用仄聲，此用平聲，乃是通融借叶，宋人別作亦有之。

江城梅花引　程垓

娟娟霜月冷侵門。怕黃昏。又黃昏。手撚一枝，獨自對芳樽。酒又不禁花又惱，漏聲遠，一更更，總斷魂。 斷魂。斷魂。不堪聞。被半溫。香半熏。睡也睡也睡不穩，誰與溫存。惟有牀前，銀燭照啼痕。一夜為花憔悴損，人瘦也，比梅花，瘦幾分。（寫景兼言情）

調為琴曲，音節有泠泠[30]之致，詞亦與之相稱。

湘春夜月 黃孝邁

近清明，翠禽枝上消魂。可惜一片清歌，都付與黃昏。欲共柳花低訴，怕柳花輕薄，不解傷春。念楚鄉旅宿，柔情別緒，誰與溫存。 空樽夜泣，青山不語，殘月當門。翠玉樓前，惟是有一波湘水，搖蕩湘雲。天長夢短，問甚時重見桃根。這次第，算人間沒個，并刀翦斷，心上愁痕。（寫景兼言情）

此詞意在『甚時重見桃根』一語，而題前筆筆盤旋，可為作詞層次之法。

慶宮春·夜過垂虹 姜夔

雙槳蓴波，一蓑松雨，暮愁漸滿空闊。呼我盟鷗，翩翩欲下，背人還過本末。那回歸去，蕩雲雪孤舟夜發。傷心重見，依約眉山，黛痕低壓。 採香徑裏春寒，老子婆娑，自歌誰答。垂虹西望，飄然引去，此興平生難遏。酒醒波遠，正凝想明璫素襪。如今安在，惟有闌干，伴人一霎。（寫景兼感懷）

白石此詞，氣概闊大，頗似東坡。須從此路入手，仍不入於纖弱。

30 『泠泠』，原誤作『冷冷』。

八聲甘州　張炎

記玉關踏雪事清游。寒氣脆貂裘。傍枯林古道，長河飲馬，此意悠悠。短夢依然江表，老淚灑西州。一字無題處，落葉都愁。　載取白雲歸去，問誰留楚佩，弄影中州。折蘆花贈遠，零落一天秋。向尋常野橋流水，待招來不是舊沙鷗。空懷感，有斜陽處，最怕登樓。

（寫景兼感懷）

南宋作者，於南北之際，多遇家國之感，此詞尤為蒼涼悲怨，令人感喟無窮。

水龍吟・和章質夫楊花　蘇軾

似花還似飛花，也無人惜從教墜。拋家傍路，思量卻是，無情有意。縈損柔腸，困酣嬌眼，欲開還閉。夢隨風萬里，尋郎去處，又還被鶯呼起。　不恨此花飛盡，恨西園落紅難綴。曉來雨過，遺蹤何在，一池萍碎。春色三分，二分塵土，一分流水。細看來不是楊花，點點是離人淚。（詠物）

楊花詠物詞，而能神化變幻，筆墨化為煙雲，蘇詞不可及者，全在超脫二字，此詞可稱絕唱。

第十三章　長調神韻類

水龍吟　秦觀

小樓連苑橫空，下窺繡轂雕鞍驟。疎簾半捲，單衣初試，清明時候。破暖輕風，弄晴微雨，欲無還有。賣花聲，過盡垂楊院宇，紅成陣，飛鴛甃。　玉珮丁東別後。悵佳期參差

難又。名韁利鎖，天還知道，和天也瘦。花下重門，柳邊深巷，不堪回首。念多情，但有當時皓月，照人依舊。（言情）

少游詞妙在『秀倩』二字。『天還』二句，新警之極。『賣花聲』句，作三字、六字句，是另格，普通作五字、四字句居多。

八六子　秦觀

倚危亭。恨如芳草，萋萋剗盡還生。念柳外青驄別後，水邊紅袂分時，愴然暗驚。無端天與娉婷。夜月一簾幽夢，春風十里柔情。怎奈向歡娛，漸隨流水，素絃聲斷，翠綃香減，那堪片片飛花弄晚，濛濛殘雨籠晴。正銷凝。黃鸝又啼數聲。（言情）

『翠綃香減』句『減』字，或用韻，此不韻，乃依唐杜牧體。『怎奈向』，是宋時方言，猶云『怎奈一向』，他本誤作『何』字非也。

解連環　周邦彥

怨懷無託。嗟情人斷絕，信音遼邈。縱妙手能解連環，似風散雨收，霧輕雲薄。燕子樓空，暗塵鎖一牀絃索。想移根換葉，盡是舊時，手種紅藥。汀洲漸生杜若。料舟依岸曲，人在天角。漫記得當日音書，把閒語閒言，待總燒卻。水驛春回，望寄我江南梅萼。拚今生對花對酒，為伊淚落。（言情）

寫懷人情況，將情景二字，分寫合寫，無不恰到好處。

二郎神　徐伸

悶來彈鵲，又攪碎一簾花影。漫試著春衫，還思纖手，熏徹金猊燼冷。動是愁端如何向，但怪得新來多病。嗟舊日沈腰，如今潘鬢，怎堪臨境。重省。別時淚濕，羅衣猶凝。料為我厭厭，日高慵起，長託春酲未醒。雁足不來，馬蹄難駐，門掩一庭芳景。空佇立，盡日闌干倚遍，晝長人靜。（言情）

工於造句，故佳句甚多。而筆思甚清，不為詞華所掩。

瑞鶴仙 陸叡

溼雲黏雁影。望征路愁迷，離緒難整。千金買光景，但疏鐘催曉，亂鴉啼暝。花悰暗省。許多情相逢夢境。便行雲都不歸來，也合寄將音信。孤迥。盟鸞心在，跨鶴程高，後期無準。情絲待翦，翻惹得，舊時恨。怕天教何處，參差雙燕，還染殘朱剩粉。對菱花與說相思，看誰瘦損。（言情）

陸游、陸淞均有《瑞鶴仙》詞，然論律微不及此首之細，故舍彼取此。

洞仙歌 蘇軾

冰肌玉骨，自清涼無汗。水殿風來暗香滿。繡簾開，一點明月窺人，人未寢，欹枕釵橫鬢亂。起來攜素手，庭戶無聲，時見疏星渡河漢。試問夜如何，夜已三更，金波淡玉繩低轉。但屈指西風幾時來，又不道流年，暗中偷換。（寫景）

此詞相傳改蜀孟昶之詞而成，然各有長處。坡公之《洞仙歌》，較之孟昶之《玉樓春》，似有出藍之譽也。

望海潮 秦觀

梅英疏淡，冰澌溶洩，東風暗換年華。金谷俊游，銅駝巷陌，新晴細履平沙。長記誤隨車。正絮翻蝶舞，芳思交加。柳下桃蹊，亂分春色到人家。西園夜飲鳴笳。有華燈礙月，飛蓋妨花。蘭苑未空，行人漸老，重來事事堪嗟。煙暝酒旗斜。但倚樓極目，時見棲鴉。無奈歸心，暗隨流水到天涯。（寫景）

此詞跌宕有致，極饒神韻，視柳耆卿詞又過之。

滿庭芳 秦觀

晚色雲開。春隨人意。驟雨纔過還晴。古臺荒榭。飛燕蹴紅英。舞困榆錢自落。鞦韆外綠水橋平。東風裏，朱門映柳，低按小秦箏。 多情。行樂處。珠鈿翠蓋，玉轡紅纓。漸酒空金榼，花困蓬瀛。豆蔻梢頭舊恨，十年夢屈指堪驚。憑闌久，疏煙淡日，寂寞下蕪城。（寫景）

華麗而不板滯，是少游勝長。此詞作意，在『豆蔻』二句，而通體高華，故無衰颯之病。

西河・金陵懷古 周邦彥

佳麗地。南朝盛事誰記。山圍故國繞清江，髻鬟對起。怒濤寂寞打孤城，風檣遙度天際。斷崖樹，猶倒倚。莫愁艇子曾繫。空餘舊跡鬱蒼蒼，霧沈半壘。夜深月過女墻來，傷心東望淮水。酒旗戲鼓甚處市。想依稀王謝鄰里。燕子不知何世。向尋常巷陌，人家相對。如說興亡斜陽裏。（寫景）

讀清真詞，當從其大重處學步，此懷古詞，而氣象闊大沉重，自不可及。

南浦　魯逸仲

風悲畫角，聽單于三弄落譙門。投宿駸駸征騎，飛雪滿孤村。酒市漸闌燈火，正敲窗亂葉舞紛紛。送數聲驚雁，乍離煙水，嘹唳度寒雲。好在半朧淡月，到如今無處不銷魂。故國梅花飛夢，愁損綠羅裙。為問暗香閑艷，也相思萬點付啼痕。算翠屏應是，兩眉餘恨倚黃昏。（寫景）

有疏俊處，有綿密處，此北宋詞之以融渾勝者。

第十四章　長調音節類

傾杯樂　柳永

木落霜洲，雁棲煙渚，分明畫出秋色。暮雨乍歇，小楫夜泊，宿葦村山驛。何人月下臨風處，起一聲羌笛。離緒萬端，聞岸草，切切蛩吟如織。為憶芳容別後，山遙水遠，何計憑鱗翼。想繡閣深沈，爭知憔悴，損天涯行客。楚峽雲歸，高唐人散，寂寞狂蹤跡。京國。空目斷遠峯凝碧。（寫景兼言情）

意不外言情，而語語凝重。大家之勝人在此。『損天涯』損字，論文氣應屬上句，論句格則應屬下句。此等伸縮法，宋人常有之。

卜算子慢　柳永

江楓漸老，汀蕙半凋，滿目敗紅衰翠。楚客登臨，正是暮秋天氣。引疏砧斷續殘陽裏。對晚景，傷懷念遠，舊愁新恨相繼。　脈脈人千里。念兩處風情，萬重煙水。雨歇天高，望斷翠峯十二。儘無言，誰會憑高意。縱寫得離情萬種，奈歸鴻難寄。（寫景兼言情）

後半闋一氣轉注，聯翻而下。

瑞鶴仙　周邦彥

悄郊原帶郭。行路永，客去車塵漠漠。斜陽映山落。斂餘紅猶戀，孤城闌角。凌波步弱，過短亭何用素約。有流鶯勸我，重解繡鞍，緩引春酌。　不記歸時早暮，上馬誰扶，醒眠朱閣。驚飆動幕。扶殘醉，繞紅藥。嘆西園已是，花深無地，東風何事又惡。任流光過卻。猶喜洞天自樂。（寫景兼言情）

以尋常情事，入清真筆中，自有變化莫測之妙。

瑞龍吟　周邦彥

章臺路。還見褪粉梅梢，試花桃謝。愔愔坊陌人家，定巢燕子，歸來舊處。　黯凝佇。因念個人癡小，乍窺門戶。侵晨淺約宮黃，障風映袖，盈盈笑語。　前度劉郎重到，訪鄰尋里，同時歌舞。惟有舊家秋娘，聲價如故。吟箋[31]賦筆，猶記燕臺句。知誰伴名園露飲，東城閒步。事與孤鴻去。探春盡是，傷離意緒。官柳低金縷。歸騎晚，纖纖池塘飛雨。斷腸

31『箋』，原作『賤』。

院落，一簾風絮。（寫景兼言情）

本桃花人面之意，而舊曲翻新，層層脫換，筆筆往復，長調之模範也。

蘭陵王　周邦彥

柳陰直。煙裏絲絲弄碧。隋隄上曾見幾番，拂水飄緜送行色。登臨望故國。誰識京華倦客。長亭路年去歲來，應折柔條過千尺。　閑尋舊蹤跡。又酒趁哀絃，燈照離席。梨花榆火催寒食。愁一箭風快，半篙波暖，回頭迢遞便數驛。望人在天北。　悽惻。恨堆積。漸別浦縈迴，津堠岑寂。斜陽冉冉春無極。念月榭攜手，露橋聞笛。沉思前事，似夢裏，淚暗滴。（寫景兼言情）

此詞為送別之作，客中送客，不辨是情是景，但覺一氣渾融。選本題『詠柳』，非是。『誰識』句『識』字，宋人他作有韻不韻，仍作暗韻為妙。

桂枝香　張輯

梧桐雨細。漸滴作秋聲，被風驚碎。潤逼衣篝，線裊蕙香沈水。悠悠歲月天涯醉。一分秋一分憔悴。紫簫吹斷，素箋恨切，夜寒鴻起。　又何苦淒涼客裏。負草堂春綠，竹溪空翠。落葉西風，吹老幾番塵世。從前諳盡江湖味。聽商歌歸思千里。露侵宿酒，疏簾淡月，照人無寐。（寫景）

通首輕重得宜，為東澤得意之作。『醉』字、『味』字，亦可不韻。此調東澤改為《疏簾淡月》，多立新名，易亂人目，故仍用舊名。

惜紅衣·吳興荷花 姜夔

枕簟邀涼，琴書揆日，睡餘無力。細灑冰泉，并刀破甘碧。墻頭喚酒，誰問訊城南詩客。岑寂。高柳晚蟬，說西風消息。虹梁水陌。魚浪吹香，紅衣半狼藉。維舟試望，故國渺天北。可惜柳邊沙外，不共美人遊歷。問甚時同賦，三十六陂秋色。（寫景）

白石詞清挺絕俗，乃南宋之矯矯不羣者。『故國』句『國』字，是暗韻，然宋人他作，亦有不作暗韻者。

琵琶仙·吳興春遊 姜夔

雙槳來時，有人似舊曲，桃根桃葉。歌扇輕約飛花，娥眉正奇絕。春漸遠汀洲自綠，更添了幾聲啼鴂。十里揚州，三生杜牧，前事休說。又還是宮燭分煙，奈愁裏匆匆換時節。都把一襟芳思，與空階榆莢。千萬縷藏鴉細柳，為玉尊起舞回雪。想見西出陽關，故人初別。（寫景兼言情）

尋常思想，出之白石，自然超逸，張玉田所稱為情景交鍊者也。

霓裳中序第一 姜夔

亭皋正望極。亂落江蓮歸未得。多病卻無氣力。況紈扇漸疏，羅衣初索。流光過隙。嘆杏梁雙燕如客。人何在，一簾淡月，彷彿照顏色。幽寂。亂蛩吟壁。動庾信清愁似織。沈思年少浪跡。笛裏關山，柳下坊陌。墜紅無信息。漫暗水涓涓溜碧。飄零久，而今何意，醉臥酒壚側。（寫景兼感懷）

此調為白石自度曲，韻頗緊逼，而語極自然，所以為佳。

壽樓春・尋春服感念　史達祖

裁春衫尋芳。記金刀素手，同在晴窗。幾度因風飛絮，照花斜陽。誰念我，今無腸。自少年消磨疏狂。但聽雨挑燈，欹牀病酒，多夢睡時粧。飛花去，良宵長。有絲闌舊曲，金縷新腔。最恨湘雲人散，楚蘭魂傷。身是客，愁為鄉。算玉簫猶逢韋郎。近寒食人家，相思未忘[32]蘋藻香。（感懷）

此為梅溪創調，平聲字極多，甚不易作，當看其綺秀自然處，末句『忘』字，亦是暗韻。

喜遷鶯・上元　史達祖

月波疑滴。望玉壺天近，了無塵隔。翠眼圈花，冰絲織練，黃道寶光相直。自憐詩酒瘦，難應接許多春色。最無賴，是隨香趁燭，曾伴狂客。蹤跡。漫記憶。老了杜郎，忍聽東風笛。柳院燈疏，梅廳雪在，誰與細傾春碧。舊情拘未定，猶自學當年遊歷。怕萬一，誤玉人，夜寒簾隙。（寫景兼感懷）

此詞張玉田評為不獨措辭精粹，又見時序風物之盛者也。末句戈本作『怕萬一，誤玉人寒夜，窗際簾隙』，似未必是。此詞格他作頗少，難定，附識於此。

瑤華・詠瓊花　周密

32『忘』，原作『忌』。

朱鈿寶玦。天上飛瓊，比人間春別。江南江北曾未見，漫擬梨雲梅雪。淮山春晚，問誰識芳心高潔。消幾番花落花開，老了玉關豪傑。　金壺翦送瓊枝，看一騎紅塵，香度瑤闕。韶華正好，應自喜，初識長安蜂蝶。杜郎老矣，想舊事花須能說。記少年一夢揚州，二十四橋明月。（詠物）

詠物詞，宋人名作甚多，草窗此詞能有寄託，故應傳一時。

玉京秋　周密

煙水闊。高林弄殘照，晚蜩淒切。碧砧度韻，銀牀飄葉。衣濕桐陰露冷，采涼花時賦秋雪。嘆輕別。一襟幽事，砌蟲能說。　客思吟商還怯。怨歌長瓊壺暗缺。翠扇恩疏，紅衣香褪，翻成消歇。玉骨經秋，恨卻恨閒過新涼時節。楚簫咽。誰倚西樓淡月。（寫景）

寫秋景而語語不黏不脫[33]，音節尤極佳。

第十五章　長調議論類

水調歌頭・中秋　蘇軾

明月幾時有，把酒問青天。不知天上宮闕，此夕是何年。我欲乘風歸去，只恐瓊樓玉宇，高處不勝寒。起舞弄清影，何似在人間。　轉朱閣，低綺户，照無眠。不應有恨，何事偏向別時圓。人有悲歡離合，月有陰晴圓缺，此事古難全。但願人長久，千里共嬋娟。（寫景

33『脫』，原誤作『晚』。

兼感懷）

清空中饒意趣，非有大筆力者不能。『人有』三句，大開大合，尤見力量。

水調歌頭　黄庭堅

瑶草一何碧，春入武陵谿。谿上桃花無數，花上有黄鸝。我欲穿花尋路，直入白雲深處，浩氣展虹霓。只恐花深裏，紅露濕人衣。　坐玉石，欹玉枕，拂金徽。謫仙何處，無人伴我白螺盃。我為靈芝仙草，不為朱唇丹臉，長嘯亦何為。醉舞下山去，明月逐人歸。（寫景兼感懷）

極瀟灑出塵之致，山谷詞之最佳者。

摸魚兒　晁補之

買陂塘旋栽楊柳，依稀淮岸江浦。東皋雨足新痕漲，沙嘴鷺來鷗聚。堪愛處。最好是，一川夜月光流渚。無人自舞。任翠幄張天，柔裀藉地，酒盡未能去。　青綾被，休憶金閨故步。儒冠曾把身誤。弓刀千騎成何事，荒了召平瓜圃。君試覷。滿青鏡，星星鬢影今如許。功名浪語。便做得班超，封侯萬里，歸計恐遲暮。（寫景兼感懷）

無咎長調，以此為膾炙人口，疏放曠逸，有怡然自得之趣。

水龍吟·旅次登樓　辛棄疾

楚天千里清秋，水隨天去秋無際。遥岑遠目，獻愁供恨，玉簪螺髻。落日樓頭，斷鴻聲裏[34]，江南遊子。把吳鉤看了，闌干拍遍，無人會登臨意。 休說鱸魚堪膾，儘西風季鷹歸未。求田問舍，怕應羞見，劉郎才氣。可惜流年，憂愁風雨，樹猶如此。倩何人喚取，紅巾翠袖，揾英雄淚。（寫景兼感懷）

裂竹之聲，何嘗不潛氣內轉。

念奴嬌・過洞庭 張孝祥

洞庭青草，近中秋，更無一點風色。玉界瓊田三萬頃，著我扁舟一葉。素月光輝，明河共影，表裏俱澄澈。悠然心會，妙處難與君說。 應念嶺表經年，孤光自照，肝膽皆冰雪。短鬢蕭疏襟袖冷，穩泛滄溟空闊。盡吸西江，細斟北斗，萬象為賓客。叩舷獨嘯，不知今夕何夕。（寫景兼感懷）

題詠洞庭，若只就洞庭落想，便覺寡味。『扁舟一葉』以下，從舟中人心跡，與湖光映帶夾寫，隱現離絡，不可端倪。

一萼紅・人日長沙登定王臺 姜夔

古城陰。有官梅幾許，紅萼未宜簪。池面冰膠，牆腰雪老，雲意還又沈沈。翠藤共閒穿徑竹，漸笑語驚起臥沙禽。野老林泉，故王臺榭，呼喚登臨。 南去北來何事，蕩湘雲楚水，目極傷心。朱戶粘雞，金盤簇燕，空歎時序侵尋。記曾共西樓雅集，想垂柳還裊萬絲金。

34「裏」，原作「理」。

待得歸鞍到時，只怕春深。（寫景兼感懷）

白石此詞，如不甚經意，而神韻自然入妙。

慶宮春・重登峨眉亭　劉灝

春翦綠波，日明金渚，鏡痕盡浸寒碧。喜溢雙蛾，迎風一笑，兩情依舊脈脈。那時同醉，錦袍濕烏紗欹側。英游何在，滿目青山，飛下孤白。　片帆誰上天門，我亦明朝，是天門客。平生高興，青蓮一葉，從此飄然八極。磯頭綠樹，見白馬書生破敵。百年前事，莫問東風，酒醒長笛。（寫景兼感懷）

氣概雄壯，甚有奇氣，而亦不流於組。

一萼紅・登蓬萊閣有感　周密

步深幽。正雲黃天淡，雪意未全休。鑑曲寒沙，茂林烟草，俛仰今古悠悠。歲華晚漂零漸遠，誰念我同載五湖舟。磴古松斜，厓陰苔老，一片清愁。　回首天涯歸夢，幾魂飛西浦，淚灑東州。故國山川，故園心眼，還似王粲登樓。最負他秦[35]鬟妝鏡，好江山何事此時游。為喚狂吟老監，共賦銷憂。（寫景兼感懷）

此為草窗詞之最沈鬱者，『秦[36]鬟』二句，為一篇之勝。

35「秦」，原作「奏」。
36「秦」，原作「奏」。

賀新涼·吳江三高祠前釣雪亭　盧祖皋

挽住風前柳。問鴟夷當日扁舟，近曾來否。月落潮生無限事，零亂茶煙未久。謾留得蓴鱸依舊。可是從來功名誤，撫荒祠誰繼風流後。今古恨，一搔首。　江涵雁影梅花瘦。四無塵雪飛風起，夜窗如晝。萬里乾坤清絕處，付與漁翁釣叟。又恰是題詩時候。猛拍闌干呼鷗鷺，道他年我亦垂綸手。飛過我，共樽酒。（寫景兼感懷）

雄闊清挺，雅與題稱。

念奴嬌·赤壁懷古　蘇軾

大江東去，浪淘盡，千古風流人物。故壘西邊，人道是，三國周郎赤壁。亂石穿雲，驚濤拍岸，捲起千堆雪。江山如畫，一時多少豪傑。　遙想公瑾當年，小喬初嫁了，雄姿英發。羽扇綸巾談笑處，檣櫓灰飛煙滅。故國神游，多情應笑我，早生華髮。人間如寄，一樽還酹江月。（懷古）

此詞傳誦已久，惟『故壘』『多情』二句，皆用上下伸縮句法，以致兩闋句法參差。才大如坡公，自不妨，學者正不宜以此為藉口，仍當照普通句格為是。『談笑處』或作『談笑間』，非是。

桂枝香·金陵懷古　王安石

登臨送目。正故國晚秋，天氣初肅。千里澄江似練，翠峯如簇。歸帆去棹斜陽裏，背西風酒旗斜矗。彩舟雲淡，星河鷺起，畫圖難足。　念往昔繁華競逐。歎門外樓頭，悲恨相

續。千古憑高，對此謾嗟榮辱。六朝舊事如流水，但寒煙衰草凝綠。至今商女，時時猶唱，後庭遺曲。（懷古）

東坡見此詞，亦驚其才。語語闊大，自不可及。

揚州慢 姜夔

淮左名都，竹西佳處，解鞍少駐初程。過春風十里，盡薺麥青青。自胡馬窺江去後，廢池喬木，猶厭言兵。漸黃昏清角吹寒，都在空城。　杜郎俊賞，算而今重到須驚。縱豆蔻詞工，青樓夢好，難賦深情。二十四橋仍在，波心蕩冷月無聲。念橋邊紅藥，年年知為誰生？（懷古）

姜詞每於接處令人不測，『波心』句是也。上句縱平常，亦無礙矣。

滿庭芳·蟋蟀 張元幹

月洗高枕，露溥幽草，寶釵樓外秋深。土花沿翠，熒火墜牆陰。靜聽寒聲斷續，微韻轉淒咽悲沈。爭求侶，殷勤勸織，促破曉機心。　兒時曾記得，呼燈灌穴，斂步隨音。任滿身花影，猶自追尋。攜向華堂戲鬥，亭臺小籠巧粧金。今休說，從渠牀下，涼夜伴孤吟。（詠物）

人人心中所有之語，而寫來遂成絕妙，情景真切故也。

摸魚兒·海棠 劉克莊

甚春來冷煙淒雨，朝朝遲了芳信。驀然作暖晴三日，又覺萬株嬌困。天怎忍。潘令老，不成也沒看花分。才情減盡。悵[37]玉局飛仙，石湖絕筆，辜負這風韻。傾城色，懊惱佳人薄命。牆頭岑寂誰問。東風日暮無聊賴，吹得燕支成粉。君細認。花共酒，古來二事天尤吝。年光去迅。漫綠葉成陰，青苔滿地，做取異時恨。（詠物）

詠物詞最難著議論，此詞可云別開生面。『天怎忍』，分兩句三字，一句七字，是另格。

第十六章　長調字面類

夢揚州　秦觀

晚雲收。正柳塘煙雨初休。燕子未歸，惻惻輕寒如秋。曲闌干外東風軟，透繡帷花密香稠。江南遠，人何處，鷓鴣啼破春愁。長記曾陪宴遊。酬妙舞清歌，麗錦纏頭。殢酒為花，十載因誰淹留。醉鞭拂面歸來晚，望翠樓簾捲金鈎。佳會阻，離情正亂，頻夢揚州。（言情）

此調為少游所創，於綿密中，尤見音節之美。

望湘人・春思　賀鑄

厭鶯聲到枕，花氣動簾，醉魂愁夢相半。被惜餘薰，帶驚賸眼。幾許傷春春晚。淚竹痕鮮，佩蘭香老，湘天濃暖。記小江風月佳時，屢約非煙游伴。須信鸞絃易斷。奈雲和再

37『悵』，原作『帳』。

鼓，曲終人遠。認羅襪無蹤，舊處弄波清[38]淺。青翰棹艤，白蘋洲畔。儘目臨高飛觀。不解寄一字相思，幸有歸來雙燕。（言情）

方回長調，多綺麗者，尤以此首為冠。

過秦樓　周邦彥

水浴清蟾，葉喧涼吹，巷陌雨聲初斷。閒依露井，笑撲流螢，惹破畫羅輕扇。人靜夜久憑闌，愁不歸眠，立殘更箭。歎年華一瞬，人今千里，夢沈書遠。空見說鬢怯瓊梳，容消金鏡，漸嬾趁時勻染。梅風地溽，梧雨苔滋，一架舞紅都變。誰信無聊，為伊才減江淹，情傷荀倩。但明河影下，還看稀星數點。（言情）

清真於寫情處，多用寫景語托出，觀此首可悟其作法。

賀新涼　李玉

篆縷消金鼎。醉沈沈庭陰轉午，畫堂人靜。芳草王孫知何處，惟有楊花糝徑。漸玉枕騰騰春醒。簾外殘紅春已透，鎮無聊殢酒厭厭病。雲鬢亂，未忺整。江南舊事休重省。徧天涯尋消問息，斷鴻難倩。月滿西樓憑欄久，依舊歸期未定。又只恐瓶沈金井。嘶騎不來銀燭暗，枉教人立盡梧桐影。誰伴我，對鸞鏡。（言情）

風流蘊藉，語語恰到好處，令人不厭百回讀。

38「清」，原作「情」。

倦尋芳　王雱

露晞向曉，簾幕風輕，小院閒晝。翠徑鶯來，驚下亂紅鋪繡。倚危樓，登高榭，海棠着雨臙脂透。算韶華，又因循過了，清明時候。　倦游宴，風光滿目，好景良辰，誰共攜手。恨被榆錢，買斷兩眉長鬪。憶得高陽人散後，落花流水仍依舊。這情懷，對東風盡成消瘦。（寫景）

元澤一生僅作此詞，出筆極秀倩可喜。

賀新涼　葉夢得

睡起流鶯語。掩蒼苔房櫳向晚，亂紅無數。吹盡殘花無人見，惟有垂楊自舞。漸暖靄初回清[39]暑。寶扇重尋明月影，暗塵侵上有乘鸞女。驚舊恨，遽如許。　江南夢斷橫江渚。浪黏天葡萄漲綠，半空煙雨。無限樓前滄波意，誰采蘋花寄取。但悵望蘭舟容與。萬里雲帆何時到，送孤鴻目斷千山阻。誰為我，唱金縷。（寫景）

一意一機，草木花鳥，字面迭來，不見堆積，傑作也。

東風第一枝・春雪　史達祖

巧沁蘭心，偷黏草甲，東風欲障新暖。漫疑碧瓦難留，信知暮寒較淺。行天入鏡，做弄出輕鬆纖軟。料故園不捲重簾，誤了乍來雙燕。　青未了柳回白眼，紅欲斷杏開素面。舊

39「清」，原作「輕」。

游憶著山陰，後盟遂妨上苑。寒鑪重熨，便慢放春衫針線。恐鳳靴挑菜歸來，萬一灞橋相見。

（寫景）

梅溪詞組織最工，然仍不落纖巧小家數。

綺羅香·春雨　史達祖

做冷欺花，將煙困柳，千里偷催春暮。盡日冥迷，愁裏欲飛還住。驚粉重蝶宿西園，喜泥潤燕歸南浦。最妨他佳約風流，鈿車不到杜陵路。沈沈江上望極，還被春潮晚急，難尋官渡。隱約遙峯，和淚謝娘眉嫵。臨斷岸新綠生時，是落紅帶愁流處。記當日門掩梨花，翦燈深夜語。（寫景）

語語凝鍊，而無雕琢痕跡，結二句尤幽閒有身分。

憶舊游　吳文英

送人猶未苦，苦送春隨人去天涯。片紅都飛盡，陰陰潤綠，暗裏啼鴉。賦情頓雪雙鬢，飛夢逐塵沙。歎病渴淒涼，分香瘦減，兩地看花。西湖斷橋路，想垂楊繫馬。依舊欹斜。葵麥迷煙處，問離巢孤燕，飛過誰家。故人為寫深怨，空壁掃秋蛇。但醉上吳臺，殘陽草色歸思賒。（寫景）

於綿密之中，含有淒涼之韻，『苦送春』句，普通格分四字兩句。

三姝媚·重過舊居　吳文英

湖山經醉慣。漬春衫，啼痕酒痕無限。久客長安，歎斷襟零袂，涴塵誰浣。紫曲門荒，沿敗井風搖青蔓。對語東鄰，猶是曾巢，謝堂雙燕。　春夢人間須斷，但怪得當年，夢緣能短。繡屋秦箏，傍海棠，偏愛夜深開宴。舞歇歌沈，花未減紅顏先變。竚久河橋欲去，斜陽淚滿。（寫景）

夢窗詞工於字面者極多。茲選其最清者二首。

南浦·春水　張炎

波暖綠粼粼，燕飛來、好是蘇隄纔曉。魚沒浪痕圓，流紅去，翻喚東風難掃。荒橋斷浦，柳陰撑出扁舟小。回首池塘青欲徧，絕似夢中芳草。　和雲流出空山，甚年年，淨洗花香不了。新淥乍生時，孤村路，猶憶那回曾到。餘情渺渺。茂林觴詠如今悄。前度劉郎歸去後[40]，溪上碧桃多少。（写景）

曲游春·西湖　周密

禁苑東風外，颺暖絲晴絮，春思如織。燕約鶯期，惱芳情，偏在翠深紅隙。漠漠香塵隔。沸十里亂絃叢笛。看畫船盡入西泠，閒卻半湖春色。　柳陌。新煙凝碧。映簾底宮眉，隄上游勒。輕暝籠寒，怕梨雲夢冷，杏煙愁冪。歌管酬寒食。奈蝶怨良宵岑寂。正滿湖碎月搖花，怎生去得。（寫景）

水龍吟·楊花　章楶

40『後』，原作『接』。

燕忙鶯懶芳殘，正隄上柳花飄墜。輕飛亂舞，點畫青林，全無才思。閒趁遊絲，靜臨深院，日長門閉。傍珠簾散漫，垂垂欲下，依前被風扶起。蘭帳玉人睡覺，怪春衣雪沾瓊綴。繡牀漸滿，香毬無數，纔圓卻碎。時見蜂兒，仰黏輕粉，魚吞池水。望章臺路杳，金鞍遊蕩，有盈盈淚。（詠物）

此詞與蘇東坡唱酬之作，雖神妙不及蘇詞，而雅麗自饒逸趣。

雙雙燕·詠燕　史達祖

過春社了，度簾幕中間，去年塵冷。差池欲住，試入舊巢相並。還相雕梁藻井。又軟語商量不定。飄然快拂花梢，翠尾分開紅影。芳徑。芹泥雨潤。愛貼地爭飛，競誇輕俊。紅樓歸晚，看足柳昏花暝。應自棲香正穩，便忘了天涯芳信。愁損翠黛雙蛾，日日畫闌獨凭。（詠物）

詠物詞之最工者，『棲香』數語，畧寓寄託尤妙，否則無餘味矣。

疏影·梅影　張炎

黃昏片月。似碎陰滿地，還更清絕。枝北枝南，疑有疑無，幾度背燈難折。依稀倩女離魂處，緩步出前村時節。看夜深竹外橫斜，應妒過雲明滅。窺鏡蛾眉淡埽，為容不在貌，獨抱孤潔。莫是花光，描取春痕，不怕麗譙吹徹。還驚海上燃犀去，照水底珊瑚如活。做弄得酒醒天寒，空對一庭香雪。（詠物）

描寫題神。不露刻畫痕跡。

疏影·荷葉　張炎

碧圓自潔。向淺洲遠浦，亭亭清絕。猶有遺簪，不展秋心，能捲幾多炎熱。鴛鴦密語同傾蓋，且莫與浣紗人說。恐怨歌忽斷花風，碎卻翠雲千疊。回首當年漢舞，怕飛去謾皺留仙裙折。戀戀青衫，猶染枯香，還歎鬢絲飄雪。盤心清露如鉛水，又一夜西風吹折。喜淨看匹練飛光，倒瀉半湖明月。（詠物）

詠物在不沾不脫之間，此玉田詞之最雅潔者。

第十七[41]章　長調寄託類

滿庭芳　秦觀

山抹微雲，天黏衰草，畫角聲斷譙門。暫停征棹，聊共引離樽。多少蓬萊舊事，空回首煙靄紛紛。斜陽外，寒鴉數點，流水繞孤村。　消魂。當此際，香囊暗解，羅帶輕分。漫贏得青樓，薄倖名存。此去何時見也，襟袖上空惹啼痕。傷情處，高城望斷，燈火已黃昏。

（寫景）

此詞人但賞其神韻，不知其自慨遷謫，怨而不怒，尤深得風人之旨[42]。

摸魚兒　辛棄疾

41『七』，原作『六』。
42『旨』，原作『旹』。

更能消幾番風雨，忽忽春又歸去。惜春長怕花開早，何況落紅無數。春且住。見說道，天涯芳草無歸路。怨春不語。算只有殷勤，畫檐蛛網，盡日惹飛絮。長門事，準擬佳期又誤。蛾眉曾有人妒。千金縱買相如賦，脈脈此情誰訴。君莫舞。君不見，玉環飛燕皆塵土。閒愁最苦。休去倚危闌，斜陽正在，煙柳斷腸處。（寫景兼感懷）

羅大經《鶴林玉露》云：詞意殊怨。壽皇見此詞，頗不悅，然終不加罪也。辛詞權奇倜儻，以此為冠。「雨」「賦」二字不必韻。

漢宮春·立春　辛棄疾

春已歸來，看美人頭上，裊裊春幡。無端風雨，未肯收盡餘寒。年時燕子，料今宵夢到西園。渾未辨黃柑薦酒，更傳青韭堆盤。　卻笑東風從此，便熏梅染柳，更沒些閒。閒時又來鏡裏，轉變朱顏。清愁不斷，問何人會解連環。生怕見花開花落，朝來塞雁先還。（寫景）

周止庵論上闋指晏安酖毒，下闋指黨禍，辛詞之怨，未有甚於此者。

水龍吟　陳亮

鬧花深處樓臺，畫簾半捲東風軟。春歸翠陌，平莎茸嫩，垂楊金淺。遲日催花，淡雲閣雨，輕寒輕暖。恨芳菲世界，遊人未賞，都付與鶯和燕。　寂寞憑高念遠。向南樓一聲歸雁。金釵鬥草，青絲勒馬，風流雲散。羅綬分香，翠綃封淚，幾多幽怨。正銷魂，又是疏煙淡月，子規聲斷。（寫景兼言情）

同甫此詞，為全集之冠。至其言外感想，如『芳菲』三句，尤令人擊節。

高陽臺　張炎

接葉巢鶯，平波捲絮，斷橋斜日歸船。能幾番游，看花又是明年。東風且伴薔薇住，到薔薇春已堪憐。更淒然。萬綠西泠，一抹荒煙。　當年燕子知何處，但苔深韋曲，草暗斜川。見說新愁，如今也到鷗邊。無心再續笙歌夢，掩重門淺醉閑眠。莫開簾，怕見飛花，怕聽啼鵑。（寫景）

下闋極悲感，即杜甫『感時花濺淚』之意也。

無悶・雪意　王沂孫

陰積龍荒，寒度雁門，西北高樓獨倚。悵短景無多，亂山如此。欲喚飛瓊起舞，怕攪碎紛紛銀河水。凍雲一片，藏花護玉，未教輕墮。　清致。悄無似。有照水南枝，已攙春意。誤幾度憑闌，莫愁凝睇。應是梨花夢好，未肯放東風來人世。待翠管吹破蒼茫，看取玉壺天地。（寫景）

感慨南渡時事，卻語語關合雪意，在不即不離之間，傑作也。

眉嫵・新月　王沂孫

漸新痕懸柳，淡彩穿花，依約破初暝。便有團圓意，深深拜，相逢誰在香徑。畫眉未穩，料素娥猶帶離[43]恨。最堪愛一曲銀鉤小，寶奩掛秋冷。千古盈虧休問。歎慢磨玉斧，難補金鏡。太液池猶在，淒涼處，何人重賦清景。故山夜永。試待他窺戶端正。看雲外山河，還老盡，桂花影。（寫景）

碧山諸詞，多有國家之憂，下闋尤勝。此調末句應三字兩句，或作『還老桂花舊影』非也。

齊天樂·蟋蟀　姜夔

庚郎先自吟愁賦。淒淒更聞私語。露濕銅鋪，苔侵石井，都是曾聽伊處。哀音似訴。正思解婦眠，起尋機杼。曲曲屏山，夜涼獨自甚情緒。西窗又吹暗雨。為誰頻斷續，相和砧杵。候館迎秋，離宮弔月，別有傷心無數。豳詩漫譜。笑籬落呼燈，世間兒女。寫入琴絲，一聲聲更苦。（詠物）

詠蟋蟀能寓感慨，『豳詩』句選本作『漫與』，茲從張炎《詞源》所引，作『漫譜』較勝。

暗香·詠梅　姜夔

舊時月色。算幾番照我，梅邊吹笛。喚起玉人，不管清寒與攀摘。何遜而今漸老，都忘卻春風詞筆。但怪得竹外疏花，香冷入瑤席。江國。正寂寂。歎寄語路遙，夜雪初積。翠尊易泣。紅萼無言耿想憶。長記曾攜手處，千樹壓西湖寒碧。又片片，吹盡也，幾時見得。（詠物）

43『離』，原作『難』。

耳。《暗香》《疏影》二詞，膾炙人口，而真知其妙者實少。蓋由悲感身世，思念中原，借梅寄意或有妄加詆毀者，真是蜉蝣之見。

疏影·詠梅 姜夔

苔枝綴玉。有翠禽小小，枝上同宿。客裏相逢，籬角黃昏，無言自倚修竹。昭君不慣胡沙遠，但暗憶江南江北。想佩環月夜歸來，化作此花幽獨。猶記深宮舊事，那人正睡裏，飛近蛾綠。莫似春風，不管盈盈，早與安排金屋。還教一片隨波去，又卻怨玉龍哀曲。等恁時重覓幽香，已入小窗橫幅。（詠物）

此感於金人擄宋宮女之事也，評者多未解，倘無所指，則昭君、金屋，皆不倫不類矣。

解連環·孤雁 張炎

楚江空晚。恨離羣萬里，恍然驚散。自顧影卻下寒塘，正沙淨草枯，水平天遠。寫不成書，只寄得相思一點。料因循誤了，殘氈擁雪，故人心眼。誰憐旅愁荏苒。漫長門夜悄，錦箏彈怨。想伴侶猶宿蘆花，也曾念春前，去程應轉。暮雨相呼，怕驀地玉關重見。未羞他雙燕歸來，畫簾半捲。（詠物）

借雁以寄感慨，《詞旨》稱其『寫不成書』二句，猶皮相也。

齊天樂·蟬 王沂孫

一襟餘恨宮魂斷，年年翠陰庭樹。乍咽涼柯，還移暗葉，重把離愁深訴。西窗過雨。怪瑤珮流空，玉箏調柱。鏡暗妝殘，為誰嬌鬢尚如許。　銅仙鉛淚似洗，歎移盤去遠，難貯

零露。病翼驚秋，枯形閲世，消得斜陽幾度。餘音更苦。甚獨抱清商，頓成悽楚。漫想薰風，柳絲千萬縷。（詠物）

碧山詠蟬詞二首，以此首為尤工，上下闋末韻，皆能寄託遠大。

慶清朝·榴花 王沂孫

玉局歌殘，金陵句絕，年年負卻薰風。西鄰窈窕，獨憐入户飛紅。前度綠陰載酒，枝頭色比舞裙同。何須擬蠟珠作蔕，緗彩成叢。　誰在舊家殿閣，自太真仙去，掃地春空。朱旛護取，如今應誤花工。顛倒絳英滿徑，想無車馬到山中。西風後，尚餘數點，還勝春濃。（詠物）

張皋文謂此言亂世尚有人才，惜世不見，亦可備一解。

慶宮春·水仙 王沂孫

明玉擎金，纖羅飄帶，為君起舞迴雪。柔影參差，幽香零亂，翠圍腰瘦一捻。歲華相誤，記前度湘皋怨別。哀絃重聽，都是淒涼，未須彈徹。　國香到此誰憐，煙冷沙昏，頓成愁絕。花惱難禁，酒銷欲盡，門外冰澌初結。試招仙魄，怕今夜瑤簪凍折。攜盤獨出，空想咸陽，故宮落月。（詠物）

題詠水仙，而詞含悲怨，亦哀宋宮人之北遷也。

第十八[44]章　論造句

倚聲之學，拘於律，限於韻，字句平仄，皆有一定。長者不可減，短者不可增。一篇之中，稍有疵累，則全首皆減色。是鍛煉之功，萬不可少也。不抵詞之環境，皆不外風花雪月山水草木等等。其范圍皆有一定，不能甚廣博泛遠，騁才使氣。如上下五千年，縱橫廿四史也。蘇辛之詞，往往好使用史事，議論古今。然論詞者對於此派，多謂為非正宗。偶然效之，亦未嘗不可。但欲研究古人詞之真相，則不宜從此派入手也。今先論詞家之造句法。

凡對句起者，多是寫景語。如此調對句多者，或頻作寫景語亦有之，但須分別。或寫遠景，或寫近景，或總寫，或分寫，或虛寫，或實寫，總以前後勿雷同，為第一要義。茲將元人陸輔之《詞旨》，所輯古人對句，選其大雅者，彙列於下：

小雨分山，斷雲籠口。（姜白石）稺柳蘇晴，故溪歇雨。（周美成）虛閣籠雲，小簾通月。（白石）落葉霞飄，敗窗風咽。（吴夢窗）風泊波驚，露零秋冷。（前人）種石生雲，移花帶月。（翁處静）斷浦沉雲，空山掛雨。（史邦卿）畫裏移舟，詩邊就夢。（同上）就船換酒，隨地攀花。（施梅川）調雨為酥，催冰作水。（王通）做冷欺花，將煙

44「八」，原作「七」。

困柳。（邦卿45）巧翦蘭心，偷粘草甲。（前人）羅袖分香，翠綃封淚。（陳同甫）池面冰膠，牆腰雪老。（白石）枕簟邀涼，琴書換日。（同）薄袖禁寒，輕粧媚晚。（孫花翁）倒葦沙閑，枯蘭洲冷。（高竹屋）綠芰擎霜，黃花招雨。紫曲迷香，綠窗夢月。（李篔房）暗雨敲花，柔風遇柳。霜杆敲寒，風燈搖夢。（吳夢窗）翠葉垂香，玉容消酒。（姜白石）金谷移春，玉壺貯煖。（張寄閒）擁石池臺，約花欄檻。（同）隨花甃石，就泉通沼。（張玉田）斷碧分山，空簾剩月。沙淨草枯，水平天遠。接葉巢鶯，平波捲絮。晴光轉樹，曉處分嵐。鶴響天高，水流花淨。欵竹門深，移花檻小。亂雨敲春，深煙帶晚。開簾雨過，隔水呼燈。荷衣消翠，蕙帶餘香。行歌趁月，喚酒延秋。（俱同上）

試就上述諸句，觀其對仗及造句之法，多注重半虛實之字，如『分』字、『籠』字、『蘇』字、『欹』字之類是也，此等謂之鍊句法。然北宋諸家，多不甚注意凝鍊，而出筆大方，亦有獨到之處。如晏小山之『南苑吹花，西樓題葉』，張子野之『翠幕成波，新荷貼水』，秦少游之『山抹微云，天連衰草』，賀方回之『淚竹痕鮮，佩蘭香老』等句，雖出筆似不甚經意，而亦非草率者比，各隨性之所近而學之可也。

至於南宋人詞，有所謂『詞眼』者。蓋於四字句中，二字各自為對，而其句新穎可喜者也。陸輔之《詞旨》，亦多標選之。然此等句法，偶然用之，固屬可喜，若專注意於此，又易走入纖小

45『卿』，原作『鄉』。

一路。但詞眼係南宋詞入門之法，亦不可不知也。茲據《詞旨》摘錄於下。

燕嬌鶯姹　綠肥紅瘦　醉雲醒月　柳昏花暝　玉嬌香怨　柳腴花瘦　漁煙鷗雨　翠顰紅妒　燕昏鶯曉　雨今雲古　恨煙顰雨　愁羅恨綺　選歌試舞　移紅換紫

以上四字句，每句中兩實字兩虛字者居多，尤注重於虛字。學者由此類推，偶然用此等句法，最能醒目。但不宜過多，亦不宜過於纖巧，斯得之矣。凡作單句，必須有一二警句，通首始有出色之處。大抵句愈奇意思愈新愈佳。但奇而勿近於怪，新而勿近於不通，則得之矣。但每首中，不必句句新奇，只須有一二處便佳。若通首求新奇，則必入奇僻歧途矣。如秦少游之『名韁利鎖，天還知道，和天也瘦』，蘇東坡之『春色三分，二分塵土，一分流水』，何嘗不奇不新，但人所欲言而不能言，說來又極自然，乃為絕妙。然此等句亦不能語語如是也。觀秦蘇之作，此等警句之後，即間以平易之句。必須有平易之句相間，則警句愈出色耳。

茲按陸輔之《詞旨》，所錄諸警句，摘錄於下，以見一斑。

警句選雋

悶來彈鵲，又攪碎一簾花影。（徐幹臣）雁足不來，馬蹄難駐，門掩一庭芳景。（仝前）盡吸西江，細斟北斗，萬象為賓客。扣獨舷嘯，不知今夕何夕。（張于湖）花影吹笙，滿地淡黃月。（范石湖）寒光庭下水連天，飛起沙鷗一片。涼滿北窗，休共軟紅說。燈花結，片時春夢，江南天闊。惟有兩行低雁，知人倚畫樓月。（並同前人）波底夕陽紅濕。（趙彥端）應把花卜歸期，纔簪又重數。（辛稼軒）是他春帶愁來，春歸何處，卻不解帶將愁去。（前人） 翠銷香煖雲屏，更那堪酒醒。（劉龍洲） 燕子不歸花有恨，小院春深。（謝静寄） 海棠影下，子規聲裏，立盡黄昏。（洪平齋） 相思無處説相思，笑把畫羅小扇覓春詞。（徐山民） 妾心移得在君心，方知人恨深。（前人） 千樹壓西湖寒碧。（姜白石） 波心蕩冷月無聲。 昭君不慣胡沙遠，但暗憶江南江北。 牆頭喚酒，誰問訊城南詩客。岑寂。高柳晚蟬，報西風消息。 問何時同賦，三十六陂春色。 冷香飛上詩句。（並同前人） 一般離思兩消魂，馬上黄昏，樓上黄昏。（劉龍洲） 絮飛春盡，天遠書沉，日長人瘦。（孫花翁） 臨斷岸新緑生時，是落紅帶愁流處。記當日門掩梨花，剪燈深夜語。（史邦卿） 愁損玉人，日日畫闌獨凭。 恐鳳韡挑菜歸來，萬一灞橋無見。 自憐詩酒瘦，難應接許多春色。（同前人） 愁萬斛，為春瘦了怕春知。（高竹屋） 驚愁攪夢，更不管庾郎心碎。（同） 悠悠歲月天涯醉，一分秋一分憔悴。（張東澤） 落葉西風，吹老幾番塵世。露侵宿酒，疏簾淡月，照人無寐。（並同） 何處消魂，初三夜月，第四橋春。（羅遠谷） 怪別來胭脂慵傅，被東風偷在杏梢。（趙參晦） 對菱花與説相思，看誰瘦損。（陸雲西） 清絕。 影也別，知心惟有月。（蕭結山） 花開猶是十年前，人不似十年前俊。（鍾梅心） 又是羊車過也，月明花落黄昏。（黄玉林） 閒呼酒，上琴臺去，秋與雲平。（吴夢窗） 簾半捲，帶黄花人在小樓。 南樓不恨吹横笛，恨曉風千里關山。 玉奴最晚嫁東風，來結梨花幽夢。 緑陰青子老溪橋，羞見東鄰嬌小。 不約舟移楊柳繫，有緣人映桃花見。（同上） 珠簾捲上還重下，怕東風吹散歌聲。（趙釣月） 燕子不來，東風無語又黄昏。 琴心不度春雲遠，斷腸難托啼鵑。夜深猶倚，垂楊二十四欄。（陳西麓） 甚等閒半委東風，半委小橋流水。（張寄閑） 粉蝶兒守住落花不去，濕重尋香兩翅。恁知人一點心愁，寸心萬里。（同前） 但良宵，空有亭亭霜月，作相思伴。 燕子銜來相思字，道玉瘦不禁春病。（湯西村） 夢魂欲度蒼茫去，怕夢驚還被愁遮。（周草窗） 一掬春情，斜月杏花屋。（王碧山） 翠簟一池秋水，半牀露，半牀月。 恰是斷魂江上柳，越春深越瘦。 一室秋燈，一庭秋雨，更一聲秋雁。（同前人） 雁風吹裂雲痕，小樓一縷斜陽影。（吳夢窗） 清陰一架，顆顆葡萄醉花碧。 看畫船盡入西湖，閒卻半湖春日。（同前人） 和雲流出空山，甚年年淨洗花香不了。（張玉田） 寫不成書，只寄得相思一點。 纔放些晴意，早瘦了梅花一半。 也知不作花看，東風何事吹散。 見說新愁，如今也到鷗邊。 莫開簾，怕見飛花，怕聽啼鵑。 春風不奈垂楊柳，吹去絮雲多少。（並同前人）

以上各警句，畧舉一斑。總之詞中不可無一二警句，以振起全首精神。此等句皆意思新穎，造句自然奇妙。然亦不必句句照此作法。與平易之句相間，則最易動目耳。

第十九[46]章 論起法

詞之小令，猶詩之絕句，節短韻長，其重要全在練句。有一二新穎之句，則全首為之生色。不必語語凝練，尤貴保全天然之美，乃為上乘。長調猶詩之歌行，自有起結承轉開合呼應。大約

46「九」，原作「八」。

作詞之章法，全視所用之調之句法而定。如起處是對句，則多用寫景語。如起處是單句，則或虛籠起，或從題前說起，或總挈題意起。視題目與所用為何調，而定其層次也。

宋人詞大都上闋寫景，下闋言情。然景中必寓情，情中亦必寓景。或情景夾寫，或兼及敘事。總之上闋不可將意思說盡，方留得下闋地步。下闋須開拓說去，方不犯上闋意思。而起結之處，尤為重要。茲分小令、長調論之。

小令一起一結，最為重要。大抵起處須意在筆先，結處須意留言外。前半須從旁面側面引起題意，點到本題，立即煞住，以留下闋地步，不可將意思說盡。上闋末數句，與下闋換頭處，有意思關照尤妙。

小令結語，尤重於起語，猶絕詩之重在後聯也。古詞於收處，多用寫景語以託出其情。如韋莊之『滿院落花聲寂寂，斷腸春草碧』，溫庭筠之『一葉葉，一聲聲，空階滴到明』，李後主之『流水落花春去也，天上人間』，歐陽修之『獨立小橋風滿袖，平林新月人歸後』『平蕪盡處是青山，行人只在青山外』，李清照之『簾捲西風，人比黃花瘦』，皆作寫景語，而其情愈深。其極自然處，即其極鍜鍊處也。要之收處若佳，則全首生動。收地若拙，則全首減色。作小令專注意末數句，則思過半矣。

長調布局，亦全視所選之調而定。起句是對句，則多用寫景語，此為一定之法。若是單句，則頗為變化無定。然或總籠全首大意，或從溯原說起，或一起擒題，以下逐層闡發，皆無不可。或以跌宕出之，如太原公子裼裘而來。如東坡之『似花還似非花，也無人惜從教墜』，耆卿之『望處雨收雲斷，憑闌悄悄，目送秋光』，白石之『雙槳來時，有人似舊曲，桃根桃葉』，稼軒之『更能消幾番風雨，匆匆春又歸去』，夢窗之『送人猶未苦，苦送春隨人去天涯』，黃孝邁之『近清明，翠禽枝上消魂。可惜一片清歌，都付與黃昏』，起處皆極灑脫，善於發端。然亦視選用者為何調，而定其若何起法也。

長調兩結，最為重要。前結要如奔馬收韁，留得下面地步，有住而不住之勢。后結要如泉流歸海，迴環溯源，有盡而不盡之意。換頭處，與上闋在不粘不脫之間，乃為至妙。即白石《齊天樂・賦促織[47]》上闋收處云：『曲曲屏山，夜涼獨自甚情緒。』換頭云：『西風又吹暗雨。』言夜深人獨，已無情緒，況又西窗吹雨，悽和蟲聲，其淒涼益可想，上下闋打成一片。末云：『寫入琴絲，一聲聲更苦。』則全闋通體靈活，如常山之蛇，首尾皆應，而語盡意中，韻留絃外，所以為佳。又如耆卿《雨霖鈴》上闋收處云：『念去去千里煙波，暮靄沈沈楚天闊。』寫景已極闊大，而情感自寓其中。換頭云：『多情自古傷離別，更那堪冷落清秋節。』只將『別』字、『秋』字畧一翻騰，而自然精彩。玉田《八聲甘州》上闋收處云：『一字無題處，落葉都愁。』已極淒愴之致。換頭云：『載取白雲歸去，問誰留楚佩，弄影中州。』則另換一意生發，搖曳生姿。末云：『空懷感，有斜陽處，最怕登樓。』則故國禾黍之悲，昭然若揭。學者細觀古人之詞，於起結處再三注意，則自然領會。起結既佳，則全篇自然生色矣。

47『織』，原作『纖』。

第二十章[48]　論選調

凡詞題意，與所選之調，關繫極重。如此篇所選諸詞，欲注重神韻者，則取神韻類之詞調用之。注重音節者，則取音節類之詞調用之。或步古人原韻，以為練習之資。或擬古人名詞，而不必步韻，以舒自己性靈之地。要之每調皆有其調之音節及所宜。雖任選何調，聽人自由，然視作詞時之目標，其注重在何類，則詞調確有適宜與否之别。何調宜於何類，神明變化仍在作者。多閱古詞，自然領會。今將顯而易見者，畧論其大概如下：

《滿江紅》《念奴嬌》《水調歌頭》，音調高亢，宜為激昂慷慨之詞。小令《浪淘沙》，亦近激越，登山臨水、懷古撫今皆宜。《木蘭花慢》《桂枝香》《八聲甘州》《一萼紅》等調，亦宜於懷古詠遊。如嫌《念奴嬌》《水調歌頭》等太熟，則改用《木蘭花慢》等調尤妙。

《採桑子》《一剪梅》《南柯子》《虞美人》，皆有低徊之致，寫景寫情，尤有神韻。

《臨江仙》《浣溪紗》《蝶戀[49]花》，音節最諧婉可愛，情景皆宜。作者宜熟味南唐李後主、馮延巳諸作，自然入妙。和凝、孫光憲諸家亦稱擅長，並宜諷詠。

《菩薩蠻》《清平樂》《謁金門》，溫飛卿、韋端己，皆多名作，以音節情韻勝。

《洞仙歌》宛轉纏綿，《祝英臺近》頓挫有致，寫情敘事皆宜。《齊天樂》寫情寫景，莫不咸

48 「第二十章」之目，原文缺，据全文内容增补。
49 「戀」，原作「孿」。

宜，最易引起興會。

《金縷曲》為最熟之調，然極不易作。宋人作者，如李景元、葉石林極佳[50]。辛稼軒之詠琵琶、別茂嘉弟，劉龍洲之詠端午，亦稱獨絕。辛、劉此調極多，其他作均遠不逮。此為熟調之最難作者，如功候未到，不宜作此等調。

《摸魚兒》，熟調中之跌宕[51]者，亦可領畧音節之妙。

《沁園春》，中多四字對句，句法板滯，亦不易作。清人作者最多，易流入俗派，宜避之。

《高陽臺》纏綿跌宕，《滿庭芳》圓轉流走，餘若《鳳凰臺上憶吹簫》《慶春宮》《漢宮春》《金菊對芙蓉》等，皆屬此類，情景俱宜，注意神韻者宜取之。

《聲聲慢》可押平韻，可押仄韻，亦宜於神韻。

以上所述，不過聊舉其例。凡音節相近之調，均可類推而知。就前章所選諸作，參觀互證，亦可舉隅。如注意音節，則取音節類諸調觀之；注意神韻，則取神韻類諸調觀之，自易領悟也。

初作詞時，宜填稍熟之詞，如《齊天樂》《念奴嬌》《滿庭芳》《高陽臺》等，皆宜於練習。俟練習稍熟，則宜作稍生之調。先從熟調入手者，易於引起興會也。及片段已成，規模稍具，則宜參稍生之調，以藥平庸甜熟之病。大抵對於宋名家詞，如好某家，即取某家詞多和其調，或步韻或不步韻均可。此為普通詞家必經之途逕，浸淫既久，自然深造矣。

50「佳」，原作「住」。
51「宕」，原作「岩」。

用仄聲韻之詞，或用上去聲，或用入聲，本無不可。然亦有多數詞調，專宜押入聲者。大抵古詞多數押入聲者，則當從其押入聲，不宜任便亂押。茲將詞調之押仄韻而須用入聲者，畧列如下：

《憶秦娥》《霜天曉角》《滿江紅》（宋人亦有押上去聲者，但究以入聲為宜）《丹鳳吟》《大酺》《蘭陵王》《三部樂》《霓裳中序第一》《應天長慢》《解連環》《好事近》《六醜》·《六么令》《暗香》《疏影》《蕙蘭芳引》《惜紅衣》《尾犯》《淒涼犯》《淡黃柳》《琵琶仙》《雨霖鈴》《曲江秋》《浪淘沙慢》《玉京秋》《一寸金》

以上諸調，皆宜用入聲韻者，勿概之曰仄而用上去也。其押上去入之調，自可通押，然亦稍有差別。如《秋宵吟》《清商怨》《魚遊春水》，則宜單押上聲。此外亦有一調中，必須押上必須押去之處。此多閱古人詞，及臨作詞時，檢查《詞律》自知，不必一一枚舉矣。

初作詞者，宜先取熟調練習。蓋熟調平仄多可通融，不至拘束太甚，故也。何者為熟調，今未能一一詳列。但一繙《詞律》，凡旁註可平可仄等字樣較多者，即為熟調。其生僻之調，或註明自度腔[52]，或註明須悉依其平仄，而旁邊極少可平可仄字樣者，皆生調也。

小令則平仄稍寬。凡小令諸調，雖極生者，亦可不拘四聲。取《花間集》等書閱之，選調練習，悉隨其性之所近，並參觀上選音節神韻諸小令，則自可觸類旁通矣。

52『腔』，原作『腔』。

第二十一[53]章　論層次

宋人作詞，大半上闋多寫景，下闋多寫情，故此法即可為層次之標準。上闋寫景，宜將寫情語籠起，而不侵下闋地步。如柳永《八聲甘州》『是處紅衰綠減，苒苒物華休。惟有長江水，無語東流』，數語雖寫景，而已含黯然魂傷之意。故換頭處緊接『不忍登高臨遠』句，有與上闋一氣呵成之妙。以下皆寫情語，但寫情須沒有新意，乃不至陳陳相因。其警語云：『想佳人粧樓長望，誤幾回天際識歸舟。』以己之思家，想到家之思我。從對面着想，則意多生發，又復新穎。然末二句仍說回自己方面，所謂收合也。

論作詞諸書，清人之論，多瑕瑜互見。故清諸詞話書，可以不必閱。比較可信據者，當以宋張炎《詞源》、沈義父《樂府指迷》、陸輔之《詞旨》諸書為善。張炎在宋代為詞學名家。沈義父、陸輔之，雖不以詞名著，然所交遊者，皆宋時有名詞人，故所論尚有典型，勝於清人末學一知半解者萬萬也。但沈、陸輩生於南宋，見解亦有關於南宋者，是又不可不知。茲將《詞源》《樂府指迷》諸書，近於精粹者，摘錄如下，並附鄙見補充於後焉。

《詞源》云：『作慢詞看是甚題目，先擇曲名，然後命意。命意既了，思量頭如何起，尾如何結。方始選韻而後述曲，最是過片不要斷了曲意，須要承上接下。如姜白石詞云：「曲曲屏山，夜涼獨自甚情緒。」於過片則云：「西窗又吹暗雨。」此則曲之意脈不斷矣。』

53『二十一』，原作『十九』。

按：此段所云，即注意上闋收處與下闋起處關照之法也。下闋起處，名曰換頭，又名曰過片。此引白石《齊天樂·詠蟋蟀》詞為例，其妙處上句在『獨自』二字，下句在『又』字，承上接下，全在用虛字靈活也。

《詞旨》云：『製詞須布製停匀，血脈貫穿（與串通），過片不可斷意。如常山之蛇，救首救尾。』

按：注意過片，是詞家普通之要訣。所云『布製停匀，血脈貫穿』八字，尤屬要言。往往有得一二好語，而通首不稱，以至減色者，則不知『布製停匀』與『血脈貫串』故也。大抵上闋須不占下闋地步，而籠罩下闋之意。下闋因可開拓說去，或從過去未來推說，均無不可，而仍須廻顧上闋，故云『如常山之蛇』，首尾相應也。

《樂府指迷》云：『大抵起句，便見所詠之意。不可泛入閒事，方入主意，詠物猶不可泛。』

按：起句便見所詠之意，即是開門見山作法。大抵起句應如何作法，全視乎其所選之調而定。《指迷》之語，當指單句而言。單句固宜籠罩作意，如白石之詠蟋蟀起云：『庾郎先自吟愁賦，淒淒更聞私語。』此等作法，固易緊湊。然亦視所選為何調，若選較長之調，亦有不能不徐徐引起者。如清真《六醜·詠薔薇謝後》云：『正單衣試酒，恨客裏光陰虛擲。願春暫留，春歸如過翼，一去無跡。』則首數句全未說到薔薇花，僅虛籠起『謝』字耳。此又視所選者為何調，亦不能一概而論。但從他事陪襯起，亦無不可。總仍須將題中作意籠罩，乃不空泛也。

《樂府指迷》又云：『過處多是自敘，若才高者方能發起別意。然不可太野，走了原意。』

按：過處當是指過片而言。大抵換頭處佳，則通首精神，為之一振。故論詞諸家，多注重之。所云『過處多是自敘』，言下闋多半拍合自己說，從自己感觸寫情也。所云『發起別意』，則視乎其題目如何，不能一概而論。有不必發起別意者，亦有必須發起別意者。但所云『不可太野』，則卻屬名言。如東坡《水龍吟·詠楊花》云：『不恨此花飛盡，恨西園落紅難綴。』此種發起別意，而不流於太野，最可為法。固是坡公才高，但詠物詞若沾沾於本題作去，必無好詞，且易枯竭。坡詞正開後人無數法門也。

《指迷》又云：『結句須要放開，含有餘不盡之意，以景結情最好。如清真之「斷腸院落，一簾風絮」，又「掩重關，徧城鐘鼓」之類是也。』

按：此數語為最得金針度人之秘。『以景結情』四字，宋人名家詞，多如此作法。所舉清真二語固是，而清真詞此等收法尤多。如《芳草渡》云：『淡暮色，看盡昏鴉亂舞。』《瑣窗寒》云：『夜沉沉雁啼正哀，片雲盡捲清漏滴。黯凝魂，但覺龍吟萬壑天籟息。』《憶舊游》云：『但滿眼京塵，東風盡日吹露桃。』《浪淘沙慢》云：『弄夜色，空餘滿地梨花雪。』如此類句，不勝枚舉。不但清真如此，即諸家亦多是如此。如王晉卿《燭影搖紅》云：『海棠開后，燕子來時，黃昏庭院。』洪平齊《眼兒媚》云：『海棠影下，子規聲裏，立盡黃昏。』皆是用以景結情之法也。

第二十二[54]章 論標準

詞之標準，至難言矣。數百年來，從無有言詞之標準者。惟無標準，故詞學日敝，歧途百出，而令人無所適從。今先論詞之敝[55]，祛其敝[56]則真可見矣。

自明至清初，其敝在輕佻。明人之視詞，似為專供妓筵歌唱之用，故趨於浮薄輕佻。有一二調笑語，即認為佳品。其中俳詞俚句，十而八九。故論詞以明代為最下。

清初沿明代之風氣，猶未全變。自朱竹垞（彝尊）、陳其年（維崧）始以學宋人為號召，由是清代詞派，多從朱、陳二氏孳乳而來。然及其末流，亦有兩敝。一曰浮滑，一曰叫囂。浮滑者，藉口學張玉田（炎），而以竹垞為先導，即所謂浙派是也。有清一代，盛行此派。自康熙至光宣，幾占其全部分。此派精能者，固有數人，如朱竹垞、厲樊榭（鶚）、項蓮生（鴻祚）、譚復堂（獻）之類。（其實厲、項乃被人目為浙派，而非純浙派。）然除此數人外，無甚顯名者，殆不下逾千人。自郭頻迦（麐）出，專提倡浮滑一路，而道咸間幾風靡全國，此詞學日敝之一大原因也。

清代以學辛稼軒（棄疾）、劉改之（過）為標榜，而奉陳其年為導師者。此派亦逾千人，跳踯叫囂，以為豪放。其流弊則為江湖，亦非詞之正軌也。所摹仿者，如『不恨古人吾不見，恨古人不見吾狂耳』（辛詞）『使李將軍，遇高皇帝，萬戶侯何足道哉』（劉詞）等句。在今日已成濫

54『二十二』，原作『二十』。
55『敝』，原作『蔽』。
56『敝』，原作『蔽』。

調，必勿從此派入手。作詞始有深入處，否則江湖派之詞，黃茅白葦，一望皆是，只有令人生厭而已。

乾嘉時欲拔幟自成一軍者，有常州派。倡之者為張惠言，以學北宋為號召。論則高矣大矣，然其成績，乃不如浙派遠甚。蓋常州知尊北宋，而不知北宋之奧竅。其所知者只有二事，一不用詞眼，一數句接連而下。此二事誠北宋之一端，但豈能盡北宋之妙處乎。其所不知者，則如多用實字領起，而少用虛字；多用厚重之字，而勿用儂、怎、者般等字。此等顯淺之要訣，常州猶不知。以虛字領起，及儂、怎、者般等字，仍滿目皆是。知其一而不知其二，欲追步北宋，豈非相去甚遠乎。故此派在清代終於不競，不及浙派之多。

至清末則人多知浮滑、叫囂兩派，皆屬非是。而一變為餖飣，多標舉學夢窗為言。而變本加厲，襞積餖飣，以艱深文淺陋者，亦不在少數。夫夢窗在宋代，實為變派，讀其詞當具論世知人之識。南宋詞人極盛，五花八門，窮妍鬥巧。故詞至夢窗時，有不得不變之勢，夢窗一變為澀體，然其實仍本於清真。特用字造句，稍趨深奧，以矯辛、劉派詞過於直遂故耳。清末學之者，流為餖飣，全失詞之真美，又詞學之一大敝也。

綜而言之，曰輕佻，曰浮滑，曰叫囂，曰餖飣。自明至今日，詞之日敝者，皆由受此四派之敝。由有多數人不知詞之真美，而以此四派為上乘。此明代以後作者日作，而佳[57]者日少之故也。

今欲知詞之標準，惟有暫勿論工拙，而先定途徑，先去毛病之一法。途徑為何？宜以雅正為

57『佳』，原作『住』。

歸。但何謂雅正？則反乎輕佻、浮滑、叫囂、餖飣四派者是也。毛病為何？若字句中疵累，入修詞範圍者，固當檢點。但字句之毛病易治，而毛病最大者，則輕佻、浮滑、餖飣、叫囂四派，尤為難治。能除此四派習氣，而力矯其敝，即是標準確實。則字句上不必刻意求工，而自然易工。故工拙問題，乃是第二問題。其第一問題，乃在定趨向而勿染上四派之習，尤為最要著也。

第二十三[58]章　論四要

明清諸人，多不知宋詞之作法。而誤認之點有數端：一認詞為專供艷詞之用者；一認詞之作品，當以美女簪花格寫之，乃為最美者；一認詞所用之字，必須用較纖較俏之字，否則不成為詞者（如儂、怎、者般等字）。此等誤解既多，遂至變本加厲，而詞敝乃不可救藥矣。沈冥數百年，至於清末，始有王半塘（鵬運）出，以『重』『大』『拙』三字為提倡，一時風氣丕變。詞學重興，端推此老。至所云『重』『大』『拙』三字，『拙』字愚不敢言，亦不易說明。茲為斟酌熟思，而舉出四要，乃『大』『重』『新』『雅』四字，本其意而稍加補充。詞之最要奧處，似無踰此四字者，茲為逐一說明於下。

何謂『大』？即反乎纖小之謂也。大抵北宋人詞，多得此秘。南宋人詞，亦往往有之。如盧蒲江之『盡吸西江，細傾北斗，萬象為賓客』，固大之顯然易見者。然不但此，如秦少游之『無奈歸心，暗隨流水到天涯』『憑闌久，疏烟淡日，寂寞下蕪城』，柳耆卿之『斷鴻聲裏，立盡斜

58『二十三』，原作『二十一』。

陽』，姜白石之『酒醒波遠，正凝想明璫素襪。如今安在，惟有闌干，伴人一霎』，亦是極大。即張子野之『沈恨細想，不如桃杏，猶解嫁東風』，史梅溪之『怕鳳鞾挑采歸來，萬一灞橋相見』，已幾近於纖小矣，然仍不失大方家數。若明王世貞之『輕暖頻寒相劖剟』，作不癢不疼情緒，則纖而且怪矣。故明詞最下，可不必閱也。

何謂『重』？即反乎輕浮之謂也。重不必在字句，而尤在神理。若堆積以為重，或故作豪語以為重，皆非也。如周美成之『羅帶光銷紋衾疊，連環解舊香頓歇。怨歌永瓊壺敲盡缺』，連接三句，皆從物描寫，極其厚重，固易見矣。又如姜白石之『燕燕飛來，問春何在，惟有池塘自碧』，張文潛之『空恨碧雲離合，青鳥沈浮。向風前懊惱，芳心一點，寸眉兩葉，禁甚閒愁』，秦少游之『多情。行樂處，珠鈿翠蓋，玉轡紅纓。漸酒空金榼，花困蓬瀛』，亦皆是重語。至若明楊慎之『今夜風光堪愛，可惜那人不在。臨行多是不曾留，故意將人怪』，則輕佻已極矣。作詞勿蹈此等惡習，則詞之進境自易易也。

何謂『新』？即反乎陳舊之謂也。但新非貴字面新奇，而在意思未經人道。若專從字面求新，則入惡道矣。如秦少游之『名韁利鎖，天還知道，和天也瘦』，吳夢窗之『惆悵雙鴛不到，幽堦一夜苔生』等句，何嘗用一奇字，而異常鮮新。更如李後主之『流水落花春去也，天上人間』，歐陽永叔之『淚眼問花花不語，亂紅飛過秋千去』，字字皆極淺易，而千古常新。此種新法，乃造詞家之極軌。大抵一詞之中，必須有一二語獨出新意，不拾人牙慧者，乃能出色。至如金主亮之『一揮裁斷紫雲腰，仔細看嫦娥體態』，則新而近怪，亦所不取矣。

何謂『雅』？即反乎鄙俗之謂也。鄙俗之弊，最為詞家大病。作文作詩貴清真雅正，作詞亦何獨不然。故得一雅字，則清真正三字，自可包括其中。未有不雅而能清真正者也。前章所選之詞，皆無不雅者。今且舉一二言情之句以見例，如王晉卿之『幾回得見，見了還休，爭如不見』，陸叡之『花悰暗省。許多情相逢夢境。便行雲都不歸來，也合寄將音信』等句，固然是雅。即韋端己之『記得那年花下，深夜，初識謝娘時。水堂西面畫簾垂，攜手暗相期』，亦未落入俗套。至劉龍洲之美人手、美人足諸作，則近於俗矣。至若明宋濂之『有郎金鳳飾花容，無郎秋鬢若飛蓬』之類，則真俗調，不入詞格。最要勿閱明清人詞，自不染此惡習。

清人詞話書，有標舉十三字要訣。近人論詞，亦有某字訣某字訣等語。要之標舉字訣愈多，愈足迷亂學者心目，無取也。但牢記『大』『重』『新』『雅』四字，尤以『大』『重』二字為要。於作詞時，刻刻存『大』『重』二字於心中，則出筆自佳，其他皆枝葉耳。故所謂十三字訣等，概不必論。

第二十四[59]章　論濃淡疏密

自詞家有雕琢一派，而清代盛倡之。此派雖始於南宋，而南宋於鏤金錯采之中，仍不落纖與怪也。清人變本加厲，遂有務極纖仄以為工者。如陳其年之『鄰酒紅來心久死，越娘紫去懷長惡』，郭頻伽之『今世紅紅，宿世蟲蟲』之類，是之謂纖。如其年之『梔子街前捎粉盜，鳳凰橋下薰香

59『二十四』，原作『二十二』。

俠』『硯締半車蘭葉鬼，詩斟一斛荼花髓』之類，是之謂怪。然竟有人贊美之，傳誦之，詞學焉得不江河日下耶。夫堆垛奇字，杜撰奇句，以為見長。則宋人周、秦、姜、史諸家，豈能聰明不及後人，不能作赤文綠字、光怪陸離之句以自炫耶。而絕不爾爾者，非不能也，不肯為也。蓋詞自有正軌在。宋代如吳夢窗、蔣竹山，稍喜用新麗之字，亦絕無此等句，至清人始有此歧趨耳。故必勿誤認纖與怪之句，以為極工，而詞學始有可言。又必須知赤文綠字、光怪陸離之體，為詞家所大忌。先祛此蔽，乃可以論詞也。

《詞源》云：詞中句法，要平妥精粹。一曲之中，安能句句高妙。只要拍搭襯副得去，於好發揮筆力處，極要用工，不可放過，讀之使人擊節可也。

按：所云『平妥精粹』四字，極耐尋味。大抵初作詞時，宜力求一『妥』字，妥之極則精粹自出。所謂『平』者，非平庸之平，乃對太求深求奇者而言。如前述陳其年數語，即過於求奇者。不犯此病，即是平也。『一曲之中，安能句句高妙』，此深知甘苦之言。後人有句句極力求工而矯揉造作者，殊不知無論小令長調，萬不可句句求工，尤必有一二不甚經意之句，以保全天然之美。如秦少游之『花下重門，柳邊深巷，不堪回首』，語極嫩稚，而不失其美。蓋上有『天還知道，和天也瘦』之妙句，則下須接以稍平之句。所謂『只要襯搭得去』也，若句句皆作『天還知道』等句，則奇句亦為減色，為篇入怪異矣。

《詞源》云：句法中有字面，蓋詞中一個生硬字用不得。須是深加鍛鍊，字字敲打得響，歌誦妥溜，方為本色語。

按：玉田此論，謂『一個生硬字用不得』，有譏為如此則太陳熟者。然玉田下固云『須深加鍜鍊，歌詠妥溜』，則所謂生硬者，正指生呑活剝者而言，亟宜戒之，非謂無新意新句，只求陳腐之意也。如陳其年之『緗千卷，澆玄蝶，螺千縳，漂丹蛣』，此等正極生硬，焉得不戒之。《詞[60]源》云：詞之語句，太寬則容易，太工則苦澀。如起頭八字相對，中間八字相對，却須用功。著一字眼，如詩眼亦同。若八字既工，下句便合稍寬，庶不窒塞。約莫寬易，又著一句工緻者，便覺精粹，此詞中之關鍵也。

按：此數語為玉田自道作詞之秘，其詞多半是用此法。大抵南宋人作詞，遇八字相對之句，必極力凝練，所謂用功也。『著一字眼』，即上章所言詞眼。八字對句，極力求功，南宋人多半如此，不獨玉田一人為然。若志在專學南宋，自不可不用此法，乃入門之捷法也。若北宋則八字對句，不能注意凝練。玉田此語，自不可以律之。其所云『約莫寬易，又著一字工緻者』，雖屬玉田派一家之言，然其注意於濃淡深淺相間，實作詞之要訣，尤為學南宋之要訣，不可厚非。此南宋詞之有規矩可尋者在此，學南宋詞似難而實易者亦在此。

南宋詞最長於濃淡疏密得宜者，當首推周草窗。清周濟譏草窗，謂其『立意不高，取韻不遠』，二語亦頗中其病。草窗非無高者遠者，但較少耳。然欲知濃淡疏密之得宜，非閱草窗詞，則無由知其法。蓋草窗最擅長者在此，欲學南宋之必應知者亦在此，所謂有門徑可尋也。

要之濃淡疏密貴停勻者，非獨南宋為然也，北宋亦何獨不然。特北宋作法，多變化莫測，不

60『詞』，原作『嗣』。

若南宋規矩之易尋耳。吾人欲學北宋，當從『大』『重』二字入手。舍『大』『重』外，無入手方法也。常州派惟不知『大』『重』二字，故畫虎類狗。至濃淡疏密，必宜停勻，則無論南北宋皆然。然與其過濃，無寧其淡。與其過密，無寧其疏。疏淡而欲求濃密則易，濃密而欲反諸疏淡則難。疏淡改進易，濃密改進難。故學者宜先勿貪多用字眼，及勿向太雕琢一路入手，乃為必要也。

第二十五[61]章 論律

律一問題，為晚近詞學家辨論之集點。此問題太大，一易未易詳論，僅撮其畧言之。

一派專講四聲，此派導源於宋之方千里、吳夢窗。千里和周清真詞，四聲幾悉依周詞。夢窗每用清真調，如《蕙蘭芳引》《六醜》《拜星月慢》之類，亦字字謹嚴，遵依周氏。余嘗細為校之，大抵千里之詞，遵周氏四聲者，在八九成之間，亦有一成與周異者。夢窗則凡遇入聲字，無不依周，而上去間有不盡悉合。要之方、吳二氏，皆南宋詞學大家，自然無誤。但所不能明者，仍不能無參差耳。清光緒以前，無言四聲者，自晚近提倡。除熟詞外，凡用古人專調者，多斤斤於辨析四聲矣。

一派專嚴平仄，而不盡拘四聲者。其論亦依據宋詞，如張玉田詞，凡用清真、白石專調，一首中四聲參差，總在二十字以上。夫玉田謂為不講律耶？則宋人言詞律著述，至今存者，僅玉田

61『二十五』，原作『二十三』。

《詞[62]源》一書，決不能謂其不講律。或謂彼講律是一事，作詞不盡依律，又是一事。此言亦未必然。彼既以知律名，又何必專作不合律之詞，以供人指摘。其時唱詞之風尚盛，倘不合律，訾者必多，何以翕然無間。則以玉田為法，亦不得厚非也明矣。

《詞源·雜論》節云：『調之作必須合律，然律非易學，得之指授方可。若詞人方始作詞，必欲合律，恐無是理。所謂千里之程，起於足下，當漸而進可也。』今人所謂合律者，以嚴守四聲為言，是簡單易明之事，何以玉田謂『詞人方始作詞，必欲合律，恐無是理』。又《音譜》節云：『先人曉暢音律，有《寄閒集》，旁綴音譜，刊行於世。曾賦《瑞鶴仙》云：「粉蝶兒撲定花心不去。」此詞按之歌譜，聲字皆協，惟「撲」字稍不協，改為「守」字乃協。』夫以曉暢音律之人，何以『撲』字、『守』字，尚須再三磋商。今人論律者，四聲畫若鴻溝，如此字必須上聲，則從上聲內覓字可也，何必采不能通融之入聲字，以為嘗試。可知今人之所謂律，必非宋人之所謂律。倘是同一，則寄閒何不直捷痛快，先從上聲字設想耶。故律之一問題，考之宋人諸說，疑竇實多。自明以後，即無一人能知。愚仍未敢強不知以為知也，茲為持平之說如下。

詞者，美術文之一種。欲其精能，不能無所約束。故律者，非謂能通宋人聲律之謂，乃自己有一種約束之謂也。故嚴守平仄，乃屬最低限度。若於古人專調，字字悉遵四聲，此乃因難見巧。要之二者悉聽人之自由。而宋人聲律，則確無法可曉。但約束從嚴，律己之道宜然。若其稍寬，

62『詞』，原作『嗣』。

可取《歷代詩餘》閱之。每一詞牌，皆有多數古詞彙列比較，應否通融之處，一覽[63]便知矣。

第二十六[64]章　歷代詞家畧論

小令自溫飛卿為唐人專集之始，五代諸家，高秀華麗，言詞者咸宗之，無待贅說。然亦有稍近於纖褻者，當採其長而舍其[65]短。其鏤金錯彩之詞，亦為清初人摹仿殆盡，易入濫套。要之作小令，多讀溫飛卿、韋端己、李後主、馮正中、和凝、孫光憲、歐陽修、二晏之詞，則出筆自然不俗。其他《花間》《尊前》諸家，旁供泛覽可也。

長調宜以宋人為法，大抵學宋詞不妨專學一家。而常閱讀者，至少須在十家以上。所謂學者，乃和其調步其韻之謂。而效其詞派，更無論矣。並非只知此一家，而別家概束置之謂也。今將學者作長調對於宋詞選擇所宜列下。

宜常閱讀者

蘇東坡　柳耆卿　秦少游　賀方回　周清真　姜白石　史梅溪　王碧山　周草窗　陳西麓　盧蒲江

宜瀏覽者

張先　晁補之　程垓　毛滂　蔡伸　葉夢得　張元幹　張孝祥　李清照　陸游　高觀國　方

63『覽』，原誤作『覺』。
64『二十六』，原作『二十四』。
65『其』，原作『而』。

千里　蔣捷　呂渭老　趙以夫　劉克莊　劉過　朱敦儒　朱雍　范成大　韓元吉　李彭老　李萊老　仇遠　元好問　張翥

不宜從之入手者（但仍需瀏覽）

辛稼軒　吳夢窗　張玉田

以上對於宋詞，途徑亦畧備矣。惟劉克莊、劉過二家，似亦須瀏覽，然不瀏覽亦無妨。尤以劉克莊一家，馳騁[66]太過，多類於清人詞，為入手最忌者也。

辛稼軒派，清人陳其年、蔣心餘等學者太多，跳躑叫囂，已成濫調。吳夢窗派，最易餖飣，初學從其入手，絕非所宜。張玉田派，道咸間學者踰千人。浙派之稱，清代摹仿殆盡，亦易流為浮滑。故辛、吳、張雖為三大家，然皆不宜從其入手也。

清周濟《詞辨》，評論諸家，間有是處。而意氣用事，信口雌黃者，亦所不免，《四家詞選》亦然。夢窗誠宜獨樹一家，若尊稼軒而抑白石，則殊未允。稼軒佳詞，不外所選諸首。然諸首仍有未盡佳者，豈能高於白石全集悉佳者耶。其深貶姜張，持論未免偏激。姜張亦殊途，未可並論也。其云『剟刺陳[67]史，芟夷盧高』，尤為謬論。要之周濟不過好持苛論，以弋高名。雖當浙派全盛之時，意在針砭時俗。然矯枉過正，爭持門戶，蓋無取焉。

清人詞話之書，論宋詞者甚多。然大都少真知灼識，而惑於時俗之見者甚眾。如賀裳《詞筌》、

66『騁』，原作『聘』。
67『陳』，原作『陣』。

鄒祇謨《詞衷》、沈雄《柳塘詞話》、王士禎《花草蒙拾》，以及諸詞話之書，其大弊在好議論古人之短，而不知其長；好頌諛時人之長，而不知其短。至古人之作法，尤多夢夢。故清人詞話諸書，實無甚研究價值。惟譚獻、況周儀之詞話詞評，頗知此中奥竅。然亦惜其有時議論過高，或過於玄虚縹緲，亦非遽易領會也。學者就此編而進加研究，則豁然貫通之日不難矣。

詞學通論

羅長銘

羅長銘（1904—1971），原名會鈷，又名更，字長銘，號亡羊，歙縣呈坎人。曾任省立第二師範學校國文教師、上海神州國光社編輯、安徽省通志館編纂，參與修纂民國《歙縣誌》。安徽省文史館員，任職省博物館。著有《屈原賦二十五篇考》《壽縣出土的鄂君啟金節》《長銘詩詞鈔》等。

據《詞學通論》編者介紹：『《詞學通論》大概是先父卅年代在神州國光社工作時所作。在徽州呈坎老宅僅尋得書稿第一章《詞的緣起》的部分。原稿未斷句，由紹宏、季重標點整理。』可知《詞學通論》乃為羅長銘民國時期的舊稿。《詞學通論》錄自羅長銘《羅長銘集》，黃山書社 1994 年版。

目錄

第一章　詞之緣起

《舜典》曰：『詩言志，歌永言，聲依永，律和聲。』《詩序》云：『在心為志，發言為詩，情動於中而形於言；言之不足故嗟歎之；嗟歎之不足故詠歌之；詠歌之不足，故不知手之舞之，足之蹈之。』《樂記》曰：『詩言其志也，歌詠其聲也，舞動其容也，三者本於心而樂器從之。』故詩必可歌，歌必合樂，此古詩之定則也。孔子曰：『吾自衛反魯，然後樂正雅頌，各得其所。』太史公曰：『《詩》三百五篇，孔子皆弦歌之，以求合韶武雅頌之音。』然則《詩》三百五篇之傳於今者，皆其可歌者也，皆其合樂者也。《傳》曰：『不歌而誦謂之賦。』明不歌之詩為詩之別體，其與風雅之可歌者，故自有殊矣。故詩不可歌，然後有漢魏之樂府；樂府不可歌，然後有唐宋之詞；詞不可歌，然後有元明之南北曲。鄭樵云：『仲尼編詩為燕享祭祀之時，用以歌，而非用以說義也。古之詩今之詞曲也。若不能歌之，但能誦其文而說其義，可乎？』又云：『嗚呼，詩在於聲不在於義，猶今都鄙有新聲巷陌競歌之，豈為其辭義之美哉，直為其聲新耳。』此言非獨明詩，兼明詞曲矣。漢魏以前大率先有詩，而後有樂，與後人倚調填詞者不同。沈休文云：『吳歌雜曲始皆徒歌，既而被之弦管，又有因弦管金石作歌以被之。』是六朝已有填詞之法。王安石云：『先有詞而後以律度為曲，是聲依永。若先定律而後以詞填實之，則是永依聲也。』張橫渠曰：『古樂決非先制腔。特後世詩與樂分，俗工未必能制腔，文人未必能協律，不得不倚聲填詞，而長短句興焉』。蓋詩之為體，句有定字，必雜以散聲而後可被之。管弦如陽關詩必至三疊，然後成音，此自然之理。後來遂譜其散聲，以字句實之。《北詞廣正譜》大石調載《陽關三疊》云：『渭城朝雨浥輕塵，更灑遍，客舍青青，弄柔凝千縷。更灑遍，客舍青青，弄柔凝翠色。更灑遍，客舍青青，弄柔凝柳色新。休煩惱，勸君更盡一杯酒，人生會少，富貴功名有定分。休煩惱，勸君更盡一杯酒，舊遊如夢，只恐怕，西出陽關，眼前無故人。休煩惱，勸君更盡一杯酒，只恐怕，西出陽關，眼前無故人。』此即王維《渭城朝雨》一詩，後人譜其遺聲，填以實字者也。故朱子云：『古樂府只是詩中間添卻許多泛聲。後來人怕失了那泛聲，逐一聲添個實字，遂成長短句，今曲子便是。』沈括亦云：『古樂府皆有聲有詞，連屬書之。如日賀賀、何何之類，皆和聲也。今管弦中之纏聲即其遺法。唐人乃以詞填入曲中，不復用和聲，此格雖云自王涯始，然貞元、元和之間為之者已多。』據此可知，詞體之構成在於中唐之世。吾邑方成培云：『假令黃鍾（醉花陰）本五句，並換頭只五十二字。起調當用黃清六令。樂家乃先用六五凡工為襯聲，然後用中呂上字起調，以律推之，乃是黃鍾清角，非黃鍾宮也。又加襯八十餘字，繁聲太多，音節太密，去古益遠矣。蓋始作此曲者，或四言，或五言，或七言，必有襯字以贊助之，通為五十二字。後人撰詞，並其撰字，亦用詞填實。工師不知，於定腔五十二字之外，又加襯字至八十餘，皆淫哇之聲也。必刪去始為近古。』方氏此論可謂知音。但就文字言之則文體中反因此創出一新格律。千餘年來，有韻文學之嬗變，胥循此途徑以行，近人有倡音樂的文學者，不可謂無見也。梓潼謝無量云：『詞者，詩之餘也。』以《詩經》證之，則詞又有合於詩。《殷雷》之詩曰：『殷其雷，在南山之陽。』此三五言調也。《魚麗》之詩曰：『魚麗於罶，鱨鯊。』此四二言調也。《還》之詩曰：『遭我乎猛之間兮，並驅從兩肩兮。』此六七言調也。《江汜》之詩曰：『不我以，不我以。』此疊句調也。《東山》之詩曰：『我來自東，零雨其濛。鸛鳴於垤，婦歎於室。』此換韻調也。凡此繁促相宣，短長互用，以啟後人協律之原。然則詞之名肇自漢世，其體具于齊梁，按其音調又遠自三百篇也。此溯源於《詩》三百篇之説也。明楊升庵云：『填詞必溯六朝者，亦昔人探河窮源之意。』如梁武帝〔江南弄〕云：『眾花雜色滿上林，舒芳耀彩垂輕陰，連手躞蹀舞春心，舞春心。臨歲腴中人望，獨踟躕。』梁僧法云〔三洲歌〕一解云：『三洲斷江口，水從窈窕河旁流，啼將別，共來長相思。』二解云：『三洲斷江口，水從窈窕河旁流，歡將樂，共來長相思。』梁臣徐勉〔迎客曲〕云：『絲管列，舞曲陳，含羞未奏待佳賓。羅絲管，陳舞席，斂袖嘿唇迎上客。』〔送客曲〕云：『袖繽紛，聲委咽，歌曲未終高駕別。爵無算，景已流，空行長袖客不留。』隋煬帝〔夜飲朝眠曲〕云：『憶睡時，待來剛不來；卸妝仍索伴，解佩更相催。博山思結夢，沈水未成灰。憶起時，投籤初報曉；被惹香黛殘，枕隱金釵嫋。笑動上林中，除卻司晨鳥。』王敏〔迎神歌〕云：『通草頭花桃葉裙，蒲葵樹下舞蠻雲。引領望江遙滴淚，白蘋風起水生紋。』〔送神歌〕云：『根根山響答琵琶，酒濕青莎肉飼鴉。樹葉無聲神去後，紙錢飛出木棉花。』此六代風華靡麗之語，後來詞家之所本也。《詞苑》云：『沈約亦有《六憶》詩，其三云：憶眠時，人眠獨未眠，解羅不待勸，就枕更須牽。復恐旁人見，嬌羞在燭前。』已開煬帝之先矣。此溯源於六朝之説也。然此皆以詞句論，非於詩變為詞，其間蛻化之跡，確然有所發明也。夫詞先有令曲，然後有長調。唐五代詞率多小令。蓋本唐人五七言絕句之遺。今詞中〔紇那曲〕〔羅嗊曲〕〔竹枝〕〔柳枝〕〔採蓮子〕〔拋毬樂〕〔浪淘沙〕〔小秦王〕〔八拍蠻〕〔阿那曲〕〔欸乃曲〕等調皆詩中絕句。

李白〔清平調〕亦絕句也。又如〔何滿子〕，今詞中為六言六句，而薛逢之〔河滿子〕云：『系馬宮槐老，持杯店菊黃。故交今不見，流恨滿山光。』乃五言絕句也。〔三臺令〕今詞中為六言四句。而李後主之〔三臺令〕云：『不寐倦長更，披衣出戶行。月寒秋竹冷，風切夜窗聲。』亦五言絕句也。〔長命女〕今詞中為三十九字長短句。而無名氏之〔長命女〕云：『雲送關西雨，風傳渭北秋。孤燈然客夢，寒杵搗鄉愁。』乃五言絕句也。〔烏夜啼〕今詞中為三十六字長短句，而聶夷中之〔烏夜啼〕云：『眾鳥各歸枝，烏烏爾不棲。還應知妾恨，故向綠窗啼。』亦五言絕句也。〔長相思〕今詞中為三十六字長短句。而張繼之仄韻〔長相思〕云：『遼陽望河縣，自首無由見。海上珊瑚枝，年年寄春燕。』乃五言絕句也。又令狐楚之平韻〔長相思〕云：『君行登隴上，妾夢在關中。玉筯千行落，銀床一夕空。』亦五言絕句也。〔江南春〕今詞中為三十字長短句。而劉禹錫之〔江南春〕云：『新妝宜面下朱樓，深鎖春光一院愁。行到中庭數花朵，蜻蜓飛上玉搔頭。』乃七言絕句也。〔步虛詞〕今詞中為五十字長短句。而陳羽之〔步虛詞〕云：『樓閣層層阿母家，昆侖山頂駐紅霞。笙歌往見穆天子，相引笑看琪樹花。』亦七言絕句也。〔漁父〕今詞中為二十七字長短句。而李夢符之〔漁父〕詞二首云：『村市鐘聲渡遠灘，半輪殘月落前山。徐徐撥棹卻歸去，浪疊朝霞碎錦翻。』『漁弟漁兄喜到來，婆官賽卻坐江隈。椰榆杓子瘤杯酒，爛煮鱸魚滿盎堆。』乃七言絕句也。〔鳳歸雲〕今詞中為一百一字長短句，而滕潛之〔鳳歸雲〕二首云：『金井闌邊見羽儀，梧桐樹上宿寒枝。五陵公子憐文彩，畫與佳人刺繡衣。』『飲啄蓬山最上頭，和煙飛下禁城秋。曾將弄玉歸雲去，金翻斜開十二樓。』亦七言絕句也。他如〔離別難〕〔金縷曲〕〔水調歌〕〔白苧〕各有七絕，雜以虛聲，亦多可歌者。蓋唐人絕句多為樂工協入歌曲。《集異記》載王昌齡、高適、王之渙旗亭畫壁事可證也，茲錄於下：

開元中，詩人王昌齡、高適、王之渙齊名。時風塵未偶，而遊處略同，一日天寒微雪，三詩人共詣旗亭，貰酒小飲。忽有梨園伶官數人，登樓會宴。三詩人因避席隈映，擁爐火以觀焉。俄有妙妓數輩，尋續而至，奢華豔曳，都冶頗極。旋即奏樂，皆當時名部也。昌齡等私相約曰：『我輩各有詩名，無從自定其甲乙。今者可以密觀諸伶所謳，若詩入歌詞之多者為優矣。』俄而一伶拊節而唱，乃曰：『寒雨連江夜入吳，平明送客楚山孤。洛陽親友如相問，一片冰心在玉壺。』昌齡則引手畫壁曰：『一絕句。』又一伶謳曰：『開篋淚沾臆，見君前日書。夜臺何寂寞，猶是子雲居。』適則引手畫壁曰：『一絕句。』（此乃律詩，唐人絕句亦謂之律詩。律詩截取其半亦謂之絕句。）尋又一伶謳曰：『奉帚平明金殿開，強將團扇共徘徊。玉顏不及寒鴉色，猶帶昭陽日影來。』昌齡又引手畫壁曰：『二絕句。』之渙自以得名已久，意頗不平。謂諸人曰：『此輩皆潦倒樂官，所唱皆《巴人》《下里》之詞耳；豈《陽春》《白雪》之曲，俗物敢近哉？』因指諸伎中最佳者：『待此子所唱，如非我詩，即終身不敢與子爭衡矣。脫是我詩，子等當須列拜床下，以師事我。』因歡笑而俟之。須臾，次至雙鬟發聲，則曰：『黃河遠上白雲間，一片孤城萬仞山。羌笛何須怨楊柳，春風不度玉門關。』之渙即揶揄二子曰：『田舍奴，我豈妄哉？』因大諧笑。諸伶不喻其故，皆起詣曰：『不知諸郎君何此歡噱？』昌齡等因話其事。諸伶競拜曰：『俗人不識神仙，乞降清重俯就筵席。』三子從之，飲醉竟日。

詞學講義

壽石工

壽璽(1885—1950)，一作壽鑈，字石工、務喜、碩工，號印丐等。浙江紹興人。就讀于山西大學堂，畢業後亦宦游各地，曾任遼東知府。後留居北京，任職教育部並在大學任教。書法、篆刻大師，著有《蜨蕪齋印稿》《鑄夢廬篆刻學》《篆刻學講義》《玨庵詞》《重玄瑣記》《蜨蕪齋自製印逐年存稿》。

《詞學講義》分為十一節：凡論、探源、唐五代詞學、北宋詞學、南宋詞學、遼金人詞學、元人詞學、明人詞學、清人詞學、詞之研究、餘論。《詞學講義》原刊載於《湖社月刊》1932年、1933年、1934年各期。國家圖書館收藏有單行本。

目錄

詞學講義

壽石工

凡論

詞也者其緣情造端，興於微言，以相感動，低徊要眇，以通幽制怨排不能自言之情。蓋詩之比興，變風之義，騷人之歌也。張惠言曰：『惻隱盱愉，感物而發，觸類條鬯，各有所歸，非苟為雕琢曼辭而已。』周濟曰：『賦情獨深，逐境必寤，醞釀日久，冥發妄中。雖鋪敘平淡，摹繢淺近，而萬感橫集，五中無主，讀其篇者，臨淵窺魚，意為魴鯉，中宵驚電，罔識東西。』詞也者，其價值既如張氏之言，而描寫之力，其入人也深，又有如周氏所云者。俞彥所謂小乘，紀昀所謂卑品，非知詞者，無待論矣。

然而詞也者，其辭不能不與世而移。宋詞而後，元明以漸而靡。迄于有清，朱、厲流於細碎，迦陵失之粗豪，勢也。否極必復，陽湖崛起，矯以正始之聲，王鵬運、鄭文焯、況周儀輩，駸駸乎兩宋之嗣音焉。雖然今之論詞者，高談北宋，睥睨時流，其亦藉以為揄揚贈答而已矣。放浪乎江湖裙履之間，走筆成章，用為標榜之具。其填詞也，匪所論於不朽之業也。余草斯篇，自宋以逮於今，源流正變，縷晰述之。大匠誨人，必以規矩，神而明之，存乎其人，同學友生，其念之哉！

一、探源

詞之起源，其說不一。大體可分為四項：（一）詞起源於長短句。《詞綜》序曰：『自有詩而長短句即寓焉。《南風之操》《五子之歌》是也；周之《頌》三十一篇，長短句居十八；漢郊祀歌十九篇，長短句居十五；至短簫鐃歌十八篇皆長短句，謂非詞之源乎？』楊用修曰填詞必溯六朝者，亦探河窮源之意。如梁武帝之〈江南弄〉、隋煬帝〈夜飲朝眠曲〉，此六朝風華靡麗之語，後世詞家之所本也。（二）詞者詩之餘。沈雄《柳塘詞話》云：『衍詞有三：賀鑄衍「秋盡江南葉未彫」，陳克衍李夫人「病已經秋」；全用舊詩，而為添聲；〈花非花〉張先衍之為〈御街行〉〈水鼓子〉，范仲淹衍之為〈漁家傲〉，此以短句衍為長言也；至古詩云『夜闌更秉燭，相對如夢寐』，宋人衍為詞云：『今宵剩把銀釭照，猶恐相逢似夢中。』以此見詞為詩之餘也。宋翔鳳曰：『詞起于唐人絕句。如李白之〈清平調〉，即以被之樂府，旗亭畫壁賭唱，皆七言絕句。後遂競為長短句，自一字兩字至七字，以抑揚高下其聲，而樂府之體變矣。（三）詞起源于漢魏樂府。蓋樂府主聲，已近小詞。歌曲句有長短，聲多柔曼。徐釚《詞苑叢談》云：填詞原本樂府。〈菩薩蠻〉以前，追而溯之，梁武帝〈江南弄〉，沈約〈六憶〉詩，皆詞之祖，前人言之詳矣。徐師曾《詩體明辨》云：『詩餘者，古樂府之流別。』徐巨源曰：『樂府變為吳趨越豔，雜以捉搦、子夜讀曲之屬，以下逮於詞焉。』（四）詞起源於音樂之變遷。俞彥曰：『六朝至唐，樂府不勝詰曲，而近體出。五代至宋，詩又不勝方板，而詩餘出。唐之詩，宋之詞，甫脫穎而傳遍歌者之口。』紀昀曰：『古樂府在聲不在詞，唐人不得其聲。』又曰：『其始采詩入樂者，僅五七言絕句，或律詩割取其四句，依聲制詞者，初體〈竹枝〉〈楊柳〉之類，猶為絕句。繼而〈望江南〉〈菩薩蠻〉等曲作焉，至宋而傳其歌詞之法。不傳其歌詞之法，於是一衍而為近詞，惟小令不若唐五代為盛耳。』執此而言，詞固有不專屬於聲者。而古樂府多在聲不在詞，其例易證。詞也者，所以䌓樂，如《全唐詩》附錄所云：『唐人樂府，原用律絕等詩，和聲歌之，其並和聲作實字，長短其句，以就曲拍者，為填詞是已。』

二、唐五代詞學

小詞起于隋之宮中，若〔望江南〕，若〔夜飲朝眠〕二曲，若侯夫人〔看梅〕二曲，若煬帝將征遼。樂人王令言聞彈琵琶曰『內裡新翻安公子曲，宮聲往而不返』云云。唐人悉傳其法，若〔傾杯曲〕〔春鶯轉〕〔江南折桂令〕，有叶仄韻者，有平仄通叶者，由五七言句，漸變而為長短句。玄帝〔好時光〕一詞，尤傳誦一時。李白之〔菩薩蠻〕〔憶秦娥〕二詞，《花庵詞選》謂為百代詞曲之祖，其後若皇甫松、劉禹錫、白居易等，作者輩出。至溫庭筠有《握蘭》《金荃》等集，詞之有集，蓋自溫始焉。溫氏之詞，極長短錯落之致，言詞必奉以為宗。洎于五代，文運萎蔽，他無可稱，獨所作小詞，濃豔穩秀，《花間集》所選十八家，別見於《尊前集》者八家，足以集隋唐之成，開宋元之盛。其間南唐中主李景、後主李煜，含思悽婉，極小令之能事矣。後主詞于富貴時能作富貴語，愁苦時能作愁苦語，無一字不真，無一語不雋。南唐故多詞人，二主以下尤以馮延巳稱最。延巳所作，有《陽春集》行世，宋人陳世修為輯其詞，序而行之，其思深語麗，韻逸調新，非譽詞也。韋莊仕蜀為同平章事，張炎論詞以溫韋並稱，溫之濃豔，韋之清麗，固異曲同工者。其格調似尤在延巳之上也。

《花間集》十八家

溫庭筠唐

皇甫松唐

韋莊蜀同平章事

薛昭蘊蜀侍郎

牛嶠蜀給事中

張泌南唐內史、舍人入宋為郎中

毛文錫蜀司徒

牛希濟嶠之兄子，蜀翰林御史中丞

歐陽炯後蜀同平章事

和凝後唐翰林學士知制誥晉同平章事

顧夐後蜀太尉

孫光憲南平御史中丞

魏承班蜀太尉

鹿虔扆後蜀太保

閻選後蜀布衣

尹鶚蜀參卿

毛熙震後蜀秘書監

李珣蜀秀才

別見於《尊前集》者八家

後唐莊宗

南唐後主

成彥雄南唐進士

庾傳素後蜀同平章事

劉侍讀

歐陽彬炯弟後蜀尚書左丞

許岷

林楚翹

三、北宋詞學

常州派言詞，專主北宋，以為北宋猶爭氣骨，南宋則專精聲律，是南宋詞雖益工，以風尚而論，則有黍離降而詩亡之歎。其實南宋詞即出於北宋，北宋朝野酣嬉，以潤色鴻業為樂事。迄于南宋，則文網密而詞意晦矣。南宋之詞所由深，而北宋之詞所由大也。

宋之詞由五代長短句而變，尤侗之言曰：『唐詩有初盛中晚，宋詞亦有之。小山詞之初；石帚夢窗，似得其中；碧山玉田，風斯晚矣；若北宋之淮海清真，則詞之盛也。』此語不能謂之無見地。但北宋之詞，仍承五代之舊，小詞而外，更著意於慢詞之繁衍。其間子瞻辭勝乎情，耆卿情勝乎辭，淮海則情辭俱勝。而清真之詞，徐釚謂其柳欹花亸之致，不徒娣姒淮海，此慢詞之作者。若夫小詞，則晏氏父子、歐陽永叔，皆出自南唐而加以深致者，至如寇准、韓琦之屬，各有豔詞，非專家也。王安石、黄庭堅輩，又晏歐二氏之鄉曲小生矣。

詞由小令而有引詞，又曰近詞，謂引而近之也，又次而有慢詞，慢者，曼也，謂曼聲而歌者也。慢詞始于柳永，時當仁宗之世，朝野相安，汴京繁盛，樊樓燈火，競睹新聲。永以失意無憀，流連坊曲，乃盡取俚言俗語，編次入詞，付之歌鬟，一時散播，所謂有井水處皆能歌耆卿詞也。厥後蘇軾、秦觀，相繼有作，慢詞遂盛。張先與柳永齊名，登第視柳氏為早，所以有『雲破月來花弄影』『嬌柔懶起，簾壓捲花影』『柳徑無人，墜飛絮無影』，尤為最得意句，故又號『張三影』，亦工慢詞，蘇軾猶及與之遊。蘇軾之詞論者不一。《四庫提要》云：『詞至柳氏而一變，至蘇氏又一變，遂開南宋辛氏一派。尋流溯源，不能不謂之別格。然謂之不工則不可。固與《花間》一派，並行而不廢。』又宋人云：『近代詞家，黄九秦七外，晁氏未必多遜。』黄庭堅詞時出俚淺，而間有峭健句。若王安石，及其弟安禮、安國，其子雱，孔武仲，及其弟平仲，謝逸及其弟邁，王寀、劉弇、趙長卿、向子諲、徐俯，皆江西派之健者，其詞不若秦觀之合律也。論者謂柳失之俗，蘇失之粗，葛勝中等乃改師小晏氏。至周邦彥而又一變，邦彥任大晟府樂正，徽、欽二宋皆能詞，故其時多作者，周氏尤其大家也。總之北宋一代詞人上列諸家而外，若歐陽修、晁補之、賀鑄、毛滂、舒亶、趙令時、晁沖之、晁端禮、陳克等，在當時皆負盛名。葉夢得、曾紆、陳與義、呂本中、朱敦儒、李清照，則徽欽時人。

北宋固盛行慢詞，而小令承接五代之緒餘，亦可謂臻于極盛。晏殊、晏幾道父子，蓋其尤也。殊七歲能文，以神童薦，召與進士千餘入並試庭中，援筆立成，賜進士出身，早年顯達，要人主之特遇，歷膺顯職，平居好士，范仲淹等皆出其門，文章瞻麗，篤學不倦，所著有《珠玉詞》，自謂不善作婦人語。幾道號小山，有《小山詞》一卷，當時有『雛鳳清於老鳳』之譽。黃庭堅序其詞集謂幾道有四癡：『仕宦連蹇，而不一傍貴人之門，是一癡也；論文自有體，不肯一作新進士語，此又一癡也；費資千百萬，家人饑寒，而面有孺子之色，此又一癡也；人百負之，絕不疑其欺己，此又一癡也。』文人標榜，未必不言過其實。幾道孤潔耿介，可見一班。至黃氏所謂『叔原樂府，寓以詩人句法，合者高唐洛神之流，下者不減桃葉團扇』云云。又毛晉謂：『諸名勝集，刪選相半，獨小山集真逼花間，字字娉娉嫋嫋，如攬嬙施之袂。』周濟謂：『晏氏父子仍步溫韋，小山精力尤勝。』推崇之至，且有謂其『高處或過花間者』。總之小山自有相當價值，婉約為北宋諸家最，音節，自然優美，尤其特長，可斷言也。

馮煦《六十一家詞選》類別之與北宋得二十三家，即毛子晉汲古閣原本。

晏殊《珠玉詞》、晏幾道《小山詞》、歐陽修《六一詞》、柳永《樂章集》、蘇軾《東坡詞》、黃庭堅《山谷詞》、秦觀《淮海詞》、程垓《書舟詞》、晁補之《琴趣外篇》、陳師道《後山詞》、李之儀《姑溪詞》、毛滂《東堂詞》、杜安世《壽域詞》、葛勝仲《丹陽詞》、蔡伸《友古詞》、趙師俠

《坦庵詞》、趙長卿《惜香樂府》、向子諲《酒邊詞》。侯文燦《匯刻名家詞》于北宋得三家：張先《子野詞》、賀鑄《東山詞》、葛郯《信齋詞》。王鵬運《四印齋匯刻詞》於北宋得四家，東坡、東山、清真已見外，得一家：潘閬《逍遙詞》。朱祖謀《彊邨叢書》匯刻之詞，於北宋得三十一家，若子野、樂章、小山、東坡、山谷、淮海、東山、東堂、片玉已見外，得二十四家：《宋徽宗詞》、范仲淹《范文正公詩餘》、范純仁《范忠宣公詩餘》、韓維《南陽詞》、王安石《臨川先生歌曲》、韋驤《韋先生詞》、張伯端《紫陽真人詞》、劉弇《龍雲先生樂府》、米芾《寶晉長短句》、謝薖《竹友詞》、張舜民《畫墁詞》、吳則禮《北湖詩餘》、王灼《頤堂詞》、張繼先《靈靖真君詞》、米友仁《陽春集》、汪藻《浮溪詞》、劉一止《苕溪樂章》、陳克《赤城詞》、阮閱《阮戶部詞》、張綱《華陽長短句》、沈與求《龜溪長短句》、洪皓《鄱陽詞》、陳與義《無住詞》、王之相《相山居士詞》。江標《靈鶼閣叢書》中匯刻詞，於北宋得三家，若葛郯已見外，凡兩家：黄裳《演山詞》、向滈《樂齋詞》。吳昌綬《雙照樓匯刻景宋本詞》，於北宋得六家，若永叔、山谷、補之、東山、片玉、酒邊已見外，得一家：晁端禮《閑齋琴趣外篇》。

此外單行本或見之其他叢書者得八家：

趙令畤《聊復集》、晁沖之《具茨集》、王觀《冠柳集》、蘇庠《後湖集》、万俟詠《大聲集》、徐伸《青山樂府》、徐積《節孝集》、陳瓘《了齋詞》。

四、南宋詞學

『北宋大家，每從空際盤旋，故無推鑿之跡。南宋而後，漸於字句求工，而昔賢疏宕之致微矣。』此《宋六十一家詞選例言》所述也。但南宋人之詞，亦有北宋人意境所不能到者，綿麗邃密，是其能事。『南宋人詞，高者雖不到北宋渾涵之詣，下者亦不犯北宋拙率之病。北宋詞多就景敘情，南宋稼軒、石帚而後，一變而為即事敘景，於是不免深者淺，曲者直矣。然詞至南宋而繁。』此語至確。黃昇《中興以來絕妙詞選》十卷，始于康與之，終於洪瑹，並已作為八十九家。周密《絕妙好詞選》七卷，始于張孝祥，終於仇遠，並已作為一百三十二家。皆以南宋人專錄南宋好詞，詞人之多，詞事之盛，唐五代以迄明清，此為僅見，蓋詞為當時所盛行，作者多自製曲。高宗能詞，道君之嗣響也。廖瑩中《江行雜錄》，稱其〈漁歌子〉十五章，『備騷雅之體，雖老於江湖者不能企及』。而又提倡群工，不遺餘方。如見張掄詞，即命以知閤門事。見康與之詞即官以郎中，見俞國寶詞即予以釋褐。上有好者，下必有甚焉者矣。詞人之多，迄于國亡而不絕，寧足詫耶！析而言之，宗室如趙彥端以迄趙聞禮，作者不下百十家，聞禮即以《陽春白雪》著者，所著曰《釣月詞》。至趙汝愚則詞以人重者。遷謫以來，朱熹曾注楚詞以哀之者也。勳戚中能詞者，吳琚又以書名，其喜雪〈水龍吟〉觀潮〈百字令〉，兩受金帛之賜。琚，憲太后之姪也。楊纘號紫霞翁，尤知音，著有《作詞五要》，周密嘗就之訂律，除夕一詞，則《武林舊事》之所稱是已，纘蓋度宗楊淑妃之父也。

宰執中能詞者，若李綱、周必大、京鏜、吳潛，以迄文天祥，皆為世所共知。將帥能詞者，丘密、韓世忠、岳飛、余玠，咸有傳句，若辛棄疾，則自成一家矣。自餘儒士、布衣，能者尤不可勝數，方外則張繼先、夏元鼎、葛長庚、左譽，所作裒然成集。閨秀能詞者，孫道絢、朱淑真，名不逮李清照，清照蓋生於北宋之末，入南宋始知名者。至於雜乘所紀，寇盜亦有能詞者，宋江〔百字令〕是也。仙鬼中若所稱紫姑、衛芳華，雖有傳句，而跡涉荒誕，吾人當以寓言視之。

馮煦《六十一家詞選》類別之得三十七家即毛子晉汲古閣原本：

葉夢得《石林詞》、張元幹《蘆川詞》、韓玉《東浦詞》、楊無咎《逃禪詞》、侯寘《嬾窟詞》、曾覿《海野詞》、辛棄疾《稼軒詞》、黃公度《知稼翁詞》、葛立方《歸愚詞》、張孝祥《于湖詞》、周必大《近體樂府》、王千秋《審齋詞》、趙彥端《介庵詞》、程洺《珌水詞》、劉克莊《後村別調》、沈端節《克齋詞》、姜夔《白石詞》、楊炎正《西樵語業》、陸游《放翁詞》、陳亮《龍川詞》、劉過《龍洲詞》、毛幵《樵隱詞》、盧祖皋《蒲江詞》、洪諮夔《平齋詞》、盧炳《烘堂詞》、黃機《竹齋詩餘》、高觀國《竹屋癡語》、史達祖《梅溪詞》、戴復古《石屏詞》、張榘《芸商詞》、黃昇《散花庵詞》、蔣捷《竹山詞》、李昂英《文溪詞》、洪瑹《空同詞》、方千里《和清真詞》、吳文英《夢窗詞》、石孝友《金谷遺音》。侯文燦《匯刻名家詞》于南宋得二家：吳儆《竹洲詞》、趙以夫《虛齋樂府》。王鵬運《四印齋匯刻詞》，於南宋得三十四家，稼軒、白石、龍川、梅溪已見外得三十家：趙鼎《得全詞》、李光《莊簡詞》、李綱《梁溪詞》、胡銓《澹庵詞》、李彌遜《筠溪詞》、朱雍《梅歌》、曹冠《燕喜詞》、趙磻老《拙庵詞》、管鑑《養拙庵詞》、許棐《梅屋詩餘》、王沂孫《花外詞》、鄧肅《栟櫚詞》、倪稱《綺川詞》、丘密《文定公詞》、袁去華《宣卿詞》、王炎《雙溪詩餘》、方嶽《秋崖詞》、李好古《碎錦詞》、朱敦儒《樵歌》、高登《東溪詞》、姜特立《梅山詞》、李處全《晦庵詞》、陳人傑《龜峰詞》、張炎《山中白雲詞》、何夢桂《潛齋詞》、趙必瑑《覆瓿詞》、歐良《撫掌詞》、無名氏《章華詞》、李清照《漱玉詞》、朱淑真《斷腸詞》。朱祖謀《彊邨叢書》匯刻詞於南宋得八十二家，樵歌、稼軒、龍州、平園、石帚、介庵、竹屋、蒲江、丘文定、後村、夢窗、竹山、叔夏已見外凡六十九家：歐陽澈《飄然先生詞》、朱翌《灊山詩餘》、曹勳《松隱樂府》、劉子翬《屏山詞》、仲并《浮山詩餘》、王以甯《王周士詞》、李流謙《澹齋詞》、史浩《鄮峰真隱大曲暨詞曲》、張掄《蓮社詞》、韓元吉《南澗詩餘》、洪适《盤洲樂章》、王之望《漢濱詩餘》、李洪《芸庵詩餘》、曾協《雲莊詞》、李呂《澹軒詩餘》、程大昌《文簡公詞》、王質《雪山詞》、楊萬里《誠齋樂府》、范成大《石湖詞》、陳三聘《和石湖詞》、京鏜《松坡詞》、呂勝己《渭川居士詞》、姚述堯《簫臺公餘詞》、沈瀛《竹齋詞》、葛長庚《玉蟾先生詩餘》、李石《方舟詞》、韓淲《澗泉詩餘》、楊冠卿《客亭樂府》、汪晫《康范詩餘》、趙善括《應齋詞》、蔡戡《定齋詩餘》、廖行之《省齋詩餘》、張鎡《南湖詩餘》、張樞詞附、吳泳《鶴林詞》、郭應祥《笑笑詞》、徐鹿卿《徐清正公詞》、張輯《東澤綺語債》，又《清江漁譜》、游九言《默齋詞》、汪莘《方壺詩餘》、王邁《臞軒詩餘》、徐經孫《矩山詞》、陳耆卿《賞窗詞》、吳淵《退庵詞》、吳潛《復齋先生詞》又續集別集、趙孟堅《彝齋詩餘》、趙崇嶓《白雲小稿》、夏元鼎《蓬萊小吹》、劉學箕《方是閒居士詞》、柴望《秋堂詩餘》、陳著《本堂詞》、衛宗武《秋聲詩餘》、牟巘《陵陽詞》、劉辰翁《須溪詞》、周密《蘋洲漁笛譜》又集外詞、汪元量《水雲詞》、馮取洽《雙溪詞》、陳允平《日湖漁唱》又《西麓繼周集》、焦禾《勿軒長短句》、李彭老、李萊老《龜溪二隱詞》、黃公紹《在軒詞》、陳德武《白雲遠音》、陳深寧《極齋樂府》、家鉉翁《則堂詩餘》、汪夢斗《北遊詞》、蒲壽晟《心泉詩餘》、張玉《蘭雪詞》。江標《靈鶼閣叢書》匯刻詞於南宋得七家，竹洲、虛齋已見外凡五家：朱熹《晦庵詞》、楊澤民《和清真詞》、林正大《風雅遺音》、姚勉《雪坡詞》、文天祥《文山樂府》。吳昌綬《雙照樓匯刻景宋本詞》於南宋得十二家，蘆川、稼軒、于湖、渭南、後村、石屏、梅屋、虛齋、秋崖、竹山已見外凡二家：魏了翁《鶴山長短句》、李曾伯《可齋詞》。

五、遼金人詞學

遼詞之存於今者，蕭后回心院詞十首而已，后小字觀音，解音律，善書能詩，以罪死。金人專尚武功，自與宋通和，宋使被留者，以文化開其國，吳激、蔡松年詞，膾炙藝林，推為吳蔡體，黃昇詞選、周密詞選各錄之。元好問《中州樂府》所錄三十六人，強半非女真族也。金主之能詞者，金主亮有〔鵲橋仙〕〔昭君怨〕，傳於世。其後若世宗之〔減字木蘭花〕，章宗之〔蝶戀花〕詠聚頭扇，有道君壽皇之流風焉。

元好問《中州樂府》選錄得三十六家。皆非全集，茲列其名：

吳激

蔡松年（有《明秀集》子蔡珪）

高士談
劉著
趙可
鄧千江
任詢
馮子翼
李晏
劉仲伊（有《龍山集》）
劉迎（有《山林長語》）
党懷英（有《竹溪詞》）
王庭筠（有《黄華山人詞》）
王礀
趙秉文（有《滏水集》）
胥鼎
許古
馮延登
辛願

李獻能
王渥
李節
景覃
高憲
王予可
王特起
趙攄
孟宗獻
張信甫
王玄佐
趙元
折元禮
元德明

王鵬運《四印齋匯刻詞》，于金人得一家，即蔡松年《明秀集》是也。

朱祖謀《彊邨叢書》匯刻詞于金人得五家：

王寂《拙軒詞》

李俊民《莊靖先生樂府》
元好問《遺山樂府》
段克己《遁齋樂府》
段成己《菊軒樂府》
吳昌綬《雙照樓匯刻影金本詞》得二家：
丘處機《磻溪詞》
姬翼《知常先生雲山集》

六、元人詞學

有元開國，強于遼金，南北一統，聿宣文華，八十八年間，所謂詞人，其先為遼金所遺，其後出於有宋。蒙古人能詞者，薩天錫外，蓋寥寥焉。十等之分，士列第九，詞曲取士之法，取曲而不取詞，元曲之盛，併于兩宋，而詞於是乎衰矣！

侯文燦《匯刻名家詞》于元人得三家：
趙孟頫《松雪齋詞》
薩都剌《天錫詞》
張埜《古山樂府》
王鵬運《四印齋匯刻詞》於元人得九家：

劉秉忠《藏春樂府》

張弘范《淮陽樂府》

劉因《樵庵詞》

陸文圭《牆東樂府》

詹玉《天遊詞》

吳澄《草廬詞》

白樸《天籟集》

李孝光《五峰詞》

邵亨貞《蟻術詞選》

朱祖謀《彊邨叢書》匯刻詞於元人得五十家，樵庵、古山已見外，凡四十七家，磻溪已列入金詞從雙照樓例也。

許衡《魯齋詞》

王義山《稼村樂府》

朱晞顏《飄泉詞》

王惲《秋澗樂府》

蕭𣂏《勤齋詞》

姚燧《牧庵詞》

趙文《青山詩餘》
劉壎《水雲村詩餘》
張伯淳《養蒙先生詞》
劉敏中《中庵詩餘》
胡炳文《雲峰詩餘》
陳櫟《定宇詩餘》
曹伯啟《漢泉樂府》
劉將孫《養吾齋詩餘》
吳存《樂庵樂府》
黎廷瑞《芳洲詩餘》
蒲道源《順齋樂府》
仇遠《無弦琴譜》
王奕《玉斗山人詞》
劉詵《桂隱詩餘》
安熙《默庵樂府》
虞集《道園樂府》
朱思本《貞一齋詞》

張雨《貞居詞》
王旭《蘭軒詞》
李道純《清奄先生詞》
周權《此山先生樂府》
吳鎮《梅花道人詞》
王結《王文忠公詞》
洪希文《去華山人詞》
歐陽玄《圭齋詞》
許有壬《圭塘樂府》
張翥《蛻岩詞》
趙雍《趙待制詞》
吳景奎《藥房詞》
宋褧《燕石近體樂府》
謝應芳《龜巢詞》
耶律鑄《雙溪醉隱詞》
李庭《寓庵詞》
梁寅《石門詞》

袁士元《書林詞》
舒頔《貞素齋詩餘》
舒遜《可庵樂府》
沈禧《竹窗詞》
淩雲翰《拓軒詞》
韓奕《韓山人詞》
李齊賢《益齋長短句》
江標《靈鶼閣匯刻詞》，於元人得五家，松雪、雁門、古山已見外，凡二家：
程文海《雪樓樂府》
倪瓚《雲林詞》

七、明人詞學

明人小詞，其工者僅似南曲，引近慢詞，率意而作，法律蕩然，誤人自誤。有明一代，謂之無詞可也。舉其姓名，聊以覘詞事盛衰之跡。匯刻詞無及明人詞者，劉基以元代進士，入明，以佐命功封誠意伯，能詞，《覆瓿集》《犂眉公集》皆有可觀。高啟、楊基、張羽、徐賁，所謂明初四傑也。啟有《扣鉉詞》，以疏曠見長。楊氏《眉庵詞》，饒有新致。瞿佑《樂府遺音》，《四庫提要》譏其駁而不純。鐵鉉能小詞。林鴻與張紅橋以詩詞往還，遂為夫婦，其〔百字令〕唱酬詞，一則打算歸來，一則商量去後，情事如見矣！莫璠以西湖十景〔蝶戀花〕詞得名。此明初詞人也。永樂以後，王直有《抑庵詞》，李禎有《僑庵詞》，商輅有《素庵詞》，馬洪有《花影詞》，又徐有貞、趙迪皆號能詞，而宰執中如楊士奇、李東陽亦能小詞。憲孝之世，天下無故，在位者相率為詞，吴寬《匏庵詞》、趙寬《半江詞》，世豔稱之。餘則楊循吉《南峰詞》、蔣冕《湘皋詞》、顧潛靜《觀堂詞》、顧璘《東橋詞》，皆其最著者。史鑑《西村詞》，論者以方馬洪，武宗時，楊慎以切諫謫戍，其詞多用六朝麗字，所輯《百琲真珠》《詞林萬選》，可謂詞家功臣。張綖作《詩餘圖譜》，人多知之，有《南湖詞》。同時吴子孝有《明珠詞》，則人或尠知也。嘉靖後，王世貞獨以詞名，其弟世懋，亦能競爽。施紹莘、張杞，均以小詞見稱于時。天啟間，程明善之《嘯餘譜》。崇禎間，沈際飛之《詞譜》，皆斷張綖而作者，狃於習見，知今而不知古。沈謙作《詞韻》，則不為無功。謙字去矜，其詞不僅僅於言情。一家能詞，妻張倩倩，繼妻李玉照，女兄弟宜修、靜専，女憲英，女甥葉大紈、小鸞、紈紈，而小鸞尤著名。明末詞人，陳子龍《雲間》《湘真》諸集，有曲終奏雅之概焉。又明之女妓，能詞者多，鄭妥、王月、尹春、頓文、沙嫩諸人，小詞楚楚有致。猶元之女妓能曲也。若失律襲古似曲諸病，士大夫在所不免，于兒女子何尤。

佟世南錄明人詞為《東白堂詞選》，吴衡照錄惠宗以迄吕福生為《明詞綜》。言明人詞者，必首楊慎、王世貞，皆詞律所斥也。

八、清人詞學

清初人詞，多以明人為法。曹溶所以有詞學失傳，越三百年之歎。溶嘗搜輯遺集，求之兩宋，浙西填詞家為之一變，朱彝尊復昌其說以左右之，此浙流所由眆也。陳維崧與彝尊齊名。言詞律者，吴綺《選聲集》、賴以邠《填詞圖譜》，其弊與張綖同。萬樹乃取歷代人詞，訖於元末，考其字句，別其異同，作《詞律》十二卷。嚴繩孫論詞，謂于文則《詞綜》，於格則《詞律》。此二書出，益恍然於明人之不足言詞矣！《詞綜》三十六卷，朱彝尊所輯選也。康熙四十六年，《歷代詩餘》一百卷成，凡調一千五百四十，詞九千餘首，踵《詞綜》而作者也。五十四年，《詞譜》四十卷成，凡詞八百二十六，體一千三百有六，踵《詞律》而作者也。《詩餘》下及明曲，《詞譜》下及元曲，又以《大曲》一卷綴于末，曲者不應附詞以見，凡此謂之體例混淆可也。淩廷堪《詞潔》，鄭文焯《詞學徵微》，皆注意於聲律。方成培《香研居詞麈》，則專論律呂矣！浙派盛于厲鶚。乾隆間，別於浙派而為常州派者，張惠言倡之，董士錫和之也。一時亦翕然無異辭。張氏論詞，以立意為本，協律為末，周濟師之，浙派常州派，聚訟至今，門戶之見亦偏之為害而已。

陶梁輯《續詞綜》十卷，所以補朱氏所未備。梁吴人也，吴中詞人，朱綬、沈傳桂、沈彥曾、戈載、吴嘉淦、王嘉祿、陳彬華號吴中七子。戈氏精音律，于石帚旁譜，多所發明，其《詞林正韻》，尤為不朽之作，嘉惠詞林，匪淺鮮也。

查繼佐《古今詞譜》、舒夢蘭《白香詞譜》、葉申薌《天籟軒詞譜》、徐寶善《自怡軒詞譜》、謝元淮《碎金譜》，疏於律者便之，未足與于作者之林也。若陳元鼎《詞律補》不全稿，則遠在徐本立《詞律拾遺》、杜文瀾《詞律補遺》之前。

蔣春霖以常州人而從浙派，《水雲樓詞》二卷，譚復堂謂咸同之際，天挺此為倚聲家老杜。杭州項蓮生《憶雲詞》，宗派與蔣氏同，有二雲之目。

有清一代，詞人之多，悉數不能終也。王昶《清詞綜》，訖于嘉慶初年。王紹成《清詞綜二編》，訖于道光中。黃爕清《詞綜續編》，訖于同治末。丁紹儀《清詞綜補編》，訖於清亡。所錄合之三千人，可以觀其全矣。其見之匯刻者悉舉如下：

孫默《清名家詩餘》凡十八家：

吳偉業《梅村詞》

梁清標《棠村詞》

王士禛《衍波詞》

黃永《溪南詞》

彭孫遹《延露詞》

董以寧《蓉渡詞》

孫金礪《紅橋倡和詞》《廣陵倡和詞》

龔鼎孳《香岩詞》

宋琬《二鄉亭詞》

曹爾堪《南溪詞》

鄒祗謨《麗農詞》

尤侗《百末詞》

程康莊《衍愚詞》

陳世祥《含影詞》

王士祿《炊聞詞》

陸求可《月湄詞》

董俞《玉鳧詞》

陳維崧《烏絲詞》

聶先、曾王孫合刻之《百名家詞》稍後出，吳偉業以下十家已見外凡九十家：

李元鼎《文江詞》

魏學渠《青城詞》

王庭《秋閒詞》

曹溶《廣言集》

唐夢賚《志壑堂詞》

張淵懿《聽月軒詩餘》

曹垂璨《竹香亭詩餘》

何采《南磵詞》
張錫懌《嘯閣餘聲》
丁澎《扶荔詞》
李天馥《容齋詩餘》
何五雲《紅橋詞》
吳興祚《留村詞》
丁煒《紫雲詞》
馮雲驤《寒山詩餘》
林雲銘《吳山瞉音》
曹貞吉《珂雪詞》
宋犖《犖香詞》
余懷《秋雪詞》
毛際可《映竹軒詞》
趙起士《萬青詞》
江皋《染香詞》
鄭俠如《休園詩餘》
呂師濂《守齋詞》

曹寅《荔軒詞》
呂洪烈《藥庵詞》
顧景星《白茅堂詞》
何鼎《香草詞》
邵錫榮《探酉詞》
王晫《峽流詞》
高士奇《蔬香詞》
佟世南《東白詞》
吳秉鈞《課鵲詞》
陳玉堪《耕煙詞》
汪鶴孫《蔗閣詩餘》
吳綺《藝香詞》
華胥《畫餘譜》
周綸《柯齋詩餘》
顧貞觀《彈指詞》
汪懋麟《錦瑟詞》
成德《飲水詞》

高層雲《改蟲齋詞》
朱彝尊《江湖載酒集》
毛奇齡《當樓詞》
汪森《碧巢詞》
徐喈鳳《玉皃詞》
萬樹《香膽詞》
沈雄《柳塘詞》
楊通佺《竹西詞》
沈爾燝《月團詞》
徐瑤雙《溪泛月詞》
狄億《綺霞詞》
王頊齡《螺舟綺語》
秦松齡《微雲詞》
嚴繩孫《秋水詞》
吳之登《粵遊詞》
吳棠禎《鳳車詞》
趙維烈《蘭舫詞》

曹亮武《南耕詞》
陳見龍《藕花詞》
馬瑞棣《華堂詞》
徐璣《湖山詞》
姜垚《柯亭詞》
王九齡《松溪詩餘》
徐釚《菊莊詞》
孫枝蔚《溉堂詞》
吳秉仁《攝閒詞》
陸次雲《玉山詞》
汪士式《夢花窗詞》
蔣景祁《罨畫溪詞》
龔翔麟《紅藕莊詞》
王允持《陶村詞》
孫致彌《梅沜詞》
汪尚質《澄暉詞》
鄭熙績《蕊棲詞》

陳大成《影玉樓詞》

徐允哲《響泉詞》

郭士燝《句雲堂詞》

徐來一《曲灘詞》

陳魯得《栩園詞》

葉尋源《玉壺詞》

沈永令《噀露閣詞》

周志濂《棨居堂詞》

顧岱《澹雪詞》

路傳經《曠觀樓詞》

龔勝玉《仿橘詞》

吳思《玉豔詞》

徐惺《橫江詞》

王輅《萬卷山房詞》

金蘭碩《團扇詞》

清初人略見此二書中。

王昶《琴畫樓詞鈔》得二十五家：

張梁澹《吟樓詞》
厲鶚《樊榭山房詞》
陸培《白蕉詞》
張四科《響山詞》
陳章《竹香詞》
朱方藹《小長蘆漁唱》
王又曾《丁辛老屋詞》
吳烺《杉亭詞》
汪士通《延青閣詞》
吳泰來《曇香閣琴趣》
江昱《梅鶴詞》
儲秘書《花嶼詞》
趙文哲《媕雅堂詞》
張熙純《曇花閣詞》
陸文蔚《采蓴詞》
過春山《湘雲遺稿》
朱昂《綠蔭槐下閣詞》

汪立《夜船吹笛詞》

朱澤生《鷗邊漁唱》

吳元潤《雙溪瑤翠詞》

王初桐《杯湖欸乃》

宋維藩《滇遊詞》

吳錫麒《有味齋詞》

吳尉光《小湖田樂府》

楊芳燦《冷翠軒初稿》

繆荃孫《雲自在龕匯刻名家詞》凡十三家：

宋翔鳳《香草詞》《洞簫詞》《碧雲龕詞》

周之琦《金梁夢月詞》《懷夢詞》

張琦《立山詞》

金式玉《竹鄰詞》

董士錫《齊物論齋詞》

周青《柳下詞》

方履籛《萬善花室詞》

王敬之《三十六陂漁唱》

承齡《冰蠶詞》

楊傳第《汀鷺詩餘》

樊景升《湖海草堂詞》

蔣春霖《水雲樓詞》

陸志淵《蘭幻詞》《匏落詞》

嘉慶以來，訖於同治，詞變益工，於此二書可徵也。自清初以訖咸同，浙派、常州派互爲消長，互有詆譭。龔翔麟刻《浙西六家詞》，浙派也。張惠言《詞選[68]》所錄十二家，常州派也。此外，吳中詞七子不爲左右袒。洎乎王鵬運、鄭文焯、朱祖謀、況周頤諸人出，竝轡臨安，探源汴水，中間詞學復盛，詞義愈高。朱氏《彊村叢書》尤肆力於校勘之學，不似吳氏雙照樓專主景宋，徒以板本爲工也。

龔翔麟刻《浙西六家詞》，朱氏、龔氏已見外，凡四家：

李良年[69]《秋錦山房詞》

李符《耒邊詞》

沈皞日《柘西精舍詞》

68「選」，原作「錄」。

69「年」，原作「全」。

沈岸[70]登《黑蝶齋詞》

張惠言《詞選》得十二家，立山、竹鄰已見外凡十家：

黃景仁《竹眠詞》

左輔《念宛齋詞》

惲敬《蒹塘詞》

錢季重《黃山詞》

張惠言《茗柯詞》

李兆洛《蜩翼詞》

丁履恆《宛芳樓詞》

陸繼輅《清鄰詞》

金應珹《蘭簃詞》

鄭善長《宇橋詞》

《吳中七子詞》凡七家：

朱綬《知止堂詞》

沈傳桂《清夢盦詞》

沈彥曾《蘭素詞》

戈載《翠微雅詞》

70「岸」，原作「峯」。

吳嘉淦《儀宋堂詞》

王嘉祿《嗣雅堂詞》

陳彬華《瑤碧詞》

譚獻《篋中詞》彙選清人詞，得三百零二家。梅村、芝麓、廙言、二鄉、秋潤、衍波、容齋、麗農、珂雪、園次、東白、梁汾、容若、羡門、微雲、西堂、大可、染香、梅岕、竹垞、秋水、溉堂、秋錦、耒邊、黑蝶、耤莊、陶村、雙溪、澹吟、太鴻、響山、墨香、花嶼、媕雅、竹眠、穀人、念宛、皋[71]文、立山、蒹塘、黄山、申耆、宛芳、清鄰、蘭簃、竹鄰、宇橋、晉卿、子久、於庖、稚圭、順卿、仲游、二白、儀宋、嗣雅、汀鷺、鹿潭已見外，凡二百五十五家。

熊文舉

趙進義

李雯

宋徵璧

宋徵輿

吳兆騫

孔尚任

董俞

71『皋』，原闕。

陸世楷
毛先舒
沈謙
徐倬
錢芳標
蔣平階
高詠
邱象隨
鄧漢儀
劉雷恆
張台柱
王岱
沈漢
姜光被
柯煜
陳維崧《陳檢討詞》
吳棠楨

錢穀
沈季垣
沈季友
沈崑
梁佩蘭
錢肇修
魏坤
杜詔
徐逢吉
王時翔
王愫
毛健
王嵩
陸天錫
王太嶽
史承謙

蔣士銓《銅絃詞[72]》

鄭沄

林蕃鍾

沈起鳳

沈清瑞

淩廷堪

李方湛

吳翌鳳

郭麐《浮眉樓詞》

劉嗣綰《箏船詞》

楊夔生《過雲精舍詞》

孫錫

蔣慶增

沈蓮生

李灃

姜安

72「詞」，原作「嗣」。

李汝章

曹言純

孫鼎烜《籽香堂詞》

錢枚《微波亭詞》

周濟《止庵詞》

汪士進《聽雨詞》

潘德輿《養一齋詞》

汪全德

吳慈鶴

孫若霖

李堂《梅邊笛譜》

汪潮生《冬巢詞》

尤維熊

馮登府

蕭師度

王嘉福

趙慶熺《香消酒醒詞》

仲湘
吴廷鈖《塔景樓詞》
王曦《廣門詞》
江沅
朱紫貴
項鴻祚《憶雲詞》
龔鞏祚《定盦詞》
汪焘
袁祖悳
許謹身
孫麟趾
王憲成《桐華仙館詞》
周岱齡
黄曾《瓶隱山房詞》
姚燮《疏景莽詞》
張金鏞《絳趺山館詞》
吴廷燮《小梅花館詞》

吳承勳
黃增祥《拜石詞》
王效成《伊蒿室詩餘》
許宗衡《玉井山館詩餘》
王錫振《茂陵秋雨詞》
何兆瀛《心庵詞》
陳元鼎
張炳堃
潘曾綬
潘曾瑋《玉洤詞》
薛時雨《藤香館詞》
勒方錡《榑洲詞》
杜文瀾《采香詞》
黃長森《自知齋詞》
喬守敬《紅藤館詞》
張安保《晚翠樓詞》
范凌霎《冷灰詞》

吳熙載《匏瓜室詞》
汪鋆《梅邊吹笛詞》
李肇增《冰持庵詞》
王焋《受辛詞》
黃涇祥《豆蔻詞》
郭夔《印山堂詞》
馬汝楫《雲望詞》
黃錫禧《棲雲山館詞》
姚正鏞《江上維舟詞》
曾惠《夢軒詞》
丁至和《萍綠詞》
趙彥俞《瘦雀軒詞》
楊長年
程紹裘《煙波漁唱詞》
周作鎔
蔣敦復《芬陀利室詞》
宋志沂《梅笙庵詞》

劉履芬《漚夢詞》
孔廣牧《飲冰子詞》
江順詒[73]《願爲明鏡室詞》
王詒壽《笙月詞》
張景祁《新蘅詞》
孫德祖《寄龕詞》
朱孝起
潘介毓《曉夢春紅詞》
高望曾《茶夢庵詞》
諸可寶《璞齋詞》
樊增祥《樊山詞》
程耀采
張鳴珂《寒松詞》
陶方琦
曾行塗《蘋影軒詞》
莊棫《中白詞》

73『詒』，原作『治』。

馮燾

馮煦《蒙香室詞》

譚獻《復堂詞》

邊浴禮《空青館詞》

金泰《佩蘅詞》

馮志沂

孫汝燮

湯貽汾

周星譽《東鷗草堂詞》

周星治《勉喜詞》

錢德震

趙懷玉

馮焯《道華堂詞》

丁彥和

沈鍾

沈沂曾

孫準宜

史震林
劉家謀
劉襄
倪稻孫《雲柿堂詞集》
鄧廷楨《雙研齋詞》
夏塽
黄燮清《倚晴樓詩餘》
顧翰《拜石山房詞》
莊縉度
汪淵《藕絲詞》
於士簾
王尚辰《遺園詞》
方濬頤《古香凹詩餘》
趙對澂《小羅浮館詞》
趙彦倫《香徑詞》
李恩綬《讀騷閣詞》
潘慎生《徵息齋詞錄》

江泰鈞
黃祐誠《蘭石詞》
劉湝年《約園詞》
葉英華《花影吹笙詞》
張延邴《學操縵齋詞》
夏寶晉《笛椽詞》
顏錫名《一枝軒詞》
劉逢祿《禮部集》
蔣坦
吳敬羲
潘鴻《萃堂樂府》
宗山《窺生鐵齋詞》
邊葆樞《劍虹盦詞》
吳唐林《横山草堂詞》
鄧嘉純《空一切盦詞》
俞廷瑛《瓊華室詞》
王映薇《漱潤齋詩餘》

楊錦雯
馬庚良
易佩紳《函樓詞鈔》
袁棠《洮瓊館詞》
嚴元照《柯家山館詞》
張應昌《煙波漁唱》
徐廷華《一規八稜硯齋詞鈔》
吳存義《榴實山莊詞》
趙國華《青草堂詩餘》
徐延祺《怡雲館詩餘》
張道《影香詞》
徐本立《荔園詞》
易順鼎《琴志樓詞》
鄭由熙《蓮漪詞》
沈景修《井華詞》
陳翰
吳恩慶

鄧濂
許增
邵瑸
鄭方坤
戴敦元
彭兆蓀
范鍇
程定謨
儲徵甲
包世臣
董基誠
管貽葄
顧翃
周僖
陳澧
石贊清
姚輝第

徐一鶚

曹毓秀

沈世良《愣華室詞鈔[74]》

黃宗彝

羊循禮

蔣恭亮

徐芝淦

程秉釗

褚成亮

嚴廷中

侯家鳳

鄧溱

田林

李葵

夏爽

舒位《瓶水齋詞》

74『鈔』，原作『妙』。

汪嘉祥

吳震

沈兆霖

張鴻卓

張熙

陳景維

陳慶藩

陳慶溥

謝章鋌《酒邊詞》

馬凌霄

李應庚

姚鼐《惜抱軒後集》

陳壽熊《遠堂詞》

楊秉桂《潛吉堂詞錄》

沈曰富《南一詞》

王潤賞《眉軒自喜集》

孔廣淵《兩部鼓吹軒詩餘》

張偣《眠琴詞》
葉衍蘭《秋夢盦詞》
蔡壽祺《鳳簫集》
汪遠孫《借閒生詞》
王壽庭《冷碧山館詞》
潘遵璈《香隱盦詞》
潘鍾瑞《香禪精舍詞》
劉觀藻《瓊簫詞》
楊葆光《蘇盦詞錄》
汪初《滄江虹月詞》
汪弑《詩餘殘藁》
郭鍾岳《和天倪齋詞》
吳鼒《百萼紅詞》
汪清冕《酒邊人倚紅樓詞草》
蔣曰豫《秋雅》
楊廷棟《東甫詞鈔》
鄭文焯《瘦碧詞》

周郁雨《黍薌詞》

余燮《說劍廬詞》

蘇謙《雪波詞》

陶邦穀《浮尊詞》

萬釗《蕢波詞》

章黼《梅竹山房詞》

吳蘭修《桐華閣詞》

端木埰《碧瀣詞》

許玉琢《獨絃詞》

王鵬運《袌墨詞》

況周儀《新鶯詞》

汪瑔《隨山館詞》

沈昌宇《泥雪詞》

程頌萬《滄浪榭詞》

易順豫

程頌芳

袁緒欽

王廷鼎《綠鶴新音詞》
三多《粉雲盦詞》
程承澍《匏笙詞》
徐珂《純飛館詞》
劉炳照《留雲借月盦詞》
鍾景《紅蕪詞》
呂泰《豢催山房詞》
馬寶文

光宣間詞人，王鵬運實為主盟，而朱氏、鄭氏，其尤著也。以時代之近，尚無刻本。譚獻《篋中詞》，所選多及光緒時人，間有未及知者，遺漏自所不免。又光緒中葉以後，譚氏不及見也。就余所見單行本，例舉如下：

張祥齡《半篋秋詞》
王闓運《湘綺樓詞》
蔣玉稜《紅冰詞》
周天麟《倚月樓詞》
胡延《苾芻館詞》
朱祖謀《彊邨詞》正集、前集、別集、《篁處集》《彊邨語業》

文廷式《雲起軒詞》
況周儀《第一生修梅花館詞》《二雲詞》《餐櫻詞》（補）
朱祖謀、況周儀合刊《鶩音集》（補）
王鵬運《味黎集》《半塘丁戊稿》（補）
鄭文焯《冷紅詞》《比竹餘音》《樵風樂府》《苕雅餘集》（補）
王鵬運、朱祖謀、劉福姚《庚子秋詞》《春蟄吟》（補）
江標《靈鶼閣詞》
陳鋭《裦碧齋詞》
夏敬觀《吷盦詞》
張祖廉、吴昌綬《城東倡和詞》
趙熙《香宋詞》
劉毓盤《濯绛宧词》
李慈銘《桃花聖解菴詞》
沈宗畸《晚聞室詞》
李嶽瑞《惜誦詞》

以上所列，不免掛漏。特是光宣詞人，多於過江之鯽。專集未見，又至今多半存者，勢難悉舉。吾舉吾所見詞集而已。

清代閨人能詞者，視兩宋為多。徐乃昌、譚獻二家所選，其數逾百，亦大觀也。茲分列之。
徐乃昌《小檀欒室彙刻閨秀百家詞》，鸝吹、芳雪、疏香、錦囊，應屬於明不數外，凡九十六家。

朱中楣《鏡閣新声》
吳綃《嘯雪庵詞》
徐燦《拙政園詩餘》
賀雙卿《雪壓軒詞》
揚芸《琴清閣詞》
葛秀英《澹香樓詞》
張友書《倚雲閣詞》
孫瑩培《翠微仙館詞》
鍾韞《梅花園詩餘》
吳小姑《唾絨詞》
沈榛《松籟閣詩餘》
劉琬懷《補欄詞》
袁綬《瑤華閣詞》
繆珠蓀《霞珍詞》

蔣紉蘭《鮮潔亭詞》
張玉珍《晚香居詞》
顧貞立《棲香閣詞》
沈鵲應《崦樓詞》
鍾筠《梨雲榭詞》
許淑慧《瘦吟詞》
錢孟鈿《浣青詩餘》
張令儀《蠹窗詩餘》
葛宜《玉窗詩餘》
蘇穆《貯素樓詞》
徐元瑞《繡閒庵詞》
江瑛《綠月樓詞》
江珠《青藜閣詞》
薛瓊《絳雪詞》
譚印梅《九疑仙館詞》
鮑之芬《三秀齋詞》
錢鳳綸《古香樓詞》

王貞儀《德風亭詞》

沈纕《浣紗詞》

周詒繁《靜一齋詩餘》

王倩《洞簫樓詞》

顧翎《茝香詞》

趙我佩《碧桃館詞》

陳珍瑤《賦燕樓詞》

黃琬瓊《茶香閣詞》

孫雲鳳《湘筠館詞》

孫雲鶴《聽雨樓詞》

沈善寶《雪鴻樓詞》

周翼純《冷香齋詩餘》

李慎溶《花影吹笙室詞》

孫蓀意《衍波詞》

曹慎儀《玉雨詞》

屈秉筠《韞玉樓詞》

李佩全《生香館詞》

席佩蘭《長真閣詩餘》
陸珊《聞妙香室詞》
歸懋儀《聽雪詞》
唐韞貞《秋瘦閣詞[75]》
梁德繩《古春軒詞》
錢湘《綠夢軒詞》
楊繼端《古雪詩餘》
張緇英《澹鞠軒詞》
張紃英《緯青詞》
許德蘋《和漱玉詞》《澗南詞》
莊盤珠《秋水軒詞》
錢斐仲[76]《雨花庵詩餘》
鄭蘭孫《蓮因室詞》
宗婉《夢湘樓詞》
吳藻《花簾詞》《香南雪北詞》

75「詞」，原作「餘」。
76「仲」，原衍「一」字。

呂采芝《秋笳詞》

朱璵《金粟詞》

熊璉《澹仙詞》

趙芬《濾月軒詩餘》

關瑛《夢影樓詞》

方彥珍《有誠堂詩餘》

錢念生《繡餘詞》

趙友蘭《澹音閣詞》

陸倩倩《影樓詞》

翁端恩《簪花閣詩餘》

尹秉璣《玉簫詞》

高佩華《芷衫詩餘》

阮恩灤《慈暉館詞》

陸蓉佩《光霽樓詞》

凌祉媛《翠螺閣詞》

陶淑《菊籬詞》

江淑娟《曇花詞》

許誦珠《雯窗瘦影詞》
陳嘉《寫糜樓詞》
李蘭韻《楚畹閣詞》
曹景芝《壽研山房詞》
俞慶曾《繡墨軒詞》
鄧瑜《蕉牕詞》
吳尚憙《寫韻樓詞》
屈蕙纕[77]《含青閣詞》
吳茝《佩秋閣詞》
俞繡孫《慧福樓詞》
儲慧《哦[78]月樓詩餘[79]》
濮文綺《彈綠詞》
李道清《飲露詞》
左錫璇《碧梧紅蕉館詞》
左錫嘉《冷紅仙館詩餘》

77『纕』，原作『讓』。
78『哦』，原作『娥』。
79『餘』，原作『詞』。

蕭恆貞《月樓琴語》

譚獻《篋中詞》彙選閨人詞，得一十四家。拙政、雪壓、生香、秋水、香雪、秋芙、含青、餐[80]霞、慧玉已見外，凡五家：

金莊

顧信芬

顧樹芬

沈芳

鄭芥仙

九、詞之研究

浙派主南宋，常州派主北宋。浙派所主者，南宋之姜、張。夢窗、稼軒之妙處，未之知也。常州派所主者，北宋之蘇、柳。蘇之疏曠，或能知之。柳之高渾，未之企及。小山、東山，更無論矣！李清照論詞，語極嚴苛。其論耆卿，謂詞語塵下。論六一、東坡，謂皆句讀不葺之詩。又云：蓋詩文分平仄，而歌詞分五音，又分清濁輕重，其本押仄韻者，如上聲協，押入聲則不可通矣！又云：乃知詞別是一家，知之者少。清照此論，非深於詞者不能知，亦非深於詞者，不能道也。主北宋者，於此論群肆不滿，曲信傳聞，而清照遂蒙垢於九泉矣！要之詞主兩宋，已成不刊

80「餐」，原作「飱」。

之論。所謂宋人之詞，等於唐人之詩，荊璞隋珠俯拾即是。專言宋詞者，葉申薌有《天籟軒詞選》六卷。馮煦有《宋六十一家詞選》十二卷。馮煦所據者，毛子晉本也。葉氏別書洪瑹一家，而益以宋祁以下二十七家。若周濟選宋詞，則以周邦彥、辛棄疾、王沂孫、吳文英為四大家。而以晏殊以下四十七家，分列於四大家之下。戈載選宋詞，以周邦彥、姜夔、史達祖、吳文英、周密、王沂孫、張炎為七家，而其餘不及焉。周氏所論，多取法于張惠言《詞選》，獨以吳文英為大家，張氏所未言也。戈選最便初學，其于北宋之蘇、柳，南宋之辛，皆所不錄。非抑之也，示人以不可學耳。校律尤精，偶有不協，雖佳詞不入選。劉毓盤論詞，謂七大家者古今不易之說。推崇戈氏，未免太過。然而初學為詞，就戈選入手，立意欲其高，取境欲其遠，隸事欲其切，造句欲其警策。各取其所長，而融會貫通之，思過半矣！若夫詞必以合律始，而合律未足以盡詞也。萬樹《詞律》，以去聲對三聲，與張炎《詞源》以平聲可為上去者相合。皆示人以疏漏，誤己誤人，不可從也。善乎成肇麐之言曰：詞之始非有一成之律以為範也。抑揚抗承之首，短修之節，運轉於不自已，以蘄適合於歌者之吻而已。人籟者，蓋絕天籟而作也。

十、餘論

詞人未必工于論詞，工於論詞者，其詞又未必工。周濟、戈載皆工於論詞者也。戈氏《翠薇雅詞》，意在清真，而庸濫在所未免。周氏《止庵詞》，傳本甚尠。譚氏《篋中詞》所選，頗有佳者。乙卯、丙辰之際，余與友人徐君許見鈔本，叚歸迻錄。匆匆讀竟，覺其精到處頗少，且有與其所論適得其反者。輓近以來，詞工而所論亦足以副之者，獨有鄭樵風耳。彊邨工詞而少所論列。蕙風有所論列，往往中肯，而詞之工不彊邨若也。吾書至此，忽憶及一故事，彊邨初不能詞，某歲半塘強邀入社，於彊邨所作，繩檢不少貸。微叩之，則曰：君于兩宋途徑，固未深涉，亦幸不睹明以後詞耳。貽以《四印齋所刻詞》十許家，復約校《夢窗四稿》。時時語以源流正變之故，旁皇求索，為之且三年。則又曰：可以觀今人詞矣。示以梁汾、珂雪、樊榭、稚圭、憶雲、鹿潭諸作。以上所述，為彊邨自序中語。蓋自襮此中經歷，示人以途徑者。爰舉斯說，深願衆同學勿先睹明以後詞。而于戈選宋七家詞，三致意焉。